Wenn wahre Liebe stets vergeblich war,
Dann ist das ein Gesetz im Buch des Schicksals.
Dann soll uns diese Prüfung dulden lehren,
Weil unser Leiden ganz alltäglich ist,
Der Liebe zugehört wie Traum und Träne,
Wie Wunsch und Weh – Türsteher sind's der Liebe.

William Shakespeare, *Ein Sommernachtstraum*, I,1

Kapitel 1
Berlin

Ich blicke verstohlen auf meine Armbanduhr. Es sind auf die Sekunde dreiundzwanzig Minuten verstrichen, und mein Mut ist Schall und Rauch. Ich stehe wie angewurzelt vor ihrer Villa und hypnotisiere die Fenster in der ersten Etage. Dort wohnt sie, die andere. Dort wohnt Susanne Müller.

Was für ein profaner Name, denke ich, so ganz ohne Klang, so gewöhnlich und so nichtssagend. Martin steht eigentlich gar nicht auf gewöhnlich. Aber was sagt schon ein Name? Letztlich heißen wir auch nur Schulze. Martin und Beate Schulze. Verheiratet, seit dreizehn Jahren. Obwohl… genau genommen kann ich das letzte Jahr gar nicht mitrechnen, wie mir mein Unterbewusstsein heute schon den ganzen Tag über lauthals und gehässig verkündet. Bis heute ist es mir gelungen, mehr oder weniger erfolgreich, mein Unterbewusstsein bei Laune zu halten. Ich habe ihm etwas vorgegaukelt, ihm vorgelogen, dass alles in Ordnung sei, so wie man das eben tut, wenn man sich sehnlichst wünscht, dass alles wieder gut, alles wieder so schön wie früher wird. Aber ausgerechnet heute hat sich mein innerer Schweinehund zu Wort gemeldet, sich aufgebäumt, die Zähne gefletscht und meinem Unterbewusstsein mal so richtig kräftig in den ignoranten Arsch getreten.

Bis zum heutigen Tag hatte ich es tatsächlich geschafft,

mir einzureden, mit Martin glücklich zu sein, hatte absichtlich weggeschaut und mir weisgemacht, dass das nur so eine Phase sei. Hatte mir eingeredet, was für ein guter, anständiger Mann Martin ist, überhaupt nicht mittelmäßig, sondern etwas ganz Besonderes. Schließlich interessiert er sich nicht für Fußball, geht nicht in Kneipen, ist gebildet und hat Humor. Und bitte! Was ist in einer Beziehung schon wichtiger als Humor? Außerdem ist Martin einer, der auch mal hinter eine Fassade guckt, mit offenem Blick durch die Welt geht, sich sorgt. Er macht sich die Hände schmutzig und schaut nicht weg, sogar dann nicht, wenn es verspricht unbequem zu werden. Ich kann mich nicht erinnern, jemals eine Kiste Selters geschleppt zu haben. Er ist ein Gentleman, einer von der Sorte, der dir die Tür aufhält. Er ist aufmerksam, einer von denen eben, die sich um ihre Frauen kümmern.

Ein verächtliches Schnauben kommt mir über die Lippen. Also um dich kümmert er sich jedenfalls schon lange nicht mehr, ätzt die gehässige Stimme in meinem Hinterkopf. Ich spüre einen dicken Kloß im Hals. Ich versuche, ihn hinunterzuschlucken. Vergeblich! Der sitzt da auf den Tag genau seit einem Jahr. Ein Trauerkloß, vermute ich. Ich kann ihn weder wegräuspern noch hinunterschlucken, noch löst er sich sonst wie in Wohlgefallen auf. Er hat sich dort manifestiert, genauso wie Susanne Müller sich in Martins und meinem Leben manifestiert hat. Exakt vor einem Jahr nämlich habe ich durch Zufall herausgefunden, dass mein Mann eine Affäre hat. Eine Affäre mit Susanne Müller, einunddreißig, im Übrigen auch verheiratet. Wieso, das frage ich mich ständig, hatte sie nicht einfach nur Sex mit ihrem eigenen Mann? Den hatte sie doch schließlich geheiratet. War so nicht der Deal? Bis ans Ende seiner Tage glücklich zu sein mit nur dieser einen Person, der Person, für die man sich seinerzeit entschieden hat? Und, frage ich mich außerdem, wenn sie schon nicht glücklich und zufrieden ist mit dem, was sie sich ausgesucht hat, wieso nimmt sie sich dann jemanden, der gleichfalls einen Schwur leistete, und zwar mir gegenüber?

Martin und ich waren doch glücklich. Jedenfalls bis zu dem Tag, an dem Susanne Müller Einzug in unser Leben hielt und mir alles nahm … na gut, nicht alles, aber immerhin alles, woran mein Herz hängt. Ich verehre Martin sehr, schon immer. Ich war auch diejenige, die auf ihn zugegangen war, die, die damals die Initiative ergriffen hatte. Martin ist Pharmavertreter von Beruf, und ich lernte ihn in der Klinik kennen, in der ich arbeite. Er wollte meinem Chef Knochenbohrer andrehen, und ich hatte Martin immer bevorzugt unter all den anderen Knochenbohrerandrehern. Irgendwann habe ich ihm dann meine Telefonnummer zugesteckt. Und er hat mich tatsächlich zurückgerufen. Ja, zugegeben, erst vierzehn Tage später. Aber er hat mich, Beate, zurückgerufen. Seitdem ist mein, beziehungsweise unser, Leben eine herrliche Achterbahnfahrt gewesen. Wir verliebten uns ineinander, ich mich in ihn und er sich in mich. Schon ein halbes Jahr später hielt Martin um meine Hand an. Mein Leben an Martins Seite war ein Traum. Bis vor einem Jahr, wohlgemerkt.

Ich hatte vor Martin auch Männer, nicht wenige, um ehrlich zu sein. Aber rückblickend war es doch so, dass die Männer in meinem Leben mich mehr liebten als ich sie. Traurig, aber wahr. Erst als ich auf Martin traf, war da dieses Gefühl, das Gefühl, ohne ihn nicht ganz zu sein, nicht vollkommen. War er weg, hat etwas gefehlt. War er da, war alles gut. Ohne ihn schien meine Welt auf einmal leer und sinnlos. War er da, war es warm und hell. Er schenkte mir mit seiner bloßen Anwesenheit das Gefühl von Zuversicht, Geborgenheit und Liebe, all das, wonach sich wohl jede Frau sehnt. Ich habe mir immer etwas darauf eingebildet, so stark für ihn zu empfinden. Aber doch nur, weil ich dachte, dass Martin ebenso fühlt.

Rückblickend hat mir in unserem gemeinsamen Leben nur eine Sache gefehlt: Kinder. Martin wollte keine Kinder, noch nie. Er sagte immer, es sei kein Platz dafür. Weil wir uns, seiner Meinung nach, schon immer genug waren. Er habe nie das Bedürfnis verspürt, ein Kind haben zu wollen, es großzuziehen, er habe nie das Gefühl empfunden, dass etwas fehlt in seinem, in unserem Leben. Weil alles, was er wollte, eben ich war. Auch darauf habe ich mir etwas eingebildet und meinen eigenen, doch innigen Wunsch nach einem Baby hintenangestellt. Martin wollte keine Kinder, und ich wollte, was Martin wollte. Ich habe sogar darüber hinweggesehen, dass er sich ohne mein Wissen einer Sterilisation unterzogen hatte. Ich habe es still ertragen, für mich allein gelitten und meine Hoffnungen auf ein eigenes Kind begraben. Wichtig war nur, war Martin zufrieden, so war ich es auch. Das ist natürlich nicht alles. Martin ist außerdem ein attraktiver Mann, wobei das nicht ausschlaggebend war für meine Gefühle für ihn. Ich will unsere Liebe, so wie sie war, nicht etwa verklären oder über Gebühr glorifizieren, und doch war sie etwas Besonderes, jedenfalls für mich. Wir hatten so gut wie nie Streit, was ja im Grunde auch nichts Schlechtes gewesen wäre. Aber das war eben einer seiner Vorzüge, Martin war nicht streitsüchtig. Es ist angenehm mit ihm. Man hat ein schönes, behütetes Gefühl, wenn man an seiner Seite ist. Ich will das Wort eigentlich nicht verwenden, weil es mit so vielen Klischees behaftet ist, und doch tue ich es. Meiner Ansicht nach waren wir Seelenverwandte. Mit ihm war alles gut. Die Augenblicke, die ich ihm ganz nah war, empfand ich immer schon als sehr kostbar. Ich, Beate. Und ich war so naiv und bildete mir ein, dass Martin ebenso fühlte, zumindest bis vor einem Jahr. Bis zu dem Zeitpunkt, an dem Susanne Müller in mein Leben eindrang und sich das stahl, was von Rechts wegen mir gehörte. Martins Herz.

Jetzt, in diesem Augenblick, stehe ich vor einer Stadtvilla. Ich spekuliere ein wenig herum und vermute, dass die Villa, aufgrund der Anzahl der Fenster und der drei Stockwerke, wohl insgesamt sechs Mietparteien Wohnraum bieten dürfte. Ich stehe genau vor der Stadtvilla, in der Susanne Müller, verheiratet, einunddreißig, wohnt. Ich ziehe nervös an meiner Zigarette, der vierten inzwischen. Martin und ich hatten uns das Rauchen vor Jahren abgewöhnt. Wir unterstützten uns damals, motivierten uns gegenseitig, durchzuhalten, waren füreinander da gewesen. Ich erinnere mich noch gut daran, dass ich während der ersten zwei Wochen des Nikotinentzugs ständig heulte und hysterisch herumschrie, weil meine Nerven blank lagen. Letztendlich aber hatten wir unser Projekt erfolgreich abgeschlossen, hatten dem Nikotin die Stirn geboten. Zusammen. Und dann – vor genau einem Jahr – hatte ich mir an der Tankstelle einfach eine neue Schachtel Zigaretten gekauft und wieder mit dem Rauchen angefangen. Eine halbe Stunde zuvor hatte ich meinen Mann auf offener Straße gesehen, gemeinsam mit ihr, in trauter Umarmung mit Susanne Müller.

Damals hatte ich natürlich ihren Namen noch nicht gekannt. Ich weiß noch, wie ich das Paar, von dem einer der beiden doch an meine Seite gehörte, mit offenem Mund anstarrte und was für eine Exotik diese Frau ausstrahlte mit ihrem goldenen Teint und ihren kleinen Korkenzieherlöckchen, die ihr wild vom Kopf abstanden. Ich kam mir daneben ganz mittelmäßig, beinahe hässlich vor. Ihr Lachen hatte gestrahlt, und ihre ebenmäßigen weißen Zähne hatten am Ohrläppchen meines Mannes geknabbert. Martin hatte damals einen Arm lässig um ihre Schulter geschlungen und sie fest an sich gezogen, so fest, wie er sonst nur mich an sich zog. In dieser vertrauten, innigen Umarmung waren sie zusammen über den Kurfürstendamm getaumelt, in ihrem beschissenen Liebesglück. Für gewöhnlich halte ich mich nie in dieser Gegend auf. Nie. Nur an diesem Tag. Ich hatte vor, für Martin und mich Karten für die Astor-Lounge zu besorgen, ein sehr exklusives Kino am Kudamm. Ich hatte gelesen, dass *Casablanca* auf dem Spielplan stand, in einer Samstagsmatinee. Wir haben den Film dann nie gesehen. Weil ich es nicht mehr fertiggebracht hatte, die Karten zu kaufen. Es war eine blöde Idee gewesen. Wir kannten den Film schließlich in- und auswendig. Es wäre nur ein weiterer Liebesbeweis meinerseits gewesen. Martin überraschte mich schließlich auch ständig. Zu der Zeit allerdings, und das wurde mir seltsamerweise erst in diesem besagten Augenblick bewusst, waren seine Liebesbekundungen seltener geworden. Martin hatte sich rargemacht, und vor genau dreihundertfünfundsechzig Tagen entdeckte ich den Grund dafür. Der Grund war, dass sein Arm nicht mehr auf meinen Schultern ruhte, sondern auf denen von Susanne Müller. Ich erinnere mich daran, dass ich an jenem Tag krampfhaft versucht hatte, mich in einen Hauseingang zu zwängen, als ich Martin ertappte und sein doppeltes Spiel durchschaute. Ich hatte mich an die Häuserwand gedrückt, mich rasch versteckt. Ich war ein wenig vor mich hin gestorben, hatte mir Tränen der Verlassenheit von den Wangen gewischt. Grotesk war, dass ausgerechnet ich, Beate, mich ertappt gefühlt hatte. Nicht er. Nein! Mir war auf einen Schlag kotzübel gewesen, nicht ihm. Ich hatte mich, der Situation angemessen, vor Schmerz und vor Aufregung gekrümmt und spontan in einen Blumenkübel übergeben. Wieder spüre ich die weichen Knie, spüre den Verrat an mir, an uns und an unserer Liebe und die fremden mitleidigen Blicke der Passanten …

Ich ziehe gierig an der Zigarette und inhaliere den Rauch ganz tief. Ich bilde mir fast ein, meinen Schmerz damit betäuben zu können. Das ist natürlich totaler Quatsch. Nichts könnte das betäuben, was ich seit dreihundertfünfundsechzig Tagen empfinde. Es ist so viel, was mich aufwühlt, was mir in einer Tour durch den Kopf jagt. Da ist allem voran die stumme Not, der ich hilflos gegenüberstehe, der ich machtlos ausgeliefert bin. Kurz dahinter ist die laute Wut, die sich bis heute leider nur in meinem Kopf abspielt, die sich nicht raustraut, die schweigt, weil da noch Nummer drei wartet und lauert, nämlich die Angst, die übermächtige Angst, Martin ganz zu verlieren, an Susanne Müller. Wobei, wenn ich's mir so recht überlege und wenn ich ganz ehrlich zu mir selbst bin, habe ich ihn nicht schon längst verloren? Nachts liegt er zwar neben mir, aber seine Träume gehören ihr. Sein Verlangen gehört ihr. Sein Verzehren gehört ihr. Meine unbeholfenen und inzwischen meist linkischen Versuche, ihm die Frau zu sein, die er begehrt, grenzen an beschämende Selbstaufgabe. Ich benehme mich albern, lache viel zu laut über seine Scherze, auch wenn sie eher mau sind, nur um ihm zu zeigen, dass und wie sehr ich ihn liebe.

Ich habe auch versucht, mich rarzumachen. Bin vierzehn Tage zu meiner Schwester ans Meer gefahren. Wollte mal ausspannen, alles vergessen. Als würde das gehen. Aus dem Versuch, alles zu vergessen, wurde das unerträgliche Gefühl der Sehnsucht und Leere, das ein nur noch größeres Loch in meine Seele fraß. Der verzweifelte Versuch, Martin doch mal Gelegenheit zu geben, mich so richtig zu vermissen, war kläglich gescheitert. Ich bin mir heute sicher, dass er Susanne Müller zu uns nach Hause eingeladen und sie quer durch unser Ehebett gevögelt hat. Ich nehme nicht an, dass ich Thema war. Vielmehr glaube ich, dass Susanne Müller in meinen Schuhen und meinem Bademantel durch meine Wohnung gelaufen ist, nur um mal auszuprobieren, wie das so ist. Wie man sich so fühlt, wenn man anstatt Frau Müller Frau Schulze ist.

Ich erschrecke. Im Erdgeschoss, da, wo Frau Müller wohnt, geht das Licht an. Ich mache instinktiv einen Schritt rückwärts und wundere mich über meine Angst. Was sollte denn schon Fürchterliches passieren? Martin und Susanne Müller besuchen angeblich ein Seminar in Rostock. Während Martin seinen Koffer packte, erzählte er mir, dass das Seminar ganze fünf Tage dauern würde. Bis heute frage ich mich, weshalb er mir nicht endlich gesteht, dass Susanne Müller sein Seminar ist. Tue ich ihm leid? Hadert er noch, weil er vielleicht doch noch Liebe für mich empfindet? Schließlich schlafen wir auch noch miteinander, zwar selten, aber immerhin schlafen wir überhaupt noch miteinander. Erstaunlicherweise ergreift er sogar hin und wieder die Initiative. Vielleicht aus Anstand? Um die Quote zu erfüllen? Ich habe keine Ahnung. Und was mich noch mehr irritiert, ist der Umstand, dass sich, seitdem er mit Susanne Müller schläft, unser Sex verändert hat. Martin war schon immer leidenschaftlich, aber seitdem er fremdgeht, vögelt er anders, intensiver, fordernder, drängender, so als würde er nie genug bekommen. Ich weiß nicht, ob ich das gut finde. Ich würde es sicherlich genießen können, wenn ich wüsste, dass wirklich ich gemeint bin. So aber ist sie immer mit uns zusammen im Bett. Susanne Müller, Martin und Beate Schulze. Zu dritt. Wie ein beschissener Dreier. Und doch genieße ich seine Nähe. Ich bin Wachs in seinen Händen. Ich ärgere mich wahnsinnig darüber. Manchmal bin ich kurz davor, ihm die ganze dreckige Wahrheit an den Kopf zu schleudern. Bis jetzt konnte ich mich nur noch nicht durchringen, ihm genau das zu sagen. Es könnte doch so einfach sein. »Martin, ich weiß es. Du vögelst Susanne Müller.« Acht Wörter! Acht Wörter, die ich einfach nicht über die Lippen bringe. Aus Angst vor der Konsequenz. Aus Angst davor, verlassen zu werden.

Und nun? Was ist nun? Ich bin krank. Liebeskrank. Ich wurde vergessen. Ich wurde ausgetauscht und weggeworfen.

Während ich mir eine weitere Zigarette anzünde, beobachte ich, wie jemand in der Wohnung auf und ab geht. Ich vermute stark, dass das Frau Müllers Ehemann ist. Noch einer, der auf das Abstellgleis geschoben wurde. Ein unruhiger Geist, der durch die Wohnung streift, ewig auf der Suche nach seiner Frau, die im Geiste ganz woanders ist, nämlich bei meinem Mann und mir, zusammen mit uns in unserem Ehebett. Irgendwie tut er mir leid, der Herr Müller. Ich stehe hier im Dunkeln auf der Straße und beobachte jetzt schon beinahe eine Dreiviertelstunde die Müller-Wohnung. Irgendwie hat das was von Stalking. Ich habe so etwas noch nie zuvor getan. Ich bin so wahnsinnig neugierig. Wie ist der Mann, der Frau Müller nicht im Griff hat? Was hat der Mann nur falsch gemacht, dass seine Frau sich in die Arme eines anderen Mannes flüchten muss? In die Arme meines Mannes, wohlgemerkt. Und hat er überhaupt etwas falsch gemacht? Weil, ich bin mir selbst keiner Schuld bewusst. Ich ziehe noch mal an der Zigarette. Soll ich jetzt klingeln und mich vorstellen, oder soll ich es auf sich beruhen lassen? Weshalb bin ich eigentlich hier? Ich bin hergekommen, um eine Wahrheit zu erfahren. Um endlich zu erfahren, wie es weitergeht. Mich interessiert, ob Herr Müller auch nur den Hauch einer Ahnung hat, was seine Frau Gattin in ihrer Freizeit so treibt. Ob sie auch so unersättlich ist beim Sex wie Martin? Vielleicht war ich ja nie die Richtige für meinen Mann.

Ich räuspere mich wieder. Der Kloß ist allgegenwärtig, er macht mich schier wahnsinnig. Ich bin mir sicher, er verschwindet erst dann, wenn sich dieser ganze Knoten um Martin und Susanne und mich und Herrn Müller aufgedröselt hat, wenn ich Gewissheit habe. Gewissheit darüber, wie unser aller Zukunft aussieht.

Ich fasse mir ein Herz. Jetzt. Ich schmeiße die Kippe in den Rinnstein und straffe meine Schultern. In Frau Müllers Wohnung brennt zwar noch Licht, aber von Herrn Müller nicht die Spur. Ich huste nervös und räuspere mich noch einmal kräftig. Jetzt also werde ich den Ehemann meiner Rivalin kennenlernen. Ich gehe forschen Schrittes über die Straße und steuere direkt auf die große doppelflügelige Eingangstür zu. Niemand nimmt Notiz von mir. Das Herz schlägt mir bis zum Hals, und mir ist zum Kotzen zumute. Meine Blicke wandern über die Klingelschilder. Der Name »Müller« springt mir sofort ins Auge. Es ist von allen Klingelschildern das größte, wie um mir mitzuteilen, wie mächtig es ist und wie klein ich bin. *Jetzt erst recht,* denke ich und recke kämpferisch mein Kinn nach vorn. Ohne zu zögern, drücke ich auf den Klingelknopf. Mein Puls jagt. Jetzt ist es zu spät, um umzukehren. Ich könnte »Post« rufen und einfach wegrennen. Aber will ich das? Nein! Jetzt oder nie! Der Türsummer ertönt, und ich schiebe beinahe panisch die Tür auf. Drinnen bin ich schon mal. Ich schaue mich um, als plötzlich das Licht im Hausflur angeht. Ich blinzle und staune über die enorme Helligkeit der Flurbeleuchtung, die offensichtlich über einen Bewegungsmelder gesteuert wird. Im Gegensatz zu unserem Hausflur bin ich der Leuchtkraft hier direkt ausgeliefert, stehe praktisch im Scheinwerferlicht. Ich höre, wie sich eine Tür öffnet, halte gespannt die Luft an und stehe einfach nur da. Im Augenwinkel nehme ich weiße Briefkästen wahr. Ich beobachte, wie eine halbe Treppe höher jemand vor die Tür tritt, und weiß instinktiv, wer das ist.

»Ja, bitte.« Er steht, die Hände lässig in den Hosentaschen, in der Tür und blickt auf mich herunter. Ich schaue nach oben, und für einen kurzen Moment erfasst mich Panik.

Renne, schießt es mir durch den Kopf, meine Füße jedoch machen keine Anstalten. Sie fühlen sich an wie einzementiert.

»Ich… ich bin«, stammele ich und blicke immer noch hoch. Mir wird gleichzeitig heiß und kalt. Herr Müller schaut mich fragend an und schweigt. Ich schweige auch und bin kurz davor, zu hyperventilieren.

»Ich will…«, versuche ich mich zu erklären und mache langsame Schritte. Ich erreiche den Fuß der Treppe und nehme vorsichtig die ersten Stufen. Meine Beine funktionieren wie ferngesteuert und laufen Herrn Müller wacklig entgegen.

»Was wollen Sie denn?«, fragt er und lächelt mich aufmunternd an.

Ich zucke kaum merklich mit den Schultern.

»Ich weiß gar nicht so recht, was ich wollte«, antworte ich fast tonlos. Jetzt stehe ich direkt vor ihm und schaue ihm ins Gesicht. Herr Müller sieht umwerfend gut aus. Ich meine fast, er sieht mindestens genauso gut aus wie Martin, wenn nicht sogar besser. Er hat dunkles, schon leicht angegrautes Haar und stechend blaue Augen. Er lächelt immer noch und wartet wahrscheinlich darauf, dass ich mein Anliegen vortrage.

»Schulze, äh, Beate Schulze«, stelle ich mich vor. Ich forsche in seinem Gesicht, ob er sich durch seine Mimik verrät. Ich erwarte fast, dass Herr Müller mich kennt und etwas sagt wie: *Ach, endlich lernen wir uns auch mal kennen, wo unsere Partner es so häufig miteinander treiben. Wie schön.*

Aber Herr Müller sagt gar nichts und forscht nur in meinem Gesicht.

Nach gefühlten Minuten sagt er: »Guten Tag, Beate Schulze.« Er lächelt immer noch.

Nachdem ich immer noch nichts erwidere, räuspert er sich. »Wie kann ich Ihnen denn behilflich sein?«

Mir geht seine Lässigkeit auf die Nerven, und das wiederum veranlasst mich, sofort mit der Sprache herauszurücken.

»Sie können mir nicht helfen.« Ich mache prompt auf dem Absatz kehrt, drehe mich aber noch mal zu ihm um. »Oder doch. Sie könnten mir einen Gefallen tun und Ihre Frau zur Ordnung rufen. Damit sie endlich aufhört, meinen Mann zu vögeln. Das geht mir nämlich mächtig gegen den Strich!« Meine Stimme ist zum Ende des Satzes gefährlich leise. Ich wende mich um und laufe wie wild drauflos. Ich hopse beinahe die Treppe hinunter und spüre plötzlich eine kräftige Männerhand auf meinem eher schmalen Bizeps. Herr Müller hat mich offensichtlich eingeholt und hält mich am Arm fest.

»Schon gut, Frau Schulze, ist schon gut …«, sagt er, den Atem ausstoßend. Ich blicke zornig auf seine Hand, die meinen Oberarm immer noch fest umklammert. Herr Müller lässt ihn auf der Stelle los.

»Entschuldigen Sie bitte. Kommen Sie doch mit nach oben. Wir können uns drinnen unterhalten. Muss ja nicht das ganze Haus mitkriegen, was wir zu besprechen haben.« Ich nicke und drehe mich um. Herr Müller läuft vor mir die Treppe hinauf, und ich betrachte in aller Ruhe seinen Hintern, der in einer engen Jeans sitzt. Er hat eine tolle Figur, scheint Sportler zu sein. Und ich frage mich, wieso Susanne Müller nicht mit diesem Hintern vorliebnimmt.

Ich folge Herrn Müller in die Wohnung. Wir durchqueren einen breiten Flur, und er komplimentiert mich direkt ins Wohnzimmer. Vor mir steht eine riesige weiße, einladende Designercouch. Überall sind Kissen darauf verteilt, die zum Fläzen einladen. Würde mir nicht bewusst sein, weshalb ich eigentlich hier bin, würde ich mich möglicherweise wohlfühlen können.

»Wollen Sie etwas trinken? Einen Kaffee vielleicht?«, fragt Herr Müller unbeholfen. Ich schüttele den Kopf.

»Haben Sie vielleicht etwas Stärkeres? Einen Schnaps oder so?« Ich trinke für gewöhnlich nie Schnaps. Aber ich habe keine Ahnung, wie ich meine Nerven ansonsten beruhigen kann. Mein Puls rast, während ich mir meine Situation bewusst mache. Ich sitze in dem Wohnzimmer der Frau, die es mit meinem Mann treibt. Und deren Mann bietet mir einen Kaffee an. Absurd das Ganze.

»Ich habe Wodka oder Amaretto.« Herr Müller hält mir zwei Flaschen entgegen.

»Egal«, antworte ich einsilbig und streiche mir eine Haarsträhne, die sich aus meinem Pferdeschwanz gelöst hat, hinters Ohr.

»Ich bin Jacob. Meinst du, wir könnten uns duzen?«

Ich nicke. »Ja gut, ich bin Beate.«

Jacob stellt ein Glas Schnaps vor mir auf den Tisch. »Bitte schön.«

Ich nicke dankbar und stürze ihn hinunter. Er brennt in meinem Hals. Ich habe die leise Hoffnung, dass der Schnaps den Kloß mit hinunterspült. Aber der Kloß bleibt, wo er ist. Er fühlt sich wohl dort, vermute ich. Er hat es sich dort eingerichtet und denkt gar nicht daran zu verschwinden, auch dann nicht, wenn ich das Problem bei den Hörnern packe so wie jetzt. Ich räuspere mich.

»Gut, Jacob. Und was machen wir nun? Ich weiß, wer du bist, und du weißt, wer ich bin. Und was machen wir jetzt mit unserem Wissen?« Ich halte Jacob das leere Glas entgegen: »Kann ich noch einen …?«

Jacob nimmt die Flasche und stellt sie vor mir auf den Tisch. »Bedien dich!«

Ich gieße mir noch einen Schnaps ein und schütte ihn hinter. Langsam beruhigt sich mein hämmernder Puls, und ich fange an, mich einigermaßen zu entspannen.

»Was dachtest du denn, was wir jetzt machen?«, fragt mich Jacob und fährt sich mit gespreizten Fingern durch das dichte Haar. Die Nervosität ist ihm ins Gesicht geschrieben.

»Ich weiß es nicht. Ich habe nicht den Hauch einer Ahnung, was wir tun können. Liebst du Susanne?« Die Frage entwischt mir einfach so. Ich finde sie selbst unpassend und ziemlich direkt.

Jacob beantwortet meine Frage mit einer Gegenfrage: »Liebst du Martin?«

Ich lache hölzern und beschließe in dem Moment, ehrlich zu sein, ihm direkt das zu sagen, was mir in den Sinn kommt. »Weißt du, Jacob, ich weiß es gar nicht mehr. Ich denke, ich liebe ihn noch. Aber da sind inzwischen so viele andere Gefühle, die sehr stark sind. Wut zum Beispiel und Trauer und enormer Hass.«

Jacob nickt. »Ich weiß, was du meinst.« Er ballt seine Hände zu Fäusten und reibt nervös auf seinen Oberschenkeln herum. Ich beobachte, wie sich sein Gesicht anspannt und die Muskeln seines Kiefers arbeiten.

»Bevor du geklingelt hast, hat sie mich angerufen. Sie ist in Rostock. Mit ihm.«

»Ich weiß. Sie sind auf einem Seminar«, schnaube ich verächtlich und verdrehe die Augen.

Obwohl die Wohnung nach einer Nichtraucherwohnung riecht, holt Jacob Zigaretten hervor und bietet mir eine an. Ich nehme dankbar an, und er gibt mir Feuer. Seine Hand zittert ein wenig, genau wie meine.

»Seit wann weißt du eigentlich von der Affäre?«, frage ich.

Jacob schaut mir direkt ins Gesicht. Die Blicke aus seinen blauen Augen durchbohren mich beinahe. Genau genommen habe ich in meinem ganzen Leben noch nie so blaue Augen gesehen, sie wirken beinahe unnatürlich. Ich löse meinen Blick von ihm und schaue beschämt zu Boden. Irgendwie kommt mir der Gedanke, dass er bestechend gut aussieht. Ich finde ihn äußerst anziehend und frage mich, ob er mich ebenso attraktiv findet. Auch wenn das arrogant klingt, weiß ich, dass ich gut aussehe. Mir schauen die Männer oft hinterher. Mein blondes Haar, meine blauen Augen und meine relativ wulstigen Lippen hinterlassen häufiger Eindruck, als mir lieb ist. Ich wirke wahrscheinlich wie eine Barbiepuppe. Ich habe für meine zierliche Figur ziemlich große Brüste, allerdings kann Jacob das jetzt nicht sehen, da ich weite Klamotten trage. Ich habe mich extra nicht aufreizend angezogen, da ich vorhatte, ein kühles, sachliches Gespräch zu führen. Er sollte von nichts abgelenkt sein. Martin hatte mir nach unserem ersten Date gestanden, dass er mich anfänglich für blond und blöd hielt. Ich fand seine Ehrlichkeit bestechend und belehrte ihn eines Besseren. Schließlich bin ich die Privat-Studynurse des Chefarztes, was so viel bedeutet, dass ich all seine Studien persönlich betreue. Ich spreche fließend Englisch und Französisch und verdiene besser als der bundesdeutsche Durchschnitt. Das hat ihn damals beeindruckt. Natürlich erst, nachdem er sich die Mühe machte, mich richtig kennenzulernen.

Jacob fixiert mich weiterhin. »Ich weiß schon sehr lange von ihrer Affäre. Das läuft bereits über ein Jahr. Susanne hat sich verändert, zwar schleichend, aber sie hat sich verändert.«

Das macht mich jetzt neugierig. »Wie lange denn über ein Jahr?«, frage ich und halte gespannt die Luft an. Ich hoffe, dass Jacob mir meine Bestürzung nicht ansieht.

Jacob zuckt mit den Schultern. »Ich denke, das läuft schon anderthalb Jahre, wenn du mich fragst.« Er zieht an seiner Zigarette und bläst den Rauch Richtung Zimmerdecke.

Ich fühle mich schlecht. Martin betrügt mich also noch länger, als ich ursprünglich angenommen hatte.

»Und, hast du deine Frau mal daraufhin angesprochen? Hast du ihr auf den Kopf zugesagt, dass du von ihrer Affäre weißt?« Ich merke, wie ich meine freie Hand zur Faust balle, und ziehe nervös an meiner Zigarette.

Jacob schüttelt den Kopf. »Nein, habe ich nicht. Allerdings bin ich mir sicher, dass sie weiß, dass ich es weiß.«

Ich gackere los, und meine Stimme klingt schrill. Eigentlich ist mir weder nach Lachen zumute noch nach etwas anderem. Schnell werde ich wieder ernst.

»Ich bin mir auch sicher, dass Martin weiß, dass ich Bescheid weiß.«

Jacob schaut mir in die Augen.

»Du hast ihn also auch noch nicht darauf angesprochen.« Es ist keine Frage, vielmehr eine Feststellung.

Ich schüttle den Kopf.

»Wovor hast du Angst?«, fragt er mich.

»Wovor hast du denn Angst?«, frage ich gereizt zurück.

Jacob lehnt sich zurück und schaut zur Decke.

»Ehrlich?«, fragt er. Ich nicke. »Keine Ahnung. Ich wollte Susanne schon oft daraufhin ansprechen. Aber, und das sage ich nicht, weil ich ihr irgendwie verzeihe. Ich glaube, ich weiß, weshalb sie mich betrügt.«

»Ach.« Ich gucke zynisch. »Du weißt also, weshalb sie dich betrügt.« Ich kann es nicht fassen, dass er das sagt. »Bist du impotent, oder was?«, fordere ich ihn heraus. Ich bin so unsagbar wütend. Und Jacob scheint sogar noch Verständnis für seine Frau aufzubringen. Das macht mich schier rasend.

»Quatsch, ich bin doch nicht impotent.« Er lacht und zeigt auf seine Körpermitte, als wollte er mir sein pralles Gemächt präsentieren. »Ganz im Gegenteil. Ich kann dir leider nicht sagen, weshalb sie das macht, weil … ich würde damit ein Versprechen brechen, das ich ihr gegeben habe.«

Ich versuche, ein ironisches Lachen zu unterdrücken. »Du hast also Angst, ein Versprechen zu brechen? Bist du bescheuert? Sie bricht ständig ihr Versprechen, und wenn ich dich daran erinnern darf, tut sie das zusammen mit meinem Mann, der genau genommen auch ein Versprechen gegeben hat, und zwar mir!« Meine Stimme überschlägt sich, und ich merke, wie mir Tränen der Wut in die Augen schießen. Ich will nicht heulen vor diesem fremden Mann. Er macht schließlich genau das Gleiche durch wie ich. Aber wenn ich ihn mir so betrachte, wie er dasitzt, die Hände hinterm Kopf verschränkt und völlig entspannt die Beine von sich gestreckt, da frage ich mich, ob er tatsächlich das Gleiche durchmacht wie ich. Vielleicht wünsche ich es mir, weil ich mit meiner ganzen Wut und dem Schmerz, den ich empfinde, nicht allein sein möchte. Aber im Grunde ist man ja doch allein. Da mache ich mir schön etwas vor. Und ich weiß auch, dass Martin allein ist, mit seiner ganzen Schuld, die er ständig auf sich lädt. Ich weiß, dass es ihm leidtut, dass ich ihm leidtue. Aber, ganz ehrlich, ist es das, was eine Frau will, Mitleid? Das ist das Letzte, was man möchte. Mitleid ist armselig. Und ich fühle mich auch ohne Martins Mitleid armselig, und ich hasse diesen Zustand, dieses erbärmliche Gefühl.

Jacob guckt mich an. Auch in seinem Blick liegt Mitleid. Ich könnte ihm vor Wut ins Gesicht schlagen, diesem fremden Mann, bloß, weil er so mitleidig guckt.

»Beate, darf ich dir eine Frage stellen?« Er beugt sich vor und stützt sich mit den Ellbogen auf seine Knie. Ich zucke mit den Schultern, weil ich eigentlich nicht bereit bin, irgendwelche Fragen zu beantworten.

»Weshalb bist du hier?« Und genau die Frage ist es, die ich mir ja selbst die ganze Zeit über stelle.

Ich schüttle den Kopf. »Ich weiß es doch nicht.« Resigniert blase ich den Rauch aus und drücke meine Zigarette im Aschenbecher aus.

»Es ist besser, ich gehe jetzt.« Ich stehe auf.

»Was? Wieso denn jetzt schon? Wieso die Eile? Die beiden sind in Rostock. Uns hetzt doch niemand«, stellt Jacob nüchtern fest. Er hat recht, natürlich hetzt uns niemand. Ich will im Grunde genommen ja auch gar nicht nach Hause. Aber eigentlich will ich auch nicht hier sein, in ihrer Wohnung. Ich fühle mich plump, weil hier alles so elegant aussieht, so fraulich, so ganz anders als bei mir zu Hause. Wir wohnen eher praktisch als kultiviert, unser Holztisch ist voller Kratzer, weil wir nächtelang daran *Kniffel* gespielt haben, er wurde benutzt. Wir haben die Würfel so lange auf den Tisch geballert, bis Martin verloren hat. Unsere Stereoanlage ist alt und hat ordentlich »Bums«. Wir würden sie nie ersetzen, nur weil ihr Design nicht mehr ins Interieur passt. Sie zieht den Staub an, was mich wahnsinnig macht, aber wenn ich *INXS* aufdrehe, rumst es ordentlich. Es rumst auch bei Vivaldi, weil sich der Bassknopf nicht mehr drehen lässt, aber das wäre kein Grund für uns, die Anlage durch ein silbernes Hightechteil zu ersetzen. Hier hingegen ist alles wie sie, wie Susanne. Diese Wohnung besteht aus glänzenden Oberflächen. Sie glänzt genauso wie Susanne. Sie ist perfekt, keine Ecken und Kanten, alles ist rund. Rund im Sinne von angepasst, luxuriös und vollkommen. Susanne ist ja auch sechs Jahre jünger als du, rufe ich mir ins Gedächtnis. Vor sechs Jahren hab ich auch noch geglänzt. Um die Augen herum, da ist mein Spiegel leider sehr ehrlich, habe ich inzwischen schon die eine oder andere Falte entdeckt. Im letzten Jahr sind sie meines Erachtens tiefer geworden, verdammte Angst- oder Sorgenfalten, wie ich insgeheim resümiere.

»Ich weiß nicht, was ich noch sagen will.« Ich lehne mich zurück und schaue in Jacobs wunderschöne blaue Augen.

»Du musst auch gar nichts sagen, wenn du nicht willst«, beeilt er sich zu antworten. Er macht auf mich den Eindruck, als würde er sich freuen, dass ich hier bin. Vielleicht ist er auch nicht gern alleine, so wie ich.

»Hast du vielleicht Hunger? Ich könnte uns was kochen.« Ich horche in mich. Dadurch, dass ich kaum noch esse, hat mein Körper sich daran gewöhnt, nur sporadisch und unregelmäßig Energie zugeführt zu bekommen. Es ist fast zwanzig Uhr. Ich habe mich den ganzen Tag mit einem Toast, einem Apfel und Unmengen an Kaffee und Zigaretten über Wasser gehalten. Ich muss lächeln. Ich finde es direkt rührend, dass Jacob fragt, ob ich Hunger habe.

»Kannst du denn kochen?« Ich gucke skeptisch.

Jacob lächelt und zieht eine Grimasse. »Ich kann bestimmt besser kochen als die Pappnase Martin.«

Plötzlich muss ich lachen. Ich finde es herzerfrischend, dass sich jemand über meine Gefühle für Martin hinwegsetzt. Allerdings finde ich es sicher nur erfrischend, da ich weiß, dass Jacob sich in der gleichen misslichen Lage befindet wie ich. Denn als Claudia, meine beste Freundin, mir neulich furchtbar vertrauensvoll die Hand auf den Arm legte und mich mit diesem mitleidigen Unterton fragte, ob denn bei uns alles in Ordnung sei, da habe ich nur müde gelächelt und gefragt: »Was soll denn schon nicht in Ordnung sein?« Ich kann mit meiner besten Freundin wirklich über alles reden, aber ich sperre mich dagegen, über Martin und Susanne zu sprechen. Solange ich nicht darüber spreche, ist noch alles beim Alten, hat sich noch nichts verändert, muss ich noch nicht abwägen. Ich muss mich nicht entscheiden zwischen irgendetwas, kann ganz einfach noch eine Weile mit meiner Problematik allein sein und auf ihr herumkauen, ohne dass mir ständig einer in den Ohren liegt. Trenn dich! Tu was! Lass dir das nicht gefallen! Ich habe keinen Nerv für diese Art von Gespräch. Ich brauche selbst erst die absolute Gewissheit, dass ich eine Zukunft ohne Martin aushalte. Im Grunde beantwortet das Jacobs Frage von vorhin.

Ich räuspere mich. »Ich glaube, ich weiß, weshalb ich hier bin.«

»Ach ja? Dann mal raus mit der Sprache.« Jacob steht auf und bedeutet mir, ihm zu folgen. Was ich auch tue.

»Ich bin hier, weil ich mit niemandem darüber sprechen kann. Seit einem Jahr nicht. Und mein Unterbewusstsein wollte wahrscheinlich endlich mit jemandem reden, mit einem, der im selben Boot sitzt wie ich.«

Jacob dreht sich zu mir um. In seinem Blick liegt Verständnis.

»Und du denkst, weil der arme Jacob genauso hintergangen wird wie die arme Beate, da könnten wir doch gemeinsam in die Spaghetti heulen, richtig?« Ich muss lachen, weil er sein Gesicht zu einer heulenden Grimasse verzieht.

»Ach, hör doch auf.« Ich haue ihm in gespielter Empörung auf die Brust und spüre, wie hart sie ist.

»Trainierst du?«, frage ich aus einer Laune heraus und drücke mit meinem Daumen auf seinen Brustmuskel.

Jacob lächelt. »Manchmal schon.«

»Weißt du«, sage ich, »meine Oma hat immer gemeint, dass alles, was in deinem Leben passiert, aus einem ganz bestimmten Grund geschieht. Und irgendwie bin ich die ganze Zeit auf der Suche nach dem verdammten Grund für diese ganze Scheiße. Und dann frage ich mich, ob es ein guter oder ein schlechter Grund ist. Verstehst du?«

Jacob nickt. »Deine Oma hat bestimmt recht. Und wenn du den verdammten Grund irgendwann kennst, tu mir doch einen Gefallen und ruf mich an, okay?«

Jetzt lächle ich und antworte mit einem Kopfnicken.

Ich folge ihm in eine geräumige Wohnküche, die dem Stil der Wohnung treu bleibt. Glänzende Türen. Wenigstens die Wohnung bleibt sich treu, denke ich bei mir. Während Jacob vor mir herläuft, nehme ich ihn genauer in Augenschein. Er ist ziemlich groß, größer noch als Martin. Sein Kreuz ist breiter, vielleicht ist das aber auch nur eine optische Täuschung, weil er größer ist und sich dadurch die Proportionen verschieben, ich weiß es nicht. Er verfügt über eine enorme Ausstrahlung, eine, die man nicht oft sieht. Susanne könnte sich richtig was drauf einbilden, einen so ansehnlichen Mann zu haben. Allerdings ist das ja alles nur Optik. Vielleicht kann man mit Martin bessere Gespräche führen als mit Jacob. Ich rede gern mit Martin. Er ist tiefgründig, wobei das auch nerven kann. Er reitet zum Beispiel immer wieder auf dieser Ei-Huhn-Sache herum, was nun zuerst da war: das Huhn oder das Ei. Mir ist das völlig gleich. Ich belaste mich nicht mit derlei Dingen, weil man sowieso keine Antwort auf solche Fragen erhält. Sie dienen einzig und allein dem wilden Herumphilosophieren. Und abgesehen davon, weiß ich nicht, was ich für Nutzen aus dem Wissen ziehen könnte. Egal, was zuerst da war, es würde mein Leben nicht verändern.

»Worauf hast du denn Appetit?« Jacob öffnet den Kühlschrank, der für mein Empfinden extrem überfüllt ist. Eine Person allein benötigt niemals diese Menge an Lebensmitteln, nicht, solange er nicht auf Besuch eingerichtet ist. Ich setze mich an den Tisch und stütze mein Gesicht in die Hände.

»Mir egal, koch, was du willst«, antworte ich und bin einigermaßen gespannt, was Jacob sich einfallen lässt.

»Das kann dir doch nicht egal sein, was du isst. Es wird schließlich deinen Körper passieren.« Er bringt kein Verständnis für meinen Gleichmut auf.

»Doch, mir ist es vollkommen egal, was ich esse, ehrlich.« Ich zucke mit den Schultern.

»Also wirklich!« Jacob schüttelt verächtlich den Kopf. »Das ist doch dein Körper. Du solltest auf ihn achten. Du bist ziemlich dürr. Ich werde etwas Wunderbares kochen, damit wir dich wieder auf die Füße kriegen.«

Ich lächle, obwohl mir nicht sehr nach Lächeln zumute ist. Doch irgendwie ist es schön, das Gefühl, dass sich jemand um mich kümmert. Wenn Martin da ist, kümmert er sich zwar auch um mich. Aber allein das Wissen darum, dass er mit seinen Gedanken bei Susanne ist, wirft einen dunklen Schatten auf die gute Absicht. Am Anfang hatte ich versucht, diesen Umstand zu ignorieren. Aber nachdem die Affäre einige Monate andauerte, hörte ich auf, die schönen gemeinsamen Stunden zu genießen. Ich veränderte mich langsam. Inzwischen streiten wir uns öfter, als wir uns vertragen, meistens wegen Belanglosigkeiten und oft, weil ich Martin provoziere. Ich bin mir sicher, ich werde ihn irgendwann so sehr aus der Reserve locken, dass er von ganz allein mit der Sprache rausrückt. Manchmal habe ich den Eindruck, er steht ganz kurz davor. Und dann frage ich mich, wieso er das Theater immer weiterspielt, wie lange er diese Scharade noch bereit ist aufrechtzuerhalten.

»Ich habe da so eine Theorie«, erkläre ich, während Jacob Öl in eine Pfanne träufelt und die Herdplatte einschaltet.

»Und welche?«, fragt er und legt behutsam Garnelen ins Öl. Ich liebe Garnelen. Ich habe lange darauf verzichtet, weil Martin sie nicht mag. Er erträgt ihren Geruch nicht. Er verabscheut alles, was nach Fisch riecht. Mir hat der Verzicht nichts ausgemacht, aber jetzt freue ich mich auf die bevorstehende Mahlzeit.

»Ich glaube, Martin verlässt mich nur nicht, weil er sich nicht sicher ist, ob Susanne sich von dir trennt. Martin ist kein Typ, der gut allein sein kann.«

Jacob schält Knoblauch und drückt ihn durch eine Knoblauchpresse. »Warum verlässt du ihn nicht einfach? Dann könnte Martin herausfinden, ob meine Frau es ernst mit ihm meint.« Jacobs Logik ist bestechend, finde ich und schmunzle.

»Ja, willst du denn, dass deine Frau sich zwischen dir und ihm entscheidet?«

Jacob setzt heißes Wasser auf und salzt es. Der Duft der Garnelen, vermischt mit Knoblauch, zieht mir in die Nase und lässt mir das Wasser im Mund zusammenlaufen.

»Von mir aus könntest du es drauf ankommen lassen. Aber ich glaube, ich kenne Susannes Antwort.«

»Und wie wäre die?«, frage ich so gleichmütig wie möglich und platze fast vor Neugier.

»Die Antwort kann ich dir leider nicht geben, auch wenn ich es gern würde, aber auch das fällt unter meine eheliche Schweigepflicht. Ich möchte es dir nicht verraten und hinterher dann nicht begründen. Das wäre unfair.« Jacob lächelt versöhnlich, und ich verdrehe entnervt die Augen. Ich verstehe nicht, wie er sich seiner verlogenen Frau gegenüber an ein Versprechen gebunden fühlen kann. Ich höre meinen Magen knurren und bin mir sicher, dass er so laute Geräusche von sich gibt, dass auch Jacob das mitbekommt. Mir ist das unangenehm, aber auch wenn Jacob etwas hört, ist er Gentleman genug, es zu übergehen. Das Wasser kocht, und Jacob wirft zielsicher Spaghetti in den Kochtopf. Während ich ihn dabei beobachte, überlege ich, wann Martin das letzte Mal für mich gekocht hat. Ich erinnere mich nicht mehr. Wenn wir gemeinsam zu Hause sind, ist es inzwischen sogar so, dass wir uns in getrennten Zimmern aufhalten. Ich sitze meistens im Wohnzimmer, und er zieht sich unter einem fadenscheinigen Vorwand ins Schlafzimmer zurück, sicher, um ungestört mit Susanne Kurznachrichten zu schreiben. Nach den ersten heimlich gelesenen niederschmetternden SMS habe ich aufgehört, sie zu lesen. Meistens waren es Liebesbekundungen und Offenbarungen darüber, wie sehr sie sich gerade gegenseitig vermissten.

»Deine heilige Susanne hütet also ein Geheimnis, und du hütest es mit ihr«, stelle ich sachlich, aber missbilligend fest.

»Genauso verhält es sich.« Jacob nimmt eine Kostprobe aus der Pfanne und hält eine Hand unter den Löffel. Er pustet ein wenig auf die dampfende Garnele ein.

»Mund auf, Augen zu«, sagt er. Ich finde es zwar befremdlich, aber ich tue, was er sagt. Er schiebt mir die köstliche Garnele in den Mund, und ich möchte vergehen. Es schmeckt fantastisch. Ich öffne die Augen. »Föftlich«, nuschle ich, während ich mir die Garnele auf der Zunge zergehen lasse. »Wie lange brauchen die Spaghetti noch?«, erkundige ich mich ungeduldig.

»Zwei Minuten«, antwortet Jacob. Spontan stehe ich auf. »Wo ist das Geschirr? Ich kann doch schon mal den Tisch decken.« Jacob zeigt auf einen der Oberschränke und dann auf eine Schublade. »Dort sind die Teller und da das Besteck«, instruiert er mich. Ich mache mich nützlich, als mir der Gedanke kommt, dass ich in *ihrer* Küche herumwirtschafte. Ich werde Teller und Besteck berühren, das *ihr* gehört, das *ihr* Eigentum ist. Ich horche in mich, und da ist nichts, weder ein ungutes Gefühl noch ein Gefühl der Schuld. Ich tue im Prinzip genau das Gleiche, was sie mit meinem Mann tut. Ich benutze, was ihr gehört. Abgesehen davon, dass ich nicht mit ihrem Mann schlafe, schießt es mir durch den Kopf. Und noch während der Gedanke in meinem Kopf herumwabert, mustere ich Jacob. Er rührt die Spaghetti um und scheint hochkonzentriert zu sein. Wie es sich wohl anfühlt, mit ihm zu schlafen? Ich wäge ab. Würde ich es tun, nur um Susanne und Martin eins auszuwischen? Würde Jacob mit mir schlafen, aus genau den gleichen Gründen? Was sagt das über mich aus, dass ich überhaupt darüber nachdenke? Würde ich nur aus dem Motiv Rache heraus mit einem mir völlig fremden Mann schlafen? Ich bin mir nicht mal sicher, ob ich Martin damit treffen würde. Und Susanne? Ich würde Jacob gerne fragen, ob er noch mit Susanne schläft, aber irgendetwas hält mich davon ab. Vielleicht meine gute Erziehung oder die Tatsache, dass ich es eigentlich gar nicht so genau wissen möchte? Und dann schleicht sich noch ein Gedanke in meinen Kopf. Habe ich im Prinzip nicht schon mit Jacob geschlafen? Wenn unsere Ehepartner ungeschützten Verkehr miteinander hatten und sie wiederum mit uns schliefen, haben wir dann nicht schon auf irgendeine Art und Weise Körperflüssigkeiten untereinander ausgetauscht? Ich mustere Jacob immer noch, und bei meinem letzten Gedanken, der mir da kam, bin ich nun fast erstaunt. Erstaunt darüber, dass mich kein Ekel überkommt. Ich finde Jacob nicht eklig. Ich finde ihn attraktiv, und ein wenig genieße ich sogar seine Gegenwart. Und das hat nichts damit zu tun, dass ich mich an Susanne oder Martin rächen will. Ich genieße es, dass er für mich kocht und sichtlich um mich, meine Gesellschaft und mein Wohlergehen bemüht ist. *Nun lass mal die Kirche im Dorf*, schelte ich mich selbst und setze mich wieder an den Tisch. Jacob gießt die Spaghetti durch ein Sieb und schreckt sie kurz ab. Ich beobachte ihn die ganze Zeit über und schweige. Es ist kein unangenehmes Schweigen, eher ein einträchtiges. Ich habe das Gefühl, dass Jacob mir keine Fragen stellen möchte, ganz im Gegensatz zu mir. Mir brennen tausend Fragen unter den Nägeln, allerdings bin ich mir sicher, dass er sie mir nicht beantworten würde, wenn ich sie ihm stellte. Auf, aus meiner Sicht, groteske Art und Weise scheint Jacob seinen Frieden mit dieser Situation gemacht zu haben und sich trotz allem seiner Frau gegenüber verpflichtet zu fühlen. Ich habe dieses Gefühl Martin gegenüber schon lange nicht mehr. Ich habe sogar schon mit dem Gedanken gespielt, ihn auch zu betrügen. Es ist heutzutage nicht schwer, ein Verhältnis mit einem Mann zu beginnen. Ich kenne viele Männer, die in ihrer Ehe sexuell frustriert und immer auf ein Abenteuer aus sind. Bis jetzt allerdings habe ich noch nicht das Bedürfnis verspürt, mich einem anderen Mann hinzugeben. Es heißt ja auch, dass Frauen sich mit dem Betrügen schwerer tun als Männer. Diese These kann ich voll und ganz unterschreiben. Für meine Begriffe gehören mehr dazu als zwei Geschlechtsorgane und ein Pornofilm in einem drittklassigen Hotel. Ich benötige Nähe, Vertrauen und vor allem Liebe. Ich muss mir selbst gegenüber eingestehen, dass ich noch niemals aus dem Gefühl der bloßen Geilheit mit einem Mann geschlafen habe. Allerdings habe ich auch nicht den Eindruck, etwas verpasst zu haben, deshalb relativiert sich die Angelegenheit.

»Fertig«, verkündet Jacob und stellt mir einen Teller voll dampfender Spaghetti vor die Nase. Er selbst füllt sich auch eine Portion auf und stellt seinen Teller, zusammen mit der

Pfanne, auf den Tisch. Die Pfanne findet zwischen uns in der Mitte Platz. Jacob hat die Garnelen zusammen mit Tomatenstückchen, Knoblauch, Basilikum und anderen Gewürzen in Öl angebraten. Es riecht köstlich.

»Bedien dich!«, fordert er mich auf und holt dann Parmesankäse aus dem Kühlschrank.

Ich fülle mir ordentlich Garnelen auf und bin nicht sparsam mit dem Öl. Es duftet so appetitlich, dass ich kaum noch an mich halten kann. Ich streue mir ordentlich Parmesan über die Nudeln und fange an zu essen.

»Ist das ein altes Rezept deiner Großmutter?«, frage ich, während ich ungeniert schmatze.

Jacob lächelt: »So in etwa. Wenn ich ganz ehrlich bin, ist das eines von Susannes Lieblingsgerichten.«

Ich fange an zu husten, weil mich seine Ehrlichkeit trifft, gleich einer Ohrfeige.

»Was ist?«, fragt Jacob, »sag nicht, dir schmeckt es jetzt nicht mehr. Ich dachte, es wäre dem Anlass angemessen. Hier hast du die einmalige Gelegenheit, ihr endlich auch mal etwas wegzunehmen, auch wenn es nur kulinarischer Natur ist.«

Jacob hat recht, und ich verschlinge den nächsten Bissen. Ich kann gar nicht genug bekommen. Das hat weniger damit zu tun, dass das Essen von Rechts wegen Susanne zustände, denn damit, dass ich so lange freiwillig darauf verzichtet habe.

Ich spüre, wie plötzlich mein Handy in der Gesäßtasche vibriert. Im ersten Moment denke ich gar nicht daran dranzugehen, und plötzlich entschließe ich mich um. Ich finde es wahnsinnig spannend, mit Martin zu telefonieren, währenddessen mir Susannes Mann gegenübersitzt. Ich ziehe das Handy aus meiner Gesäßtasche und melde mich.

»Hallo?«

»Ich bin's, Martin.«

»Ich weiß«, antworte ich und merke selbst, wie gelangweilt meine Stimme klingt.

»Stör ich grad?«, fragt er.

»Ich esse«, antworte ich und schiebe mir den nächsten Löffel Spaghetti in den Mund.

»Oh, was gibt's denn Schönes?«, will Martin wissen.

Ich schmunzle und sehe Jacob direkt in die Augen. Ich hoffe, dass auch er den Augenblick ein wenig genießen kann. Er lächelt zurück.

»Spaghetti mit Garnelen und Parmesan«, antworte ich. Jacob steht auf und holt eine Flasche Weißwein aus dem Kühlschrank.

»Seit wann isst du denn Garnelen?«, fragt Martin, und ich sehe ihn direkt vor mir, wie sich seine Augenbrauen angewidert zusammen- und seine Mundwinkel nach unten schieben.

Ich seufze. Jacob stellt mir ein Glas Weißwein neben den Teller und prostet mir still zu. Ich erhebe das Glas, proste zurück und trinke einen Schluck. Der Weißwein ist kühl und trocken, genau so, wie ich ihn am liebsten mag.

»Darf ich dich daran erinnern, Martin, dass ich schon immer Garnelen mochte? Du bist derjenige, der sie nicht riechen kann. Und da du nicht da bist, dachte ich, ich tue mir mal etwas Gutes.«

»Ja, ja, schon gut, mein Schatz«, kommt es von ihm, und so wie er *mein Schatz* sagt, möchte ich am liebsten durchs Telefon brüllen, er solle das endlich sein lassen. Ich beherrsche mich und trinke noch einen Schluck Wein.

»Und, hast du heute noch etwas Schönes vor?«, fühlt er sich bemüßigt zu fragen. Ich vermute, dass er das Gespräch kurz halten möchte, und diesmal, es ist das erste Mal, hindere ich ihn auch nicht daran.

»Ich trinke noch ein Glas Wein und guck vielleicht einen Film. Mach's gut, Martin.« Ich lege auf, ohne eine Reaktion seinerseits abzuwarten.

Jacob guckt amüsiert. »Hast du ihn jetzt einfach weggedrückt?«

Ich nicke und grinse. »Jo.«

Ich halte Jacob meinen Teller hin und bitte um eine weitere Portion, die er mir grinsend auffüllt. Plötzlich vibriert mein Handy kurz. Eine SMS ist angekommen. Ich öffne sie, und da stehen sie, die drei Wörter, die ich von Martin schon seit Langem weder gehört noch gelesen und schon gar nicht gefühlt habe: »Ich liebe Dich«. *Was soll das denn jetzt?*, denke ich und bin nicht bereit, weiter darüber nachzudenken. Ich schiebe das Handy zurück in meine Hosentasche und versuche es zu ignorieren. Nachdem ich die Hälfte der zweiten Portion verschlungen habe, merke ich, wie rasch ein Sättigungsgefühl einsetzt. Ich schiebe den Teller von mir und trinke noch einen Schluck Wein.

»Hast du genug?«, fragt Jacob. Ich nicke schuldbewusst. Es ist mir zuwider, Essen verkommen zu lassen, aber ich bekomme nichts mehr runter. Jacob greift beherzt nach meinem Teller und schiebt sich den Rest auf seinen.

»Nur nichts umkommen lassen«, sagt er und gabelt ungerührt weiter die Spaghetti. Ich beobachte ihn dabei und wundere mich, dass er, trotz der Riesenportion, die er vertilgt, eine so sportliche Figur hat. Martin ist auch schlank, allerdings muss er sich beim Essen zügeln, da er zum Bauchansatz tendiert.

»Weißt du, woran ich gerade denken muss?«, frage ich.

»Woran?«

»An das Gesicht deiner Frau, wenn Martin ihr erzählt, dass ich gerade Spaghetti mit Garnelen und Parmesankäse esse.« Jacob verschluckt sich beinahe bei meinen Worten, weil er anfängt, heftig zu lachen. Er spuckt in die Serviette und kriegt sich gar nicht mehr ein. Er lacht so herzhaft, dass er mich damit ansteckt. Als er wieder zu Atem kommt, meint er: »Susanne wird uns durchschauen. Das ist tatsächlich eine Eigenkreation von ihr.« Er zeigt auf unsere Teller und die Pfanne und kann nicht aufhören zu grinsen.

»Vielleicht erzählt ihr Martin ja auch gar nichts. Aber wenn, würde ich gerne ihr Gesicht sehen.«

Jacob nickt. »Ich auch. Oh, Mann, sie kann richtig wütend werden. Sie kann so ein Miststück sein.«

Ich hebe eine Augenbraue. »Echt? Kann sie? In meiner Fantasie ist sie ein fehlerloses, schimmerndes Wesen, das so heilig wirkt wie die Jungfrau Maria.«

Jacob wird ernst. »Das schmink dir ab. Sie ist weder fehlerlos noch heilig. Sie kann eine Furie sein. Aber im Gegensatz dazu kann sie dir auch schmeicheln, dir den Kopf verdrehen, dir das Herz brechen und es im nächsten Augenblick wieder kitten. Sie weiß genau, wie all das geht, wie sie ihre Schönheit und Intelligenz gezielt einzusetzen hat. Wenn sie dich erst in ihren Fängen hat, lässt sie dich so schnell nicht mehr los. Von daher kann ich die Beweggründe deines Mannes sogar nachvollziehen.«

»Wie jetzt? Du entschuldigst nicht nur das Verhalten deiner Frau, sondern auch das meines Mannes? Das geht so nicht«, sage ich bestimmt.

»Das hat doch nichts mit entschuldigen zu tun, ich verstehe sie nur.« Er zuckt mit den Schultern. »Ist dir noch nie ein Mensch begegnet, bei dem du unbedingt wissen musstest, wie es genau mit ihm ist? Hast du noch nie das Begehren und Verlangen in dir gespürt und es ausgekostet?«

»Doch«, beeile ich mich zu antworten, »mit meinem Mann.« Mir ist es unangenehm, dass Jacob mir so intime Fragen stellt, aber nur deshalb, weil mich deren Antworten in ein sehr prüdes und fades Licht rücken. Ich will mich nicht uninteressant machen und schon gar nicht gleich am ersten Abend.

»Ich habe den Mann geheiratet, den ich so unbedingt haben wollte. Ich hatte vor Martin auch, wie man heute so schön sagt, Lebensabschnittsgefährten. Aber er war der erste Mann, für den ich derart tiefe Gefühle hatte, dass ich mir vorstellen konnte, mein Leben mit diesem Menschen zu teilen. Abgesehen davon, finde ich den Ausdruck *Lebensabschnittsgefährte* mehr als geschmacklos. Das hört sich an, als wäre ich mit einer Salami liiert. Das könnte dann ebenso *Lebensaufschnittsgefährte* heißen.«

Jacob fängt an zu lachen, und als mir klar wird, was ich da von mir gegeben habe, kann ich mir ein Glucksen auch nicht verkneifen.

»Du bist also noch eine von der altmodischen Gattung. Die Dauerwurst unter den Sahneschnittchen …«, neckt er mich.

»Gattung«, äffe ich ihn nach, »wie du das sagst?! Als wäre das was Schlechtes. Ich war eben nur an meinem Mann interessiert. So ist doch der Passus. Du entscheidest dich, dann heiratest du, und wenn's nicht klappt, lässt du dich scheiden. Aber du vögelst doch nicht über ein Jahr mit weiß der Geier wem. So geht das nicht.« Ich nehme einen großen Schluck Wein und hole mir eine Zigarette aus Jacobs Schachtel. Er greift nach den Streichhölzern und gibt mir Feuer. Auch er zündet sich eine Zigarette an.

»Wenn sie wüsste, dass ich in der Wohnung rauche, würde sie einen Riesenaufstand machen.«

»Das freut mich«, sage ich und meine es ehrlich. »Und es freut mich auch, dass sie ein Miststück sein kann. Das gönn ich Martin.« Ich lächle zufrieden.

»Ich auch.« Jacob zieht an seiner Zigarette und grinst.

»Was ist Susanne eigentlich von Beruf?«, will ich wissen. Seit einer ganzen Weile versuche ich, das herauszubekommen, konnte es bis jetzt nur nicht in Erfahrung bringen, da ich in der Woche selbst arbeite. Ich hatte sogar schon überlegt, einen Privatdetektiv zu engagieren, fand es am Schluss aber sinnlos. Ich hatte mir damals ihre Telefonnummer aus Martins Handy herausgeschrieben und, ganz alte Schule, die Adresse übers örtliche Telefonverzeichnis herausbekommen. Wir, Martin und ich, sind seit Jahren nicht gelistet, deshalb war ich sehr überrascht, dass es letztendlich doch so einfach war, Susannes Adresse herauszubekommen. Was Susanne Müller jedoch von Beruf war, blieb bis heute ein Geheimnis.

»Susanne verdingt sich stundenweise als Rechtsanwalts- und Notargehilfin in einer Anwaltskanzlei. Die gehört ihrem Vater.«

»Da hat sie's ja richtig weit gebracht«, bemerke ich sarkastisch.

»Nun ja, wie man's nimmt. Sie hat, was das betrifft, ein leichtes Leben. Aber mal ehrlich, willst du immer den Launen deines Vaters ausgeliefert sein?«

»Nee. Meine Eltern leben in Dortmund, und das ist gut so. Aber vielleicht ist Susannes Vater ja ganz nett.«

»Ja, und vielleicht ist der Papst auch evangelisch.«

»Verstehe.« Ich lächle und lehne mich nach hinten. Nun überlege ich, welche Fragen ich Jacob stellen kann, ohne ihm zu nahezutreten. Alles, was ich fragen will, ist sehr persönlich. Im Grunde genommen sind das auch alles Fragen, deren Antworten Martin mir schuldet. Jacob wäre im Prinzip nur eine Art Ersatz, um mir Fragen über die Frau zu beantworten, die er so gut kennt und ich gar nicht.

»Kannst du dir ein Leben ohne Martin an deiner Seite vorstellen?«, holt Jacob mich aus meinen Gedanken.

»Was heißt denn, ob ich mir das vorstellen könnte? Ich denke, ich werde gar nicht mehr gefragt, ob ich mir überhaupt irgendetwas vorstellen könnte. Ich werde einfach vor vollendete Tatsachen gestellt, ob ich nun will oder nicht.«

»Wie ist dein Leben ohne Martin in deiner Vorstellung?«

Ich massiere angestrengt meine Augenbrauen und gehe in mich. Wie sieht mein Leben ohne Martin aus?

»Ich weiß es nicht. Immer, wenn ich mich selbst gedanklich vor die vollendete Tatsache stelle, dass ich zukünftig ohne ihn leben muss, macht mein Kopf zu, und mein Herz schreit: *Nein*. Mehr nicht. Ich will es mir einfach nicht vorstellen. Und doch weiß ein Teil meines Gehirns, ich meine ein Teil meines Ichs, dass es so kommen wird. Ich will Martin nicht mehr teilen. Ich habe einfach keine Kraft mehr. Verstehst du das?«

Jacob gießt mir Wein nach und nickt. »Ich verstehe dich. Aber was, wenn ich dir – und das ist nur so ein Gedankenspiel von mir – sage, dass die Affäre nicht von Dauer sein wird? Was dann? Hältst du dann weiter still, oder ist das jetzt und hier der Punkt, an dem du eine Entscheidung von Martin verlangst?«

Ich halte kurz die Luft an, werde misstrauisch. »Was heißt das denn? Wieso sollte die Affäre nicht von Dauer sein? Weißt du vielleicht mehr als ich?«

»Ich meine doch nur theoretisch«, erwidert Jacob und sieht mich an, als würde er einen besonderen Kartentrick vorführen.

»So etwas geht nicht nur theoretisch! Er hat ja auch nicht nur theoretisch eine Affäre. Sie vögeln in echt!«, ereifere ich mich. »Deine blöde Frage hat jetzt was mit deiner Heimlichtuerei zu tun, oder? Du weißt etwas, was du mir nicht sagen kannst, weil du dich deiner Frau gegenüber verpflichtet fühlst. Aber da scheiß ich drauf.«

Ich werde allmählich stinksauer, nehme noch einen großen Schluck Wein und versuche, mich zu beruhigen.

»Stimmt, das hat etwas mit meinem Versprechen zu tun. Und das Versprechen habe ich im Übrigen weniger Susanne als mir selbst gegenüber gegeben. Ich weiß, dass du nicht gut auf sie zu sprechen bist, aber dass ich dir etwas vorenthalte, hat nichts mit ihr zu tun, sondern eigentlich nur mit mir selbst. Du müsstest also auf mich wütend sein. Und noch etwas will ich klarstellen. Es geht nicht direkt um ein Versprechen, viel eher um eine Sache, die ich schon sehr lange weiß, so lange sogar, wie ich Susanne schon kenne.« Jacob steht auf und fängt an, den Tisch abzuräumen.

»Weißt du was, Jacob? Ich habe keine Kraft mehr, noch auf andere wütend zu sein. Vielleicht war es ein Fehler, hierherzukommen. Ich wollte eine Antwort finden, irgendeine beschissene Antwort.« Ich stehe auf, will flüchten. »Ist das zu viel verlangt? Eine Antwort? Nur eine Wahrheit zwischen den ganzen Heimlichkeiten und diesem heute *hü* und morgen *hott*?« Ich zerre mein Handy aus der Hosentasche, knalle es auf den Tisch. Ich drücke gezielt ein paar Tasten und halte Jacob die letzte SMS meines Mannes vor die Nase. »Sag mir, was das zu bedeuten hat? Sag's mir! *Ich liebe Dich.* Warum schreibt man so etwas, wenn man grade in den Armen einer anderen Frau liegt? Wenn man zwischen zwei Stühlen steht. Wer bin ich eigentlich? Was bin ich für ein Stuhl? Bin ich der bequeme, aber abgenutzte? Und ist sie der Thron, der schillernde mit den ganzen Edelsteinen? Wer bin ich denn, dass jemand denkt, so mit mir umgehen zu können, so spielen zu dürfen mit meinen Gefühlen?« Jacob steht reglos da und lässt meine Worte auf sich niederprasseln. Ich merke, dass mir dicke Rotzblasen aus der Nase blubbern und Tränen meinen Blick verschleiern. Ich hasse diese Schwäche. Irgendwann müssen Tränen doch mal versiegen. Mein Körper scheint blöderweise so konstruiert, dass er Massen davon produzieren kann. Immer wieder neu, jeden Tag und jede Nacht.

Ich greife nach meinem Handy, stecke es in die Gesäßtasche und will nur noch weg.

»Danke für das Essen«, sage ich und will lospreschen. Ich mache einen Schritt auf Jacob zu und möchte mich an ihm vorbeidrängeln. Mit einer ausholenden Armbewegung schnappt er mich und drückt meinen Kopf an seine Brust. Ich bin so perplex, dass es mir glatt die Sprache verschlägt. Ich stemme mich mit beiden Händen gegen seinen harten Oberkörper und versuche, mich von ihm loszumachen. Es bleibt beim Versuch. Jacob ist stark. Er hält mich an sich gedrückt und legt den Mund auf meinen Scheitel. Ich spüre seinen warmen Atem auf meiner Kopfhaut.

»Es ist nicht deine Schuld«, flüstert er. Mein Widerstand löst sich augenblicklich auf in nichts. Da ist es, das Mitleid, mit dem ich so schlecht umgehen kann.

»Ich weiß, dass es nicht meine Schuld ist«, presse ich hervor. »Es ist Martins Schuld und die Schuld deiner Frau.« Jacob hält mich umschlungen. Meine Arme sind zwischen mir und seiner Brust eingeklemmt, und irgendwie tut es gut, mich nicht wehren zu können gegen seine Umarmung. Ich würde so gern meinen Kopf an seine Brust pressen und einfach nur noch loslassen, mich fallen lassen, ich bin so unendlich müde. Ich hebe den Kopf, schaue ihm ins Gesicht und wage es nicht, mich zu rühren. Ich will plötzlich nicht mehr, dass er mich loslässt. Ich wünschte, mich würden für immer so starke Arme festhalten. Festhalten und nie wieder loslassen. Eine Flut von Gefühlen durchströmt mich. Gefühle, die ich gar nicht einzuordnen weiß. Was passiert hier gerade? Die körperliche Nähe macht mich benommen, oder ist das der Wein, der langsam seine Wirkung entfaltet? Jacobs Blick ist ausdruckslos oder doch nicht? Was ist es, was ich da sehe? Ist es Verlangen? Oder verletzte Eitelkeit? Am Ende beides? Du siehst, was du sehen willst, ermahnt mich eine innere Stimme. Ich spüre, wie meine Knie zittern, und ein wenig hoffe ich, dass Jacob sich ein bisschen genauso fühlt wie ich. Die Blicke aus seinen blauen Augen durchbohren mich, scheinen nach irgendetwas zu suchen. Sein Mund befindet sich auf einer Höhe mit meiner Stirn. Ich kann seinen Atem auf meiner Haut spüren. Mein Puls rast, und ich nehme wahr, dass sein Herz in diesem Augenblick genauso heftig schlägt wie meins. Ich spüre jeden seiner Herzschläge an meinen Unterarmen. Von einer Sekunde auf die andere senkt sich sein Mund auf meine Lippen, und ich strecke mich ihm vorbehaltlos entgegen. Ich will noch überlegen, wieso ich den Kuss zulasse, sogar erwidere, als sich meine Vernunft abschaltet und Platz macht für Verlangen, vielleicht genau dieses Verlangen, von dem vorhin die Rede war. Mein Innerstes birgt eine Art Willenlosigkeit, wie ich sie vorher noch nicht erlebt habe. Jacobs warme Zunge ist in meinem Mund und bewegt sich erst vorsichtig, dann verlangender. Unsere Münder verschmelzen ineinander. Mein Unterleib pocht und drängt sich ihm entgegen. Ich höre, wie Jacob leise stöhnt. Das macht mich nur noch entschlossener. Er gibt meine Arme frei, und ich ziehe ihn fest an mich.

»Komm mit«, murmelt Jacob, und noch bevor ich etwas sagen, denken oder auch nur einen Schritt tun kann, hebt er mich kurzerhand hoch, und ich schlinge meine Beine eng um seine Taille. Er trägt mich ins Schlafzimmer und schmeißt sich gemeinsam mit mir aufs Bett. Ich lande weich in den Kissen, und sofort ist er über mir. Und wieder küsst er mich so leidenschaftlich, dass mir beinahe die Luft wegbleibt. Seine Hände sind jetzt überall. Er streift mir meinen

Pullover über den Kopf und zieht die Träger meines BHs herunter.

»Bist du dir sicher, dass du das willst?«, fragt er und hält inne. Ich bringe nur noch ein Nicken zustande.

Jacob liegt ganz nah bei mir. Ich drücke meine Lippen an seine Wange und genieße noch seine warme Umarmung. Ich fühle mich, als hätte ich einen rasenden Sprint hingelegt, als würde ich jetzt im grünen Gras liegen und nach Luft japsen. Alles scheint so friedlich zu sein. Jetzt im Augenblick empfinde ich eine seltsame Ruhe, beinahe Frieden in mir und mit mir selbst, wie ich ihn lange nicht gespürt habe. Jacob stützt sich ab und schaut mich an. Er will etwas sagen, hält aber inne.

Ich selbst weiß auch nicht, was es zu sagen gibt. Mein Kopf ist völlig leer. Das wird sich bald ändern, weil ich natürlich weiß, dass das, was wir gerade getan haben, etwas zu bedeuten hat. Aber im Moment will ich einfach nur diese Umarmung und seinen Blick auf mir genießen, die Ruhe voll und ganz auskosten, die mich gerade durchströmt. Mir ist klar, dass dieser Zustand nicht ewig anhalten wird, und doch versuche ich, jedweden Gedanken, insbesondere Gewissensbisse oder dergleichen, von mir zu schieben. Jacob zieht die Bettdecke über uns und hüllt uns ein. Es ist ein schönes Gefühl, so warm. Auch dass er nicht spricht, gefällt mir. Ich schließe die Augen und bin einfach nur glücklich über seine Nähe und die Geborgenheit, die er mir gibt. Ich blende den Rest meines verkorksten Lebens vollkommen aus, gebe meiner Erschöpfung nach und döse weg.

Kapitel 2
Rostock

Martin sitzt reglos und gedankenverloren auf der linken Seite eines Kingsize-Bettes. Er ist eben im Hotel *Warnemünder Hof* angekommen. Er hält den Flyer des Hotels in der Hand und überfliegt ihn. Oben steht in schnörkeligen Lettern »Familienhotel«. Er schnaubt kaum merklich. Familie. Er weiß schon lange nicht mehr, wer seine Familie ist. Früher, vor über einem Jahr, war alles so klar, so aufgeräumt. Da war Beate, seine Frau, seine Familie. Mehr brauchte er nicht. Nur Beate und sich selbst. Er liebte Beate. Aber heute kann er ihr kaum mehr in die Augen schauen. Wobei, er kann es schon, aber er tut es nicht gern. Weil ihr Blick eine einzige Anklage ist und sein Empfinden eine große Schuld. Er weiß, dass er es verbockt hat, und zwar richtig, auf der ganzen Linie. Wie konnte das alles nur geschehen? Wie konnte er es so weit kommen lassen? Warum hatte er nicht die Notbremse gezogen? Gelegenheiten gab es doch zuhauf. Daran lag es nicht. Es lag viel eher an seinem Unvermögen, seine Gefühle ernst zu nehmen, ihnen Einhalt zu gebieten, besser auf seinen Verstand zu hören als auf sein Herz.

Jetzt sitzt er hier. Ein weiteres Mal in einem anonymen Hotelzimmer, wie schon so oft in diesem Jahr. Er hatte Beate angelogen, hatte ihr gesagt, dass er zu einem Seminar fährt. Er schämte sich wahnsinnig, weil er wusste, dass sie ihn ein weiteres Mal durchschaute. Ihr Blick hatte resigniert gewirkt, aber auch irgendwie hart, so als hätte sie sich mit den Gegebenheiten abgefunden. Er schaut zur Uhr. Kurz vor sieben. Susanne müsste jeden Moment eintreffen. Für gewöhnlich fuhren sie gemeinsam in ihre Wochenenden, doch diesmal hatte Susannes Vater darauf bestanden, sie nach Rostock zu bringen. Er hatte Angst um seine Tochter, er wollte schon lange nicht mehr, dass sie Auto fuhr. Und Susanne brachte es nicht übers Herz, ihm reinen Wein einzuschenken, ihm zu sagen, dass sie jemanden hatte, der sie im Auto mitnahm. Das alles wurde immer komplizierter, und Martin hatte sich schon seit einiger Zeit fest vorgenommen, mit Susanne zu sprechen, darüber, wie es weitergehen sollte. Er wusste nur nicht, wie er es anfangen sollte. Er liebte sie so sehr, und doch sah er kaum noch einen Sinn in dem, was sie taten. Das Beste wäre, sie würden es beenden. Endlich beenden, irgendwie, egal wie. Er war ja kein Mensch mehr und Susanne auch nicht. Und Beate? Beate weiß alles, ganz bestimmt. Sie ist ja nicht blöd. Aber das ist momentan zweitrangig. Er stützt seinen Kopf in die Hände. Hätte ihn noch vor zwei Jahren jemand gefragt, ob es möglich sei, zwei Frauen gleichzeitig zu lieben, hätte er demjenigen einen Vogel gezeigt. *Niemals*, hätte er gesagt. Und heute war alles gänzlich anders. Er konnte nicht nur gleichzeitig zwei Frauen lieben, er konnte auch in zwei unterschiedlichen Welten leben. Wobei das mit der Liebe auch irgendwie gelogen war. Tief im Innern wusste er nämlich, dass er nur Susanne liebte. Zog er den unmittelbaren Vergleich, musste er sich eingestehen, dass die Liebe zu Beate in dem Moment aufhörte, in dem er Susanne kennengelernt hatte. Nur war es auch so, dass er furchtbare Angst hatte, dass Susanne irgendwann nicht mehr da war und er ganz allein dastehen würde. Das war eine seiner großen Charakterschwächen, die Angst vor dem Alleinsein. Er glaubte sogar, dass er eher eine Lüge mit Beate leben würde, als allein zu bleiben. Was für ein elender Feigling er doch war. Und dann war da die Hoffnung, dass er Beate wieder lieben würde, sobald Susanne nicht mehr da war. Wenn er sich da nur nicht selbst etwas vormachte!

Er vermisst sein altes Leben. Wenn er früher nach Hause kam, zu Beate, dann war er daheim, sie war sein Zuhause. Das Gefühl, zu Hause zu sein, hatte er jetzt schon so lange verloren, und er vermisste es, sehr sogar. Wenn er Beate jetzt in den Arm nimmt, ist da nur noch Schuld, eine gewisse Zuneigung auch, aber die Schuld überwiegt. Er hat ihr schließlich ein Versprechen gegeben. *Bis dass der Tod uns scheidet.*

Der Tod! Der Tod!, kreischt es in Martins Hinterkopf. Der hat alles verändert. Der verdammte Tod.

Er hatte Susanne vor fast anderthalb Jahren in Österreich kennengelernt. Er war dort geschäftlich unterwegs gewesen. Abends kam er ins Hotel, wollte an der Bar einen schnellen Absacker nehmen und dann ins Bett gehen. Hätte er doch damals nur auf den Absacker verzichtet! Manchmal trifft man im Leben auf den ersten Blick völlig unbedeutende Entscheidungen, die dann das ganze Leben plötzlich verändern, es auf den Kopf stellen. Und die Worte *hätte* und *wäre* sind dann nichts weiter als tadelnde Konjunktive. Diese Wörter gibt es, aber sie helfen niemandem weiter. Konjunktive heben ihren mahnenden Zeigefinger und verhöhnen dich, lachen dich aus.

Damals kam er an die Hotelbar und setzte sich auf einen der Barhocker. Er bestellte einen doppelten Whiskey und atmete tief durch. Die Geschäfte waren gut gelaufen. Zwei Kliniken hatten sich für seine Firma entschieden, was für ihn selbst eine enorme Provision bedeutete. Er wollte sich zur Feier des Tages nur noch einen Drink genehmigen, dann auf sein Zimmer gehen und Beate anrufen, ihr alles in Ruhe erzählen. Im Nachhinein wünschte er sich heute, doch nur die Minibar geplündert zu haben, dann wäre ihm das letzte Jahr erspart geblieben. Sparsamkeit, das war wahrscheinlich die sprichwörtliche Ironie des Schicksals, hatte ihn in diese missliche Lage gebracht, schließlich hätte die Minibar hundert Prozent Aufschlag ausgemacht. Heute weiß er, dass er sogar tausend Euro gezahlt hätte, sogar mehr noch, nur um die Qualen des vergangenen Jahres nicht durchstehen zu müssen. Er hätte jeden Preis gezahlt, damit ihm diese verdammten Konjunktive erspart geblieben wären. Und mit den Konjunktiven der ganze Schmerz, den er seitdem erduldet und sogleich verursacht hatte.

Susanne saß an diesem Abend auch auf einem Barhocker, und auch sie grübelte über Konjunktive nach. Ihre Hand zitterte, während sie ihren Tequila hinterkippte. Sie hielt einen Zettel, vielmehr einen Brief, in der Hand, einen, der schon ganz zerknittert und abgegriffen war vom vielen Drehen und Wenden. Susanne war betrunken, und Martin hatte beobachtet, wie sie so über ihrem Schnapsglas brütete und den zerknitterten Zettel immer und immer wieder las. Sie weinte nicht, nein. Aber von ihr ging eine unendliche Traurigkeit aus. Was Martin aber noch mehr faszinierte, war ihre Schönheit, die kleinen Löckchen, die ihr wild vom Kopf abstanden, und ihre Haut, die golden schimmerte. Er vermutete, dass zumindest eins ihrer Elternteile eine dunkle Hautfarbe hatte. Susannes Haut war eher hell, und doch fehlte ihr die europäische Blässe. Ihre fast schwarzen Augen waren eingerahmt von schwarzen langen Wimpern, was beinahe unnatürlich anmutete. Heute weiß er, dass alles an Susanne echt ist, auch das Zittern ihrer Hand. Er kippte damals den Whiskey hinter und war schon fast im Begriff zu gehen, als Susanne ihm direkt in die Arme sank. Auch sie wollte gehen, war aber zu betrunken, um auch nur einen Schritt vor den nächsten zu tun, geschweige denn zu stehen. Er fing sie also auf. Und da niemand, außer ihm und dem Barkeeper, da war, der dieser Frau hätte helfen können, half Martin ihr. Er hielt sie fest, während der Barkeeper den zerknitterten Zettel in Susannes Handtasche steckte und ihm ihre Tasche über die Schulter hängte.

»Sie hat Zimmer 61. Schaffen Sie das allein, oder soll ich mitkommen?«, hatte er gefragt. Martin hatte abgewinkt. »Die fünfzig Kilo schaffe ich zur Not allein. Gute Nacht«, hatte er sich verabschiedet und war mit Susanne zu den Fahrstühlen gegangen. Er hatte sie an die Wand gestellt, damit sie nicht umkippte, und sie schlief halb im Stehen ein. Er erinnerte sich an ihr hübsches Gesicht und an ihren kleinen Mund, der ständig etwas sagen wollte, aber nur unzusammenhängende Laute von sich gab. Dann kam der Fahrstuhl. Er manövrierte sie hinein und drückte den Knopf der sechsten Etage. Der Fahrstuhl fuhr los. Im selben Augenblick erbrach sich Susanne über Martins guten Anzug.

»Scheiße«, hatte er im ersten Augenblick geflucht, und »ups, sorry«, hatte Susanne genuschelt und irgendetwas von »kriegn wir wieder sauber«, als ihr auch schon der nächste Schwall aus dem Mund schoss und direkt auf Martins Schuhen landete.

»Verdammt!«, hatte er geschimpft, als der Fahrstuhl endlich hielt. Er wollte noch fragen, ob er nach rechts oder nach links gehen sollte, aber Susanne hatte, dem Alkohol geschuldet, ihre komplette Orientierung eingebüßt. Also ging er, Susanne im Schlepp, den Flur links hinunter und sollte Glück haben. Sie hielten vor dem Zimmer 61, und Martin schloss die Tür auf.

»Ismir schlecht«, hatte Susanne gelallt und war zielstrebig ins Badezimmer gewankt. Sie hatte sich, brav wie ein Hund, vor die Toilette platziert und in nun regelmäßigen Abständen in die Toilette gekotzt. Martin hatte an der Wand gelehnt und Susanne dabei beobachtet. Und während er seine Schuhe über dem Waschbecken säuberte, hatte er überlegt, ob er sie in diesem Zustand allein lassen konnte.

Im *Hier* und *Jetzt* kamen ihm wieder die Konjunktive in den Sinn. *Hätte* er sie doch nur allein gelassen, *wäre* er doch nur in diesem Moment abgehauen. Heute wusste er, dass ihr nichts passiert wäre. *Hätte* und *wäre*! Scheißkonjunktive!

Es klopft. Martin fährt hoch. Sein Herzschlag beschleunigt sich. Susanne! Das kann nur Susanne sein. Freude paart sich mit Skrupeln, wie immer. Er kennt das Gefühl schon. Ihm ist ein bisschen übel, und seine Hände sind klamm. Er steht auf und öffnet die Tür. Dort steht sie. Mit ihrem Rollkoffer, den sie jedes Mal dabei hat. Sie hat ihre Locken mit einem Tuch gebändigt. Sie ist so schön, sie könnte glatt als Modell durchgehen. Derjenige, der nicht um ihre schwere Bürde weiß, beneidet sie um das Strahlen, das von ihr ausgeht. Entgegen dem äußeren Eindruck ist Susanne der noch lebende Beweis dafür, dass Aussehen, noch dazu so gutes, kein Garant für Glück und Zufriedenheit ist. Ganz im Gegenteil. Es geht im Leben um so viel mehr als um Äußerlichkeiten.

Susanne kommt näher, haucht ihm einen Kuss auf den Mund. Eine leichte Coco-Chanel-Note umweht sie. Sie benutzt nie etwas anderes. Und es riecht so gut an ihr. Es riecht beinahe, als wäre der Duft allein nur für sie gemacht worden.

»Hallo, Martin, Liebster.« Sie lächelt ihn an. Ihre Sprache ist – wie immer – abgehackt.

Martin streichelt sanft ihre Wange und schaut in ihr perfektes Gesicht, grad so, als würde er sie jetzt in diesem Augenblick zum ersten oder auch zum letzten Mal sehen.

Jede Faser, jede Kleinigkeit ihres Antlitzes will er sich einprägen, um es sich immer und immer wieder abrufen zu können, wann immer die Sehnsucht zu groß werden würde.

»Komm erst mal rein.« Er löst sich aus seiner stillen Andacht und führt Susanne ins Zimmer.

»Ich kann es noch gar nicht glauben, dass wir jetzt fünf ganze Tage für uns haben.« Sie strahlt Martin an. Er nickt und lächelt und spürt, wie sich all seine Bedenken in Luft auflösen. Zu sehr hat er sich auf Susanne gefreut, auf die gemeinsamen Stunden, auf ihre Gespräche. Susanne stellt ihren Rollkoffer ab und zieht ihre Jacke aus. Sie trägt ein kurzes Strickkleid und Nylons. Ihre zarten kleinen Füße stecken in hohen schwarzen Pumps. Noch vor einem Jahr konnte sie sich sehr gut darin bewegen, inzwischen knickt sie häufig um, weil ihre Beine nicht mehr das tun, was sie eigentlich tun sollten. Während Beate lieber Turnschuhe trägt, scheint Susanne fest mit ihren Pumps verwachsen zu sein. Er wertet das nicht, weil es ihm egal ist. Turnschuhe oder Pumps. Beate liebt das Bequeme und Nützliche. Wobei er sich sicher ist, dass Susanne ihre Pumps auch als bequem einstufen würde, schon aus Prinzip, auch wenn das glatt gelogen ist. Sie hatte mal erwähnt, dass, wenn sie nicht mehr in der Lage wäre, Pumps zu tragen, das Schicksal wohl gesiegt hätte. Susanne geht ans Fenster und öffnet es.

»Herrlich, diese Seeluft«, seufzt sie und atmet tief durch. Martin beobachtet, wie Susannes Finger der linken Hand zittern, als sie das Fenster öffnet. Schnell umschließt sie sie mit der anderen Hand, um sie festzuhalten. Als würde das funktionieren. Martin spürt, wie verkrampft sie versucht, locker zu wirken, doch ihr gequältes Lächeln und ihr zuckendes Gesicht strafen sie Lügen. Einem Fremden würde das vielleicht gar nicht auffallen, Martin jedoch merkt, wie verbissen Susanne schauspielert.

Martin räuspert sich. »Wenn du Lust hast, könnten wir einen Strandspaziergang machen. Was hältst du davon?«, flüstert er ihr ins Ohr und schlingt von hinten die Arme um sie.

»Gerne.« Sie dreht sich um, schmiegt sich in Martins Arme. Ihre Lippen suchen seinen Mund und finden sich im Kuss.

Susanne löst sich aus der Umarmung. »Lass uns lieber losgehen, sonst kommen wir heute nicht mehr aus dem Hotelzimmer.«

»Ja, lass uns rausgehen.«

»Warte einen Moment, ich will mich nur schnell umziehen.« Susanne öffnet ihren Rollkoffer und holt zu Martins Erstaunen ein Paar Turnschuhe heraus. Er sagt nichts, schaut nur ungläubig.

»Denkst du, ich stöckle in High Heels am Strand herum?« Sie lächelt.

»Nein, verzeih mir«, entgegnet Martin gedankenverloren, »ich habe nur gerade überlegt, ob ich dich jemals in Turnschuhen gesehen habe.«

»Tja, mein Lieber, dann wird es aber Zeit, dass du auch diese Seite von mir kennenlernst.«

»Wie viele Seiten hast du denn noch?« Martin lächelt sie an. In diesem Augenblick hasst er das Schicksal aus tiefster Seele, weil es so aussieht, als hätte es gesiegt, zumindest über Susannes Füße.

»So viele Seiten, wie du willst. Ich weiß gar nicht, was du willst, Beate trägt doch auch Turnschuhe, sogar in der Stadt. Was sie kann, kann ich schon lange.«

Martins Blick verdunkelt sich. »Woher weißt du denn, dass Beate Turnschuhe trägt?« Er spürt Unbehagen in sich aufkommen. Das war das erste Mal, dass Susanne offen zugab, sich für seine Frau zu interessieren. Susannes Blick wird wachsam. Sie ärgert sich über sich selbst, darüber, dass sie sich zu einer solchen Äußerung hat hinreißen lassen. Aber jetzt kommt es auch nicht mehr darauf an.

»Ich habe euch neulich zusammen gesehen, in den Schönhauser-Allee-Arcaden. Sie trug Turnschuhe.«

»Du hast uns gesehen?«

»Ja, ich habe euch gesehen. Das traute Pärchen, das verliebt Händchen hält. Ich habe euch beobachtet. Ihr habt zusammen gelacht, und du hast so verdammt glücklich ausgesehen.« Susanne rollt eine Träne über die Wange, die sie mit einer heftigen Handbewegung wegwischt, und ihre Mundwinkel sind spöttisch nach unten gezogen.

Martin schnaubt. »Wir haben was? Wir haben glücklich ausgesehen? Ich bin seit über einem Jahr nicht mehr glücklich und Beate auch nicht. Und du gönnst uns nicht einen Moment der Heiterkeit? Weißt du eigentlich, wie ich mich fühle?« Martin zittert vor Wut, vor Wut über sich selbst und vor Wut auf die Situation, in der er sich befindet.

»Wann war ich denn das letzte Mal heiter, he? Meinst du, ich will nicht auch wieder lachen? Das Leben genießen?«

»Ach so? Und weil du es nicht kannst, darf es auch kein anderer?«

Susanne lässt sich auf die Bettkante plumpsen. Sie ist kraftlos. Ihr Körper ist nicht mehr so widerstandsfähig wie früher. Und Eifersucht ist nicht nur ein Gefühl, das Susanne empfindet, es ist auch eine Art Substanz, die sich ihrer Kräfte bemächtigt, an ihr nagt und sie nie zur Ruhe kommen lässt. Sie ist eifersüchtig auf Martins Frau, schon lange. Auf ihr Leben mit Martin und darauf, dass sie gesund ist. Ihr wird Martins Zukunft gehören.

»Verlass sie für mich. Ich weiß, dass du mich liebst.« Wenn bis eben geschrien wurde, so flüstert Susanne den letzten Satz nur noch.

Martin wird übel. Er lässt sich neben Susanne auf die Bettkante fallen.

»Du weißt, dass ich das nicht kann. Bitte, Susanne. Was soll das jetzt? Du warst doch diejenige, die es locker halten wollte. Wieso stellst du mich auf einmal vor die Wahl? Ist es das, was du willst? Dass ich wähle? Ja? Ist es das?« Martin umfasst Susannes Kinn und zwingt sie, ihn anzusehen. Mit zitternden Fingern stößt sie ihn von sich.

»Ja, verdammt! Ich will, dass du wählst. Ich will, dass du mich wählst.« Martin steht auf und fährt sich unwirsch mit den Fingern durch das dichte Haar.

»Wollten wir nicht einfach nur einen Strandspaziergang machen?«, versucht er die Situation zu entschärfen, obwohl es ihm schwerfällt, sich seine Verärgerung nicht anmerken zu lassen.

Susanne schweigt, verbirgt leise weinend ihr Gesicht in ihren Händen. Sie schämt sich ihrer Worte und ihrer nagenden Eifersucht. Sie hasst sich für diese Schwäche, die neu ist. Früher fühlte sie nicht so, im Gegenteil, derartige Gefühle waren ihr immer fremd gewesen.

»Wollten wir das? Wollten wir einen Strandspaziergang machen?« Sie blickt hoch zu Martin, der ihr den Rücken zugekehrt hat und aus dem Fenster sieht, direkt auf den weißen Sandstrand und das wogende Meer, das einlädt zum Träumen, zur Romantik, zur Liebe. Den Schatten, der über dem Paar liegt, das im Grunde genommen gar kein Paar ist, interessieren weder die Träume noch die Romantik und schon gar nicht die Liebe. Er ist da, der Schatten, und schwebt wie ein Damoklesschwert über ihnen.

»Und was ist mit Jacob?« Martin dreht sich um und schaut Susanne direkt ins Gesicht. Ihm ist nicht mehr danach, zum Strand zu gehen.

»Was soll schon mit ihm sein?« Susanne runzelt die Stirn,

und in ihrer Stimme schwingt Verachtung mit. »Es läuft schon lange nicht mehr gut zwischen uns, das weißt du doch. Ich könnte mich scheiden lassen. Ich würde es tun für dich. Ich will den Rest der Zeit …« Susanne lässt das Ende des Satzes im Raum stehen, doch Martin weiß sehr genau, wie der Satz enden sollte.

»Willst du das deinem Mann wirklich antun, Susanne? Du weißt, dass ich alles für dich tun würde. Aber lass uns doch nicht unsere kostbare Zeit mit so kleinlichen Formalien verschwenden. Wir wissen doch, dass wir uns lieben. Genügt dir das denn nicht? Ich habe dir all die Zeit über, die wir uns kennen, doch alles gegeben. Was willst du denn noch?«

»Was hast du mir denn gegeben? He? Was denn? Du hast mir ein Versprechen gegeben, ein verdammtes Versprechen, und bist nicht bereit, es einzuhalten. Du lässt mich hängen, lässt mich einfach im Stich. Und wenn ich tot bin, gehst du zu ihr zurück. Meinst du, ich weiß das nicht?«

Susannes Stimme ist ein lautes Heulen, das in leises Flehen übergeht.

Martin kommt näher, geht vor ihr auf die Knie.

»Susanne, Liebste, nicht weinen.« Er streicht ihr über den Kopf. »Lass uns nicht streiten. Wir werden schon eine Lösung finden. Bitte, hör doch auf zu weinen.«

»Wie denn?«, flüstert sie und nimmt seine Hand. »Wie kann ich aufhören zu weinen? Wie kann ich aufhören, zu wünschen und zu hoffen? Wie soll denn für mich eine Lösung aussehen?« Sie führt Martins Hand zu ihrer Wange, damit er sie streicheln kann. Sie lässt sich nach hinten fallen und dreht sich auf die Seite in Embryonalstellung. Martin folgt ihr vorsichtig, legt sich hinter sie, umschlingt sie und wiegt sie im Arm. »Scht, scht, alles wird gut.«

»Nichts wird gut, und das weißt du auch«, flüstert Susanne

und schließt die Augen. Sie genießt Martins Umarmung und lässt sich fallen.

Martin hält sie fest umschlungen, so lange, bis er spürt, dass ihr Atem gleichmäßiger wird, so lange, bis er merkt, wie ihr Körper anfängt zu zucken. Sie ist eingeschlafen, endlich entspannt, endlich in einer Welt, in der Träume noch wahr werden. Es muss inzwischen mindestens eine Stunde vergangen sein. Langsam löst er sich von Susanne und setzt sich auf. Er massiert seine steife Schulter und beobachtet ihre regelmäßigen Atemzüge. Er deckt sie vorsichtig zu und schaut in ihr hübsches Gesicht. Wieso kann er nicht einfach von ihr lassen? Plötzlich knurrt sein Magen. Er hat seit dem Frühstück nichts mehr gegessen. Er greift nach seiner Jacke, den Schuhen und den Zimmerschlüsseln. Auf Socken schleicht er sich behutsam aus dem Zimmer und zieht vorsichtig von außen die Tür ins Schloss.

Er überlegt, was zu tun ist. Hätte er jetzt einem ersten Impuls nachgegeben, dann hätte er nicht nur seine Jacke, sondern auch seinen Koffer geschnappt und wäre nach Hause gefahren. Susanne wird von Mal zu Mal fordernder. Er versteht sie nur zu gut, doch glaubt er nicht, dass sie sich auch nur einmal in seine Lage hineinversetzt. Martin schüttelt den Kopf über seine eigenen Gedanken. Kann man in diesem Zusammenhang überhaupt von *fordernd* sprechen? Susanne ist nicht die klassische Geliebte, das muss man unterm Strich berücksichtigen. Vielmehr herrscht ein Ausnahmezustand, freilich einer, den er sich selbst eingebrockt hat. Aber er kann von sich behaupten, dass er bis zu einem bestimmten Punkt nur mehr die besten Absichten hatte. Wieso nur macht ihm die Vorstellung, in naher Zukunft ganz allein dazustehen, so große Angst? Wovor fürchtet er sich eigentlich so sehr? Früher gab es doch auch Zeiten, in denen er keine Partnerin hatte.

Martin zieht sich seine Schuhe und die Jacke an. Es ist kurz vor acht. Er will Beate anrufen. Seit sehr langer Zeit hat er das erste Mal das übermächtige Bedürfnis, ihre Stimme zu hören. Er würde jetzt so gern bei ihr sein, sich in ihre Umarmung flüchten. Er will, dass endlich alles wieder beim Alten ist. Für immer. Er will das letzte Jahr aus seinem Leben streichen und von vorn anfangen. Könnte er doch nur seine Gefühle für Susanne abstellen.

Martin erinnert sich, wie sie damals in jener Nacht immer wieder in die Toilette gekotzt hatte. Er hatte sich in der Zwischenzeit seines beschmutzten Anzugs entledigt und war, lediglich bekleidet mit einem Unterhemd und Boxershorts, in sein Zimmer gerannt, um sich frische Sachen zu holen. Er hatte sie nicht gleich angezogen, sondern war schnell zurück in Susannes Apartment gelaufen. Während sie über der Toilette ausnüchterte, war er kurzerhand unter ihre Dusche gesprungen und hatte sich abgeseift. Susanne hatte ihm, während er sich abtrocknete, hin und wieder verstohlene Blicke zugeworfen. Martin war das damals gleich gewesen, auch dass sie ihn nackt gesehen hatte. Er war schließlich nur geblieben, um sich davon zu überzeugen, dass es ihr gut ging. Rasch hatte er sich wieder angezogen und Susanne hochgeholfen. Sie konnte immer noch nicht alleine stehen. Und auch hatte er den Eindruck, dass irgendetwas mit ihr nicht in Ordnung war. Ihr Körper schien in stetem Aufruhr, und ihre Gliedmaßen zuckten die ganze Zeit so merkwürdig.

»Ich bleibe wohl besser hier im Badezimmer«, hatte sie mit verdrehten Augen gemurmelt. »Könnten Sie mir vielleicht noch meine Bettdecke herbringen? Ich werde eh die ganze Nacht kotzen. Ich glaube, der Barkeeper hat mir Brechmittel in den Tequila geschüttet.«

Martin musste bei der Vorstellung laut losprusten. »So? Meinen Sie?«

Susanne hatte eingestimmt in sein Lachen, hatte sich den Slip heruntergezogen, auf die Toilette gesetzt und gepinkelt. Martin war beschämt aus dem Bad gegangen und hatte eine Bettdecke und ein Kopfkissen geholt. Er hatte ein wenig abgewartet, bis er das Rauschen der Klospülung vernahm, bevor er wieder ins Badezimmer getreten war.

»Sie können doch hier nicht auf den kalten Fliesen schlafen«, versuchte er Susanne zur Vernunft zu bringen.

»Doch, doch, das geht schon in Ordnung. Ich vertrage keinen Alkohol, und bevor ich das ganze Zimmer vollkotze, schlafe ich lieber gleich hier unten. Sie können jetzt ruhig gehen.«

»Sind Sie sicher?« Martin wollte noch nicht gehen. Irgendwie wollte er wissen, was es mit dieser Frau auf sich hatte. Er wollte wissen, was ihr Geheimnis war.

»Ja, sicher«, sagte Susanne, drehte sich eilig um und übergab sich ein weiteres Mal in die Toilette. Sie drückte die Spülung und schnaubte ins Klopapier. Dann lehnte sie sich an die Wand zwischen Toilette und Waschbecken.

»Sie sind ja immer noch da.« Susanne schloss die Augen, um eine sich anbahnende Schwindelattacke in den Griff zu bekommen.

»Wieso haben Sie das Brechmittel eigentlich so maßlos in sich hineingeschüttet?« Martin stand immer noch an den Türrahmen gelehnt. Er beobachtete die Frau, die so wunderschön, so makellos war, wie er noch kaum eine Frau gesehen hatte. Alles passte. Und ließ man ihre müden, betrunkenen Augen und diese zappeligen Bewegungen, die ihr Körper ständig willkürlich erzeugte, außer Acht, schien dieses Geschöpf vollkommen. Nicht ein Gramm Fett konnte er an ihr entdecken. Ihre Arme waren definiert, ihr Körper durchtrainiert. Als er sie vorhin stützte, hatte er unbeabsichtigt ihre Brust gestreift. Sie war gleichzeitig fest und weich gewesen, perfekt, würde er sagen. Ihre Hände waren klein, dennoch hatte sie lange, schmale Finger, jeder einzelne perfekt. Er hatte selten so perfekte Hände und so perfekte Haut gesehen. Alles an dieser Frau faszinierte ihn.

»Sie wollen wissen, weshalb ich mich so betrunken habe?« Sie öffnete langsam die Augen.

»Verraten Sie es mir?«

»Wer sind Sie überhaupt?«

»Ich bin Martin, Martin Schulze.«

Susanne schnaubte. »Was sagt schon ein Name? Gar nichts. Ich habe nicht gefragt, wie Sie heißen, sondern wer Sie sind.«

Martin war belustigt. Dafür, dass Susanne betrunken war, waren ihre Gedanken noch ziemlich rege, und ihre Stimme wurde auch zunehmend sicherer.

»Stimmt, ein Name sagt gar nichts, aber vielleicht verraten Sie mir trotzdem zuerst einmal Ihren.«

»Susanne Müller heiße ich. Mein Name ist Susanne Müller, und wollen Sie noch etwas über mich wissen?« Susanne funkelte ihn angriffslustig an.

»Warum nicht?« Martin zuckte mit den Schultern. »Erzählen Sie mir etwas über sich. Wer ist die geheimnisvolle fremde Susanne Müller, die sich in einer Bar in Österreich sinnlos betrinkt?«

»Sinnlos ist es ganz und gar nicht«, wies Susanne ihn zurecht. »Ich verrate Ihnen mein Geheimnis, wo Sie es doch so gern hören wollen. Hier ist es!« Sie baute sich vor ihm auf und nahm offensichtlich allen Mut zusammen. »Ich werde sterben.« Sie sprach diesen Satz aus und wartete Martins Reaktion ab. Als er ansetzen wollte, etwas zu sagen, fuhr sie ihm schroff über den Mund. »Und dann, lieber Martin Schulze, werde ich niemand mehr sein. Staub werde ich sein oder Asche oder eine Seele. Ich weiß es nicht. Was ist man denn so, wenn man tot ist? Was passiert, wenn man stirbt? Geht dann mein ganzes Denken irgendwohin? Wo sind eigentlich die ganzen Gedanken der Leute, die vor mir gestorben sind? Ich sehe das immer in den Filmen, dass die Menschen die Fenster öffnen, damit die Seele hinaus kann, ins Freie. Aber wo geht sie denn dann hin, die Seele? Ich kann mir das einfach nicht vorstellen, dass ich aufhöre zu denken. Das ist das Schlimmste. Wohin geht mein Denken? Und ist mein Denken meine Seele?«

Martin runzelte die Stirn. Was sollte das? Wieso glaubte sie, sterben zu müssen? Abgesehen von ihrem ruhelosen Körper sah sie so gesund aus, so perfekt. So jemand stirbt doch nicht einfach so.

»Wie kommen Sie nur auf eine so bizarre Idee? Wie alt sind Sie, he? Fünfundzwanzig? Sie haben das ganze Leben noch vor sich.« *Und was, wenn sie unheilbar krank ist?*, schoss es Martin durch den Kopf.

»Weit gefehlt. Ich bin einunddreißig, und wenn Sie es genau wissen wollen, ich werde mir das Leben nehmen.« Sie verschränkte stur die Arme vor der Brust, gerade so, als wäre sie ein Teenager und Martin ihr Vater, der sie bei etwas erwischt hatte, beim Rauchen zum Beispiel. Martin empfand die Situation einerseits als absolut skurril, andererseits beängstigte sie ihn. Er schüttelte den Kopf.

»Sie sind verrückt, Susanne Müller, wenn ich Ihnen das mal so sagen darf. Wieso sollten Sie sich das Leben nehmen? Es gibt keinen Grund. Haben Sie sich mal im Spiegel angesehen? Sie sehen fantastisch aus.«

»Es ist mir scheißegal, wie ich aussehe.« Susanne schrie. »Das ist das, was alle sehen, mein Aussehen! Keiner sieht, wer ich bin! Wer ich wirklich bin!« Sie war inzwischen so außer sich vor Wut, dass ihr beim Schreien Spucke aus dem Mund troff. Auch ihre Sprache war merkwürdig abgehackt, was Martin ihrem alkoholisierten Zustand zuschrieb.

»Wer sind Sie denn wirklich?« Susanne tat Martin leid. Sie war so zierlich, sah so schutzbedürftig aus. Diese Wut passte gar nicht zu dem Wesen, das vor ihm stand.

Susanne schloss ein weiteres Mal die Augen. Sie sammelte sich und schüttelte entkräftet den Kopf.

»Lassen Sie es gut sein, Martin. Ich bin müde. Ich bitte Sie, gehen Sie. Ich habe schon zu viel gesagt. Ich wollte Sie nicht verstören.«

»Wie jetzt? Erst erzählen Sie mir, dass Sie sich umbringen werden, und dann schicken Sie mich zum Teufel? So geht das aber nicht, Susanne Müller.«

Susanne drehte sich um, stützte sich aufs Waschbecken und ließ kaltes Wasser über die Handgelenke laufen. »Keine Angst, ich werde mich nicht heute Nacht umbringen. Ich werde es gar nicht tun. Ich habe Sie angelogen. Ich war einfach nur betrunken. Jetzt, wo ich wieder nüchtern bin«, Susanne drehte sich langsam zu Martin um und hielt sich am Waschbecken fest, »kann ich Ihnen sagen, dass ich Schauspielerin von Beruf bin und nur eine Szene geprobt habe. Verlassen Sie jetzt bitte mein Apartment.« Susannes Stimme wurde fester, und Martin hörte den ernsten Unterton darin.

»Sind Sie sich sicher? Ich meine nur, ich finde, Sie sind in keiner guten Verfassung.«

»Ja, ganz sicher. Danke, Herr Schulze.« Sie zeigte auf Martins beschmutzten Anzug, der wie ein Stillleben am Boden vor sich hin müffelte. »Den können Sie hierlassen, wenn möglich zusammen mit Ihrer Visitenkarte. Ich schicke Ihnen den gereinigten Anzug dann nach Hause. Und entschuldigen Sie bitte die Unannehmlichkeiten, die ich Ihnen bereitet habe.«

»So ein Blödsinn, meinen Anzug werde ich noch allein in die Reinigung bringen können.«

»Nein, bitte«, wehrte sie Martin ab, »bitte lassen Sie mich das übernehmen. Ich möchte nicht, dass Ihr ganzes Zimmer nach Erbrochenem riecht. Ich würde mich nur noch schlechter fühlen. So kann ich wenigstens im Ansatz mein schlechtes Gewissen beruhigen, okay?«

Martin hielt inne. Das war ein Argument, fand er. »Also gut, ich habe aber keine Visitenkarte dabei. Ich schreibe Ihnen meine Adresse auf den Notizblock neben dem Telefon.«

Susanne nickte dankbar und komplimentierte Martin aus dem Badezimmer. Ihre Wangen hatten wieder etwas Farbe bekommen, und auch ansonsten machte sie jetzt einen sortierten Eindruck.

Martin schrieb seinen Namen und seine Anschrift auf einen kleinen Notizblock. Er spürte, wie ihn Susanne dabei beobachtete, was ihn sehr nervös machte und seine Hand leicht zittern ließ. Er konnte es sich nicht erklären, wieso sie eine solche Wirkung auf ihn ausübte. Aber schon im ersten Moment ihrer Begegnung hatte er eine Art Magie gespürt, der er sich nicht oder nur schwer hatte entziehen können. Martin legte den Kugelschreiber aus der Hand und wischte sich die nervösen Hände an den Jeans ab. Er streckte Susanne die Hand entgegen. »Falls Sie noch irgendetwas benötigen …«, sagte er und lachte sogleich auf. »Ich höre mich an wie der verdammte Zimmerservice, oder?« Susanne fiel in sein Lachen ein, nur kurz, dann wurde sie wieder ernst. Er hielt immer noch ihre Hand, und sie entzog sie ihm auch nicht. Für einen Augenblick standen sie nur so da, hielten sich bei der Hand und lächelten sich an. Es berührte sein Herz, sie lächeln zu sehen. Die weißen Zähne, die strahlenden Augen. »Ich sage Ihnen dann Bescheid, wenn ich mein

Frühstück einnehmen möchte, einverstanden?« Sie neigte den Kopf und öffnete die Zimmertür. Martin bekam nur ein Nicken zustande. Er fand es schade, so schade, jetzt gehen zu müssen. Er fühlte sich wohl in Susannes Gegenwart. Warum, wusste er nicht. Er wusste nur, dass er gern geblieben wäre und das Geheimnis um Susanne Müller gelüftet hätte.

»Gute Nacht«, sagte er und lächelte ein letztes Mal. Er ließ ihre Hand los, sie winkte ihm kurz hinterher und verschwand wieder hinter ihrer Hotelzimmertür.

Martin ging langsam den Flur hinunter. Plötzlich griff er sich an den Kopf. Er hatte vergessen zu fragen, woher sie kam, in welcher Stadt sie wohnte. Kurz überlegte er, ob er noch mal zurückgehen sollte, und entschied sich dann schweren Herzens dagegen. Die vielen Fragen, die sich ihm aufdrängten, versuchte er zu ignorieren. Auch fand er es albern, dass sie seinen Anzug dabehalten hatte. Er hätte ihn auch über Nacht reinigen lassen können. Schließlich war er nicht umsonst in einem First-Class-Hotel abgestiegen. Er schloss sein Zimmer auf, betrat es, und ein unbestimmtes Bedauern überkam ihn und breitete sich in seiner Brust aus. Er legte sich aufs Bett und fühlte sich plötzlich sehr einsam. Ein Blick zur Uhr verriet ihm, dass es inzwischen zu spät war, um noch bei Beate anzurufen. Es war nach elf, und er wusste, dass seine Frau schon um fünf Uhr aufstehen musste. Und wenn er ganz ehrlich war, verspürte er auch keine große Lust mehr, mit Beate zu reden.

Rückblickend war das der Abend, an dem sich Martins ganzes Leben verändern sollte. An diesem Abend hatte Martin seine Heimat verloren. Aber nicht nur das, er hatte noch viel mehr verloren, nämlich das Wissen darum, wen er liebte und wie es weitergehen sollte. Wie könnte er jemals dieses Lächeln vergessen? Auch vermochte er kaum die Angst zu unterdrücken, die ihn überkam, als er daran dachte, dass diese Frau sich ernsthaft mit Suizidabsichten trug. Er grübelte die halbe Nacht, bis ihn schließlich der Schlaf übermannte.

Kapitel 3
Rostock – im Hier und Jetzt

Was soll er also tun? Diese Frage hat Martin sich jetzt an die Million Mal gestellt, und wieder hat er keine Antwort parat. Es ist nach halb neun. Weit ist er nicht gekommen. Nachdem er das Hotelzimmer verlassen hatte, war er ins Foyer gegangen, hatte sich in einen der bequemen Sessel gesetzt und stoisch vor sich hin geglotzt. Martin sieht sich um. Hier und da sitzen vereinzelt ein paar Pärchen, meistens ältere, die sich miteinander unterhalten. Beate kommt ihm in den Sinn. Er will ihre Stimme hören. Er tastet in der Jacke nach dem Handy und ist froh, als er es findet. Beinahe befürchtete er, sein Telefon im Zimmer liegen gelassen zu haben. Er wählt Beates Nummer, die in seinem Handy unter der Eins gespeichert ist. Das ist doch ein Zeichen. Oder doch eher das triviale Symbol dafür, dass sie nun mal zuerst da war in seinem Leben? Er hört ein Freizeichen. Beate geht ran.

»Ich bin's, Martin.« Martin rutscht nervös in dem Sessel herum. Er hat ein mulmiges Gefühl. Ihm ist immer übel, wenn er Beate anlügt. Sie weiß sicher ganz genau, dass er kein beschissenes Seminar besucht.

»Ich weiß«, antwortet sie maulfaul. Ihre Stimme klingt gelangweilt. Er weiß, dass sie ihn wieder provozieren will. Leider muss er sich selbst eingestehen, dass er sogar Verständnis dafür aufbringt. Er hält sie jetzt schon so lange hin.

»Stör ich grad?« Martin lehnt sich nach hinten und starrt die Decke an. Ein pompöser Lüster hängt über ihm und funkelt, was das Zeug hält.

»Ich esse«, antwortet Beate, und Martin hört, dass sie auf irgendetwas herumkaut.

»Oh, was gibt's denn Schönes?« Er will ihr zeigen, dass er noch Anteil an ihrem Leben nimmt. Dass es ihn interessiert, was sie gerade tut, auch wenn er förmlich spüren kann, dass genau diese banalen Fragen es sind, die sie auf die sprichwörtliche Palme bringen.

»Spaghetti mit Garnelen und Parmesan«, sagt sie, und er meint einen zufriedenen Unterton herauszuhören. Vielleicht bildet er sich das aber auch nur ein. *Beate isst Fisch. Seit wann das denn?*

»Seit wann isst du denn Garnelen?«, fragt Martin, und ihm läuft allein schon bei dem Gedanken daran ein kalter Schauer über den Rücken.

»Darf ich dich daran erinnern, Martin, dass ich schon immer Garnelen mochte. Du bist derjenige, der sie nicht riechen kann. Und da du nicht da bist, dachte ich, ich tue mir mal etwas Gutes.« Stimmt, denkt Martin, Beate hat schon immer seinetwegen auf Fisch verzichtet. Er hatte sie irgendwann einmal darum gebeten, in der Wohnung keine Meeresfrüchte zuzubereiten, da er den Geruch nicht erträgt.

»Ja, ja, schon gut, mein Schatz«, lenkt Martin ein. »Und, hast du heute noch etwas Schönes vor?«, versucht er die Wogen zu glätten. Er will ihr irgendetwas Nettes sagen, etwas, was ihr Hoffnung gibt. Irgendetwas, was auch ihm einen Lichtblick verschafft. Er weiß nur nicht, was.

»Ich trinke noch ein Glas Wein und guck vielleicht einen Film. Mach's gut, Martin.« Dann legt sie auf. Einfach so. Martin hört einen nicht enden wollenden regelmäßig unterbrochenen Ton aus seinem Telefon. Ein sicheres Zeichen dafür, dass für Beate das Gespräch beendet ist. Er wollte ihr doch noch etwas sagen. Irgendetwas Liebes oder Nettes, was ihr Hoffnung gibt. Einer Eingebung folgend, schreibt Martin ihr eine SMS mit den drei Worten, die er ihr lange nicht mehr gesagt hat, die er gerade jetzt, in diesem Augenblick, aber so sehr fühlt. Oder doch nur fühlen möchte? Er ist sich nicht sicher, wie immer. Trotzdem schreibt er sie, die drei Worte: »Ich liebe Dich«.

Müde steht er auf und weiß nicht so recht, was er tun will. Oberste Priorität hat sein Hunger. Er geht ins hoteleigene Restaurant und lässt sich die Karte geben.

»Kann ich auch etwas zum Mitnehmen bestellen?«, fragt er den Kellner, der ein steifes »Selbstverständlich« von sich gibt.

Martin bestellt für sich eine Portion Spaghetti Bolognese und für Susanne einen Salat. Falls sie noch schläft, kann der wenigstens nicht kalt werden. Nachdem er die Bestellung aufgegeben hat, überprüft er abermals sein Handy. Er hat es sich so sehr gewünscht, dass Beate ihm antwortet. Nichts, keine Antwort, null Reaktion. Ihm ist mulmig, so als würde er Beate verlieren. Das Gefühl ist ein unbestimmtes, ein undefinierbares, aber er spürt es beinahe körperlich, fast wie eine Vorahnung. Bald wird er ganz allein dastehen. Und dann würde ihm das Schicksal alles heimzahlen, was er verbockt hat. Er setzt sich auf einen der Loungestühle und wartet auf seine Bestellung.

Seine Gedanken schweifen zurück. Zurück zu dem Morgen, an dem er in seinem Hotelzimmer erwachte. Er weiß noch sehr genau, dass dies der erste Tag in seinem Leben war, an dem sein erster Gedanke Susanne Müller galt. Er schlug damals die Augen auf und sah sofort ihr strahlendes Lächeln vor sich. Er erinnert sich daran, wie er sich selbst an die Stirn fasste und »Schlag sie dir aus dem Kopf« murmelte. Er war aufgestanden und hatte überlegt, nach ihr zu schauen, sich davon zu überzeugen, dass es ihr gut ging und sie ihr Vorhaben, sich umzubringen, nicht in die Tat umgesetzt hatte. Er ging ins Badezimmer und wusch sich das Gesicht. Er putzte sich gründlich die Zähne und konnte nicht aufhören daran zu denken, wie es wohl wäre, Susanne zu küssen. Bei dem Gedanken musste er schmunzeln. Schmunzeln über die Absurdität. Schließlich war er verheiratet, und zwar glücklich, sehr glücklich sogar, rief er sich damals ins Gedächtnis. Und während er sich die Zähne putzte, ging er zurück ins Schlafzimmer und ließ seinen Laptop hochfahren. Er konnte es kaum abwarten, bis er online war. Er öffnete die Google-Suche und gab »Susanne Müller Schauspielerin« ein. Ungeduldig wartete er, dass sich die Seite aufbaute. Martin ging direkt auf die Bildersuche und war jetzt nicht wirklich überrascht. Nicht nur auf der ersten, nein, auch auf der zweiten, dritten und vierten Seite konnte er kein Foto von Susanne Müller finden. Das hieß, sie war gar keine Schauspielerin. Oder hieß das nur, dass sie keine renommierte Künstlerin war? Vielleicht spielte sie ja in einem von diesen Improvisationstheatern, davon hatte er schon viel gehört. Martin wurde zunehmend nervöser. Was, wenn sie sich tatsächlich umgebracht hatte? Was, wenn sie in ihrer Verzweiflung keinen anderen Ausweg wusste? Noch ehe Martin über seine Handlungen nachdenken konnte, schmiss er seine Zahnbürste ins Waschbecken, schnappte sich seinen Zimmerschlüssel, verließ das Hotelzimmer und rannte über den Flur zu Susannes Zimmer. Nur für den Bruchteil einer Sekunde zögerte er, bevor er an ihre Tür klopfte, dann machte sich seine geballte Faust selbstständig und hämmerte entschlossen dagegen. Er wartete kurz ab und lauschte, ob er Schritte hören konnte. Nichts. Er klopfte nochmals, lauter. »Frau Müller? Sind Sie wach?«, rief er und klopfte nun ohne Unterlass. Er kam sich albern vor. Aber allein die Vorstellung, Susanne könnte sich etwas angetan haben, der Gedanke, sie würde blutüberströmt hinter dieser Tür liegen, ließ seine Nervenenden vibrieren. Hatte er nicht die Verantwortung für sie getragen? Nein, bestimmt nicht, beruhigte er sich.

»Susanne!«, rief er ein letztes Mal laut, und als sie nicht reagierte, lief er Richtung Fahrstuhl. Er drückte mehrmals hintereinander den Knopf, als würde er die Geschwindigkeit des Fahrstuhls damit beschleunigen können. Er würde an der Rezeption Bescheid geben, dass sie ihre Tür nicht öffnete. Endlich kam der Fahrstuhl, und seine Türen schoben sich träge auf. Er drückte aufs »E« für Erdgeschoss und versuchte ruhig zu bleiben. Er spürte, wie sich ein leichter Schweißfilm auf seine Stirn legte. Die Tür öffnete sich, er ging Richtung Rezeption und versuchte, seinen Schritt zu mäßigen, auch wenn es ihm schwerfiel. Hinter der Rezeption stand eine junge Dame, die auf einen Bildschirm starrte. Als sie ihn bemerkte, sah sie ihn direkt an und sagte: »Grüß Gott.«

»Guten Morgen, äh, ich habe eine Bitte«, stammelte er.

Die Frau lächelte ihn freundlich an und nickte nur.

»Ich habe gestern einer jungen Dame auf ihr Zimmer geholfen und äh … habe dort meine Jacke vergessen.« Das mit der Jacke war wenigstens nicht gelogen. Sofern Susanne über das Ausmaß seiner Besorgnis verärgert wäre, hätte er wenigstens die Ausrede, dass er seinen Anzug dringend benötigte.

Die Frau nickte immer noch und lächelte weiterhin stoisch.

»Jedenfalls habe ich eben an ihre Tür geklopft, aber sie öffnet nicht. Um ehrlich zu sein, ich mache mir Sorgen, dass der Dame etwas zugestoßen sein könnte, wenn Sie verstehen.«

Die Frau hob skeptisch die Augenbrauen. »Um welche Zimmernummer geht es denn?«

»Zimmer 61, Frau Susanne Müller«, kam es wie aus der Pistole geschossen.

»Ach, die Frau Müller. Da kann ich Sie beruhigen, sie ist bereits in aller Herrgottsfrühe abgereist. Aber ich kann jemanden aufs Zimmer schicken und nachsehen lassen, ob Ihre Jacke noch dort ist. Einverstanden?«

Martins Hirn überschlug sich. *Abgereist? Susanne war abgereist?*

»Sagen Sie, sind Sie sich sicher, dass sie abgereist ist?«

Die junge Frau nickte erneut.

»Hat sie mir vielleicht eine Nachricht hinterlassen? Mein Name ist Martin Schulze.«

»Leider nein. Ich habe sie heute Morgen selbst ausgecheckt. Sie hat ihre Rechnung beglichen, und ich habe ihr ein Taxi gerufen.«

Wenigstens lebte sie. Erleichterung machte sich breit, wenn auch nur bedingt. Sie hatte also keine Dummheiten angestellt.

»Oh, na dann. Danke für die Auskunft. Das mit der Jacke ist nicht so wichtig. Ich bin froh, dass es Frau Müller gut geht.« Martin wollte schon gehen, tat ein paar Schritte und machte noch mal kehrt.

»Sagen Sie, wäre es möglich, dass Sie mir Frau Müllers Adresse geben? Ich frage nur, weil …« Martin beendete den Satz nicht, weil er selbst nicht wusste, wie er enden sollte.

»Tut mir leid. Unser Haus wahrt die Diskretion eines jeden Gastes. Ich könnte großen Ärger bekommen, und das kann ich mir nicht leisten. Ich bin noch in der Probezeit.«

»Schon gut. Ist nicht so schlimm«, log Martin zerknirscht. Er bedankte sich mit einem Kopfnicken und ging nun langsam Richtung Fahrstuhl. Er stieg ein, und als sich die Türen hinter ihm schlossen, war er den Tränen nahe. Wieso war sie ohne ein Wort des Abschieds abgereist? Und wieso machte ihn das so traurig? *Jetzt reiß dich mal zusammen*, rief er sich selbst zur Ordnung. *Du bist schließlich ein erwachsener Mann und kein verliebter Teenager. Noch dazu bist du verheiratet.* Martin beruhigte sich allmählich, auch wenn ihm Susanne Müller nicht aus dem Kopf ging. Er musste sich eingestehen, dass es ihm diese Frau angetan hatte. Wahrscheinlich, und jetzt war er sich plötzlich ziemlich sicher, war es sogar besser, dass sie ohne ein Wort abgereist war. Allein der Gedanke, dass es ihr offensichtlich gut ging, tröstete ihn ein wenig. Das sollte vorerst das letzte Mal sein, dass er an Susanne Müller dachte. Er schlug sie sich aus dem Kopf. Erfolgreich.

»Ihr Essen ist fertig.« Der Kellner holt Martin aus seinen Gedanken und reicht ihm eine Papiertüte. »Besteck ist dabei.«

»Danke. Das macht?«

»Vierzehn Euro fünfzig.«

Martin gibt siebzehn. »Stimmt so.«

Langsam schlendert er zurück zum Hotelzimmer. Obwohl sein Magen laut knurrt, hat er das erste Mal, seitdem er Susanne kennt, keine Lust auf ihre Gesellschaft. Zum Anfang war alles so leicht, jedenfalls, nachdem sie beide diesen Pakt geschlossen hatten, den Pakt, dass, egal, was zukünftig passierte, Martin an ihrer Seite bleibt. Worauf hatte er sich da bloß eingelassen? War er denn total bescheuert? Er hatte doch ein Leben. Ein gutes sogar. Und Beate liebte ihn, so sehr und so bedingungslos.

Jetzt steht er vor der Zimmertür und lauscht. Drinnen scheint alles ruhig. Vielleicht, wenn er ganz leise ist, würde sie heute Abend nicht mehr wach werden. Behutsam steckt er den Schlüssel ins Schloss und dreht ihn um. Mit einem leisen Knarren lässt sich die Tür öffnen.

»Wo warst du?« Susanne sitzt im Bett, auf dem Schoß ein Buch.

»Ich habe uns etwas zu essen besorgt. Ich wollte dich nicht wecken, du hast so friedlich ausgesehen.« Martin lächelt Susanne aufmunternd an.

»Friedlich, ja?« Susannes Gesicht ist wie versteinert. Sie scheint verärgert. »Tote sehen friedlich aus.«

»So meinte ich das nicht. Und das weißt du.«

»Entschuldige«, kommt es nun etwas versöhnlicher, »na klar, weiß ich, wie du das meinst. Komm her, mein Schatz. Setz dich zu mir und bring das Essen mit. Ich bin am Verhungern.« Susanne lacht ihn jetzt breit an. Sie weiß um die Wirkung ihres Lächelns. Sie weiß, dass, wenn sie lächelt, für Martin die Sonne aufgeht. Er nimmt die Tüte mit dem Essen und setzt sich zu Susanne aufs Bett. Er holt beide Schachteln heraus und lässt Susanne wählen.

»Salat oder Spaghetti Bolognese?«

»Wir können uns doch beides teilen? Was meinst du?« Susanne nimmt den Salat und versucht den Deckel zu öffnen. Sie nestelt nervös an der Verpackung herum und wird zunehmend ungeduldiger. Ihre Feinmotorik macht ihr heute schon den ganzen Tag einen Strich durch die Rechnung. Das alles sind Symptome ihrer vermaledeiten heimtückischen Krankheit. Und sie weiß, dass sie sich schon lange nicht mehr nur im Anfangsstadium befindet.

»Scheiße!« Susanne ist vor Anstrengung außer sich. »Scheiße! Scheiße! Scheiße!«

Sie wirft die ungeöffnete Schachtel aufs Bett und verschränkt wütend die Arme vor der Brust. »Ich kriege nicht mal mehr eine verfickte Salatschachtel auf.« Susanne schreit. Die Schachtel öffnet sich beim Aufprall von selbst, während sich der Salat inklusive des Dressings übers Bett verteilt.

Das ist die Seite an Susanne, mit der Martin überhaupt nicht klarkommt. Martin hat sehr wohl gemerkt, dass es ihr Schwierigkeiten bereitet, die Verpackung zu öffnen, aber er erinnert sich sehr gut daran, wie wütend sie werden kann, wenn er ihr zu voreilig zu Hilfe kommt. »Ich muss das allein können, hörst du? Allein!« Das genau sind die Worte, die sie ihm an den Kopf knallt, wenn er ihr zuvorkommt. Inzwischen sind sie leider in einer Phase angekommen, in der es Susanne zunehmend schlechter geht. Sie findet manchmal nicht die richtigen Worte, sie hat Denkstörungen, und ihre Motorik ist an manchen Tagen extrem eingeschränkt. Es gibt auch gute Tage, an denen man ihr die Krankheit kaum anmerkt, aber diese Tage sind selten geworden.

Martin atmet tief durch.

»Bleib ruhig, ich mach das weg.« Er hat inzwischen die Schachtel mit den Spaghetti geöffnet und legt sie Susanne in den Schoß. Sie sitzt da und schweigt. Ihr Gesicht ist zur Faust geballt und ihre Wut beinahe greifbar. Martin sammelt den Salat ein und tut ihn zurück in die Verpackung, während Susanne nur steif dasitzt. Ihr rinnt eine Träne über die Wange, und ihr Gesicht läuft rot an. Sie atmet mehrmals tief durch, um Fassung ringend. Martin holt Papiertücher aus dem Badezimmer und reinigt notdürftig das Bettzeug. Die Schachtel mit dem Salat schmeißt er weg. Er weiß nicht, was er tun soll. Vielleicht spürt Susanne das ja. Dass er hilflos ist, er inzwischen gar nicht mehr weiß, was er sagen oder tun kann, ohne automatisch das Falsche zu tun. Aber wer bestimmt eigentlich, was richtig ist und was falsch? Gibt er sich nicht die größte Mühe?

Er geht zurück ins Schlafzimmer, wo Susanne immer noch in derselben Position verharrt wie eben noch. Er nimmt ihr die Verpackung aus der Hand und dreht nun langsam die Spaghetti auf die Gabel. Eigentlich will er nur noch schnell essen und dann schlafen. Er ist müde. Er hält Susanne die Gabel hin. »Mund auf, Augen zu!«, flüstert er spielerisch.

Susanne wendet sich ab wie ein kleines Kind.

»Dann nicht«, murmelt Martin und schiebt sich die Gabel selbst in den Mund. Und noch eine Gabel. Es ist sonst nicht seine Art, egoistisch zu sein. Aber jetzt im Moment hat er so großen Hunger, dass er kaum an sich halten kann. Er isst beinahe alles auf, während Susanne mit vor der Brust verschränkten Armen auf dem Bett sitzt. Sie ist beleidigt, das spürt er. Ihre Körperhaltung ist eine einzige Anklage. *Wie kannst du essen, während ich sterbe?* Dass das eine mit dem anderen nichts zu tun hat, versteht Susanne nicht. Er weiß auch nicht, ob sie gerade einen klaren Moment hat oder das Gehirn ihr mal wieder einen schlechten Streich spielt. Diese Krankheit ist einfach unberechenbar geworden. Susannes Wutanfälle, ihre Depressionen und Launen werden immer unkontrollierbarer. Martin hat nun alles aufgegessen und fühlt sich etwas besser.

»Soll ich dir noch etwas anderes zu essen besorgen? Du musst doch etwas zu dir nehmen, Susanne. Sei vernünftig, okay? Du hast selbst gesagt, dass du am Verhungern bist.«

Sie schüttelt stur den Kopf.

»Das Beste ist, ich verhungere. Dann seid ihr mich alle los.«

Martin schnaubt. »Nein, das Beste ist, wir fahren morgen nach Hause. Jeder in sein Leben. Ich kann nicht mehr, Susanne.« Und noch während er es ausspricht, weiß er, dass er Susanne zutiefst verletzt.

Susanne dreht sich abrupt zu ihm.

»Warum wusste ich nur, dass das passiert?« Ihre Stimme ist gequält.

Martin schaut sie an, er ist sich seiner Schuld bewusst, waren es doch seine eigenen Worte gewesen damals, als er versprach, immer für sie da zu sein, bis zum Schluss.

»Es ist so schwer geworden.« Seine Stimme ist nur mehr ein Flüstern.

»Was ist schwer geworden?« Allein, bis Susanne diese vier Worte ausgesprochen hat, vergeht beinahe eine halbe Minute. Sie bebt vor Zorn. Ihre Stimme zittert und ist immer wieder abgehackt. Martins Gewissen regt sich. Er spürt förmlich ihre Angst, und all seine Liebe für dieses Wesen bäumt sich wieder auf, wie so oft schon. Er hält es kaum aus. Er weiß, dass Susanne von allen die schwerste Bürde trägt, dass sie, egal, wer neben ihr steht, liegt oder lebt, immer nur jemand ist, der zwar an ihrer Seite ist, aber eben nicht mehr. Keiner kann ihr helfen, ihre Schmerzen lindern oder ihr die Angst nehmen. Sie muss allein da durch. Ganz allein. Genau wie er. Martins Angst, ebenso allein gelassen zu werden, und zwar von ihr, ist unerträglich, und genau mit dieser Angst ist er allein. Er kann ja mit niemandem darüber sprechen. Er kann sich Susanne anvertrauen, aber wo läge da der Sinn?

»Die Liebe zu dir. Sie ist so schwer geworden«, beantwortet Martin ihre Frage.

»Sie war von Anfang an schwer, Martin, und ich habe es dir von vornherein gesagt, dass das nichts für Schlappschwänze ist.«

In Martin wütet es.

»Ja, genau, vielleicht bin ich das! Ein Schlappschwanz. Ein Schlappschwanz, der aufgibt. Ich kann nicht mehr. Ich kann dich nicht sterben sehen. Ich hab's versucht. Hab versucht, es auszuhalten. Ich bin nicht so stark wie du.«

»Hat mich mal jemand gefragt, ob ich noch kann?« Susannes Stimme überschlägt sich. Es ist nur noch ein Krächzen. Die Töne kommen unwillkürlich aus ihrer Kehle, sind unmelodisch. »Mein Körper verfällt, ich kann nicht mehr vernünftig essen, ständig verschlucke ich mich daran, habe Angst zu ersticken. Ich kann nicht sprechen, meine Arme tun, was sie wollen, nicht das, was sie sollen. Und beim Laufen sehe ich aus wie ein Vollidiot. Sag mir, Martin, fragt mich jemand, ob ich noch kann?«

Martin steht stumm da. Ihm laufen Tränen über die Wangen, die er sonst nur nachts weint, dann, wenn er allein ist. Dann, wenn Beate auf der Couch schläft und er sich all seiner Hoffnungslosigkeit hingeben kann. All die Tränen fließen jetzt wieder. Er geht ums Bett, kniet sich vor Susanne hin und legt den Kopf in ihren Schoß.

»Ich kann nicht mehr«, heult er auf. »Ich kann einfach nicht mehr. Ich kann dich nicht sterben sehen. Das kannst du von mir nicht verlangen. Wie soll ich ohne dich weiterleben?«

Susanne greift nach Martins Schopf, massiert ihm die Schläfen, während er, hilflos gleich einem Kind, in ihren Schoß schluchzt. Auch Susanne laufen die Tränen. Sie hat es satt, die Starke zu mimen. Sie wischt sich den Rotz am Ärmel ab, versucht sich zu beruhigen und atmet mehrmals tief ein und wieder aus. Die Atmung, das hatte ihr ihre Psychologin erklärt, sei das Wichtigste. Sie solle sich auf ihre Atmung konzentrieren, wenn sie das Gefühl hat, den Verstand zu verlieren. Und das tut sie. Atmen. Ein. Aus. Ein. Aus. Immer wieder.

»Das Beste wird sein, wir fahren morgen wirklich nach Hause.«

Martin vergräbt sich nur noch tiefer in ihrem Schoß, schluchzt nur noch lauter, umklammert ihre Hüfte.

»Nein, noch lebst du. Ich bleibe bei dir. Verzeih, dass ich das gesagt habe.« Er schaut auf zu ihr, versucht ein Lächeln. Es ist gequält. »Ich verlass dich doch nicht. Meine Nerven sind mit mir durchgegangen. Verzeih mir, Liebste.« Wie automatisch schiebt sich die Angst, die Martin um sich selbst hat, in den Hintergrund. Susanne ist jetzt wichtiger. Man kann kein Versprechen geben und gehen, wenn es ungemütlich wird. Er wird sie begleiten. Er wird zu Hause die Karten auf den Tisch legen. Bis an Susannes Ende wird er an ihrem Bett wachen, ihren letzten Atemzug zusammen mit ihr erleben. Er ist kein Schlappschwanz. Er hatte nur ganz kurz die Orientierung verloren. Niemand hat gesagt, dass es leicht wird. Nur niemand hatte ihm gesagt, wie grausam es werden würde. Niemand.

Kapitel 4
Jacob & ich & der Tag danach

In den ersten Sekunden des Aufwachens weiß ich nicht so recht, was los ist, wo ich bin. Bis ich mich orientiere und Jacobs warme Brust an meinem Rücken spüre. Sein Arm liegt locker auf meiner Hüfte. Er schläft noch.

Was habe ich nur getan? Ich habe mit ihm geschlafen. Allein bei der Vorstellung an die letzte Nacht kribbelt es wohlig in meinem Unterleib. Ich fühle mich merkwürdig. Sosehr ich in meinem Innern versuche, Schuld zu empfinden, sosehr ich nach Verfehlung suche, so sehr finde ich nur eins, ein reines Gewissen. Und nicht nur das, ich kann darüber hinaus den gestrigen Abend sogar in Schutz nehmen und ihn rechtfertigen. Ich habe definitiv drei Fliegen mit einer Klappe geschlagen. Ich habe mit Susannes Ehemann geschlafen, was mich nicht nur körperlich befriedigt, sondern auch dahin gehend, dass ich ihr genau das genommen habe, was sie mir gestohlen hat. Als Nächstes habe ich meinen Ehemann betrogen. Wenn er es wüsste, könnte er mal schön in sich hineinhören und feststellen, wie es sich anfühlt, dieses Betrogensein. Und, das ist die Krönung des Ganzen, das muss ich mir lassen, es hat mir gefallen, mehr sogar, es hat mir gutgetan. Ich fühle mich irgendwie stark und begehrenswert. Ich merke, wie sich meine Mundwinkel verselbstständigen und ein Lächeln auf mein Gesicht zaubern.

Vorsichtig drehe ich mich um. Ich will Jacobs schlafendes Gesicht sehen. In dem Moment, in dem ich mich bewege, zieht er mich noch näher an sich. Er wird wach und blinzelt mich an.

»Guten Morgen«, flüstert er mir ins Ohr. »Hast du gut geschlafen?«

Ich nicke und schmiege mich noch enger an ihn. Seine Umarmung erregt mich. Er streichelt mich sanft unter der Decke, und ich dränge mich noch fester an ihn. Seine Fingerkuppen kitzeln meinen empfindlichen Nacken. Ich bekomme eine Gänsehaut, und die kleinen Härchen an meinem Haaransatz stellen sich senkrecht. Seine Hand gleitet tiefer, arbeitet sich Stück für Stück um meine Taille und streichelt meinen flachen Bauch. Und jetzt spüre ich noch etwas. Eine Erektion … direkt an meinem Po. Noch ehe ich darüber nachdenken kann, was da genau geschieht, zieht Jacob mir den Slip herunter. Es kommt, wie es kommen muss, jetzt, wo das Tabu sowieso schon einmal gebrochen ist …

Wohlig erschöpft liege ich immer noch in Jacobs Armen, und ich fange an zu überlegen, was genau ich hier eigentlich tue. Er hält mich immer noch fest umschlungen. Ich spüre seinen Atem in meinem Haar, was ein sehr vertrautes Gefühl ist. Er wird langsam wieder ruhiger. Ich habe mich lange nicht mehr so begehrenswert und gleichzeitig sicher gefühlt wie in diesem Augenblick, auch wenn mein Verstand mir einredet, dass das, was wir tun, total verkorkst ist.

»Was tun wir hier eigentlich?«, flüstere ich ins Halbdunkel des Zimmers. Die Jalousien sind halb heruntergelassen, und das, was wir soeben getan haben, liegt in der Dämmerung des Morgens.

»Ich weiß nicht, was wir hier tun, aber es fühlt sich verdammt gut an«, sagt Jacob, und ich höre, dass in seiner Stimme ein Lächeln liegt.

Träge drehe ich mich zu ihm um. »Haben wir jetzt so was wie eine Racheaffäre?«

Jacob zuckt mit den Schultern. »Müssen wir dem Kind denn unbedingt einen Namen geben? Ich genieße unser Beisammensein sehr. Und ich weiß nicht, wohin das führt mit uns. Aber ich weiß, dass ich es gut finde.« Jacob streichelt meinen Bauch, fährt mit seiner Hand höher und umschließt meine Brust. »Du bist zu dünn, ich denke, ich werde dir jetzt ein sagenhaftes Frühstück zaubern, damit du wieder zu Kräften kommst. Ich werde mich um dich kümmern, kleine Bea, dass es dir bald wieder gut geht.«

Ich lächle.

»Meinst du, du schaffst das?« Bei seinen Worten wird mir warm ums Herz. Jacob sieht nicht nur sehr gut aus, ich finde auch, dass seine Hände sehr kraftvoll und sexy sind und er wunderbar riecht. Wie oft hat man das schon im Leben, dass man jemanden gut riechen kann? Bei mir ist das eher selten der Fall, da ich, was das betrifft, sehr empfindlich bin. Wie hoch war schon die Wahrscheinlichkeit, dass ich nach Martin überhaupt wieder Nähe zulassen kann, und nun ist es obendrein noch der Ehemann meiner Rivalin. Ich umschließe seine Hand auf meiner Brust und triumphiere ein wenig vor mich hin. *Wie du mir, so ich dir. Auge um Auge, Zahn um Zahn. Im Krieg und in der Liebe ist alles erlaubt.* Allesamt sind das für mich Sprichwörter, die ich vor dieser Nacht nur als Scheißhausparolen bezeichnet hätte. Jetzt bekommen sie plötzlich Sinn. Ich weiß zwar noch nicht, in welche Richtung sich alles entwickelt, aber ich verspüre eine innere Zufriedenheit wie schon lange nicht mehr.

»Bleib liegen, du bekommst dein Frühstück ins Bett geliefert, und dann sehen wir weiter, okay?«

Ich küsse ihn auf die Wange. »Okay.« Jacob schwingt sich aus dem Bett, steigt in seine Boxershorts, verlässt das Zimmer, und ich schaue mich um. Auch hier haben die Schränke glänzende Oberflächen, und wo kein Lack ist, sind Spiegel. Alles brilliert, wirkt teuer und elegant. Ich frage mich, ob ich mich hier wohlfühlen könnte. Als Frau Müller. »Beate Müller«, spreche ich laut aus und schüttle den Kopf über mich selbst.

Kapitel 5
Martin & Susanne & der Tag danach

Martin schlägt die Augen auf. War da eben ein Geräusch? Er dreht sich um und registriert, dass Susanne nicht mehr neben ihm im Bett liegt. Da war es schon wieder. Das Geräusch kommt aus dem Badezimmer. Er atmet tief durch. Er hört, wie die Dusche angeht. Vor seinem inneren Auge erscheint Susanne, wie sie nackt unter dem Wasserstrahl steht. Sie ist der Inbegriff von Vollkommenheit, äußerlich. Wenn sie schläft, ihr Körper rastet und die Krankheit ruht, kann Martin sie stundenlang beobachten. Er kann es bis heute nicht fassen, dass sich das Schicksal als ein so mieses Arschloch entpuppt hat. Wenn er Susanne in ihren alltäglichen Handlungen beobachtet, erkennt er, dass sich ihr Zustand innerhalb eines Jahres massiv verschlechtert hat. Sie ist bemüht, ihre schnellen, überspringenden Gesten in ihre alltäglichen, routinierten Handlungen mit einzubauen, und sie versucht, die Muskelzuckungen zu überspielen. Früher gelang das noch, neuerdings ist es sogar so, dass sie im Schlaf heftig zuckt. Martin hat schon oft die Leute dabei beobachtet, wie sie reagieren, wenn er zusammen mit Susanne ein Geschäft oder ein Lokal betritt. Jeder, wirklich jeder, dreht sich nach ihr um. Sie ist ein Blickfang, jemand, dem man sich gern zuwendet. Wenn sie dann anfängt zu sprechen, sich beispielsweise im Restaurant etwas zu essen bestellt, sind die Kellner meist überfordert, weil Susanne inzwischen weder ihre Gestik noch Mimik, noch ihre Aussprache unter Kontrolle hat. Alles verselbstständigt sich, ihre Bewegungen sind willkürlich. Ihre Arme zucken, das Sprechen strengt sie an. Die Wörter, die sie spricht, klingen meist merkwürdig abgehackt. Susannes Zustand verschlechtert sich oft noch, wenn sie spürt, dass sie angestarrt wird, was dazu führt, dass sie nach Unternehmungen in der Öffentlichkeit maßlos frustriert ist, sodass sie es kaum noch wagen, sich in der Öffentlichkeit zu zeigen. Martin nimmt den Telefonhörer und bestellt das Frühstück aufs Zimmer. Er weiß, dass Susanne keine Lust auf Frühstück in der Masse hat. Er versteht es gut und hat sich damit arrangiert.

Martin hört, dass im Bad das Wasser abgestellt wird. Susanne steigt jetzt sicher aus der Dusche und trocknet sich ab. Er bleibt liegen und hängt seinen Gedanken nach, wie so oft. Er denkt häufig an früher, wie es anfänglich war, daran, wie letztendlich doch alles begann.

Es war eine Woche nach Österreich. Martin hatte schon gar nicht mehr damit gerechnet, seinen Anzug jemals wiederzusehen, als es an seiner Haustür läutete. Damals hatte Beate die Tür geöffnet und seinen Anzug, der sorgfältig in durchsichtige Plastikfolie eingeschweißt war, entgegengenommen. Beate wollte den Kurierfahrer wegschicken, mit der Begründung, dies könne unmöglich Martins Anzug sein. Sie gehen seit Jahr und Tag in ein und dieselbe Reinigung, in die an der nächsten Ecke, unscheinbar, aber gut. Gehört einer türkischen Familie, und die haben definitiv keinen Kurierfahrer. Man muss seine Wäsche selbst hinbringen und auch eigenhändig abholen. An dem Tag allerdings wurde der Anzug nach Hause geliefert, was Beate irritierte. Martin war damals neugierig geworden, fragte sich, wieso Beate an der Haustür mit jemandem diskutierte. Er war zur Tür gegangen und konnte den Sachverhalt schlussendlich aufklären.

Beate war nicht weiter misstrauisch geworden. Martin hatte ihr die Story im Prinzip genauso erzählt, wie sie abgelaufen war. Eine junge Frau hatte ihn vollgekotzt und wollte dafür die Reinigung des Anzugs übernehmen, was sie ja offensichtlich auch getan hatte. Martin war ganz aufgeregt gewesen, hatte den Anzug sofort ins Schlafzimmer gebracht und die Taschen durchsucht, ob sie ihm vielleicht irgendeine Nachricht hinterlassen hatte. Nichts. Einzig ein Kärtchen von der Reinigung war auf der Folie befestigt gewesen. *Chemische Reinigung Kurfürstendamm, Berlin.* Das Kärtchen wirkte edel, der Name des Geschäfts sowie die E-Mail-Adresse waren in goldenen Buchstaben aufgedruckt. Was Martin allerdings noch mehr überraschte, war die Adresse des Geschäfts. Hieß das etwa, dass Susanne Müller auch in Berlin wohnte? Oder war das nur ein Zufall? Eine weitere Woche nach diesem Ereignis hielt Martin sich beruflich am Kurfürstendamm auf. Genau genommen befand er sich schon wieder auf dem Heimweg, als er innehielt, die Visitenkarte der Reinigung aus scinem Portemonnaie holte und wie ferngesteuert zu diesem Geschäft lief. Es war ein großer Laden, pompös, und Martin hegte sofort den Verdacht, auch hier keinerlei Auskünfte zu erhalten. *Egal*, dachte er, *was sollte schon passieren?* Er würde einfach mal versuchen, Susannes Adresse in Erfahrung zu bringen, mehr als Nein sagen konnten sie schließlich auch nicht.

»Guten Tag, entschuldigen Sie.« Martin wartete geduldig, bis sich der Angestellte von seinem PC loseiste.

»Ja, bitte?«

»Vor einer Woche genau haben Sie mir meinen Anzug nach Hause geliefert. Mein Name ist Martin Schulze.«

»War irgendetwas nicht in Ordnung damit?« Der Angestellte machte ein besorgtes Gesicht.

»Nein, nein. Danke. Der Anzug war in einwandfreiem Zustand. Ich bin hier, weil ich Sie fragen möchte, ob Sie mir die Adresse oder Telefonnummer des Auftraggebers mitteilen könnten, damit ich mich bei ihr oder ihm bedanken kann.«

Martins Herz setzte beinahe aus bei der Vorstellung, eine weitere Abfuhr zu erhalten. Er wünschte es sich so sehr, Susanne Müller noch einmal zu sehen, nur ein einziges Mal. Vielleicht würde er sie gar nicht ansprechen, er wollte sich nur vergewissern, dass es ihr gut ging. Vielleicht würde er sie von Weitem nur noch einmal lächeln sehen.

»Sie heißen Martin Schulze, ja?«, fragte der Angestellte, während er etwas in den Computer eintippte.

Martin nickte.

»Wir sind gegenüber unseren Auftraggebern zwar zu Diskretion verpflichtet, aber wenn sich jemand bedanken möchte, geht das sicher in Ordnung, denke ich.«

Martin fiel ein Stein vom Herzen. Er nickte und lächelte.

»Die Auftraggeberin heißt Susanne Müller, sie wohnt in der Leibnizstraße 47, das ist hier direkt um die Ecke. Genügt Ihnen das?«

»Ja, natürlich. Danke. Sie haben ja keine Vorstellung, welch großen Gefallen Sie mir getan haben.« Martin zog einen Zehn-Euro-Schein aus seiner Brieftasche und legte ihn dem Angestellten auf den Tresen. »Vielen Dank für Ihr Entgegenkommen.« Die Worte *Leibnizstraße 47* flatterten wie bunte Schmetterlinge vor Martins geistigem Auge umher. Er hatte ja gar nicht vor, sie sofort aufzusuchen, aber immerhin war er jetzt im Besitz ihrer Adresse. Und wann immer es ihm in den Sinn käme, würde er ab sofort handeln können. Er wusste selbst, dass sich die Leibnizstraße gleich um die Ecke befand, aber er brachte noch nicht den Mut auf, zu ihrer Wohnung zu gehen. Er selbst hätte sich als zu aufdringlich empfunden. Er wollte auf keinen Fall mit der sprichwörtlichen Tür ins Haus fallen. Vielleicht würde er auch nie zu ihr gehen. Schließlich war er verheiratet, und das immerhin seit dreizehn Jahren, glücklich. Er liebte seine Frau. Wirklich. Und doch hatte er ständig Susannes Gesicht vor Augen. Die Traurigkeit und Melancholie, die sie an jenem Abend in Österreich verströmt hatte, gingen Martin nicht mehr aus dem Sinn. Ebenso das, was sie ihm beim Abschied gesagt hatte, all das war seiner Meinung nach keine Lüge gewesen. Jedenfalls nicht ausnahmslos. In jeder Lüge steckt auch immer ein Funken Wahrheit. Susanne trug ein Geheimnis mit sich herum, das schwerer wog, als sie selbst zu tragen imstande war. Das hatte er ganz deutlich gespürt.

Martin ging in Richtung U-Bahn. Ihm spukte in einer Tour die *Leibnizstraße 47* im Kopf herum. Er konnte sich sonst schwer Namen, Adressen oder Hausnummern merken, aber diese Adresse, das wusste er, würde er sein ganzes Leben aus dem FF aufsagen können. Er hatte fast den Eingang des U-Bahnhofs erreicht, als sie plötzlich seinen Weg kreuzte. Susanne Müller. Sie gingen aneinander vorbei, und ihre Blicke trafen sich für den Bruchteil einer Sekunde. Ungerührt gingen beide ihres Weges, bis sie beinahe gleichzeitig realisierten, an wem sie gerade vorbeigelaufen waren.

»Susanne«, sagte Martin und blieb abrupt stehen. Auch Susanne verlangsamte ihren Schritt und drehte sich um.

»Herr Schulze«, flüsterte sie und schaute ihn von unten her an.

Er hatte ganz vergessen, wie zierlich diese Frau war, wie zerbrechlich sie wirkte. Susanne lächelte.

»Hallo.«

»Sie hier?«, fragte Martin. Er fühlte sich ertappt, obwohl Susanne ja keinesfalls wissen konnte, dass er sich gerade in der Reinigung nach ihrer Adresse erkundigt hatte.

Susanne blieb stehen, und Martin spürte, dass es ihr nicht recht war, ihn wiederzutreffen. Sie hielt verkrampft ihre Handtasche fest, so als hätte sie Angst um sie. Heute wusste er, dass sie das tat, um ihre Muskelzuckungen zu kontrollieren, die sie in letzter Zeit ständig traktierten.

»Na? Wie sieht's aus? Zeit für einen Kaffee?«, ging Martin in die Offensive.

»Nee, ich hab gar keine Zeit. Heute ist kein guter Tag«, brachte sie mühsam hervor. Martin merkte, dass sie das Sprechen anstrengte, sie stotterte. Susanne sah unverändert schön aus. In seinen Augen war sie das schönste Wesen, das er je gesehen hatte. Beate sah auch gut aus, ohne Frage. Aber von Susanne ging eine Art Magie aus, der er sich nicht entziehen konnte.

»Auf Wiedersehen«, stieß sie hervor und kehrte ihm den Rücken. Er konnte sie nicht gehen lassen. Das waren zwei Zufälle, die nicht einfach so passiert waren. Hier hatte das Schicksal seine Hände im Spiel, davon war er überzeugt. Er scherte sich einen Teufel darum, dass sie sich soeben von ihm verabschiedet hatte. Er lief ihr einfach hinterher und bemerkte, dass ihr Gang merkwürdig anmutete, angestrengt irgendwie, nicht harmonisch, beinahe tänzelnd. Obwohl sie High Heels trug, bewegte sie sich verhältnismäßig sicher.

»Susanne, bitte bleib doch stehen. Ich komme mir albern vor, wenn ich dir so hinterherrenne.«

Sie blieb abrupt stehen, endlich.

»Also schön, was willst du?«, brachte sie hervor. Martin lächelte sie an. Ihre Mimik war an Arroganz nicht zu übertreffen. Obwohl sie zu ihm aufschauen musste, sagte ihr Blick aus, dass sie auf ihn hinabsah, so stolz war sie.

Er war schon mal froh, dass sie sich endlich durchgerungen hatte, ihn zu duzen.

»Wie wär's erst mal mit einem Kaffee?« Er wollte sie nicht überfordern, deshalb verschwieg er, dass er auf eine Wahrheit hoffte. Er wusste, dass mit ihr etwas nicht stimmte, er wollte unbedingt herausfinden, was es war.

»Nur, wenn du mir versprichst, dass du mich danach in Ruhe lässt. Für immer.«

Martin lachte. »Nur, wenn du mir versprichst, dass du mich nicht wieder vollkotzt.«

Susanne guckte ihn entgeistert an und konnte sich plötzlich ein Lachen nicht mehr verkneifen. Sie hielt sich eine Hand vor den Mund. Es war eine Geste, die beinahe so schien, als würde sie sich selbst das Lachen verbieten wollen. Und dennoch funktionierte das nicht. Martin stimmte mit ein, und beide lachten aus vollem Hals. Er deutete mit einer Handbewegung an, in welche Richtung er zu gehen gedachte.

»Wohnst du etwa hier in Berlin?«, fragte Martin, obwohl er es ja bereits wusste.

»Ja, hier in der Nähe.« Martin nickte. Schweigend gingen sie nur etwa fünfzig Meter, bis sie vor einem *Starbucks* haltmachten.

»Wollen wir hier einen Kaffee trinken?«, fragte Martin und deutete auf die Eingangstür des Coffeeshops.

»Ja, gerne.« Martin öffnete Susanne die Tür und ließ ihr den Vortritt. Sie steuerte auf eine lauschige Ecke zu und setzte sich.

»Weißt du schon, was du willst?«

»Ja, einen Mango-Passionsfrucht-Tea-Frappuccino, bitte.«

»Einen, was?« Martin war perplex. Dafür, dass Susanne Schwierigkeiten beim Sprechen hatte, fand er es belustigend, dass sie eine solch komplizierte Bestellung aufgab.

»Einen Mango-Passionsfrucht-Tea-Frappuccino«, wiederholte sie, wobei sie dieses Mal ins Stottern geriet.

»Aye, aye, Käpt'n!« Er hielt die ausgestreckte Hand an die Stirn und stellte sich in die Warteschlange. Als er an der Reihe war, bestellte er Susannes Getränk und orderte für sich einen Latte macchiato. Endlich saßen sie sich gegenüber. Schweigend und linkisch musterten sie sich gegenseitig. Susanne sah genauso aus, wie er sie in Erinnerung hatte. Ihre Haut war ebenmäßig gebräunt und ihre Lippen voll und rosa. Wenn sie lächelte, zeigte sich eine Reihe perlschnurartig angeordneter, ebenmäßig weißer Zähne. Ihr Körper war ausgemergelt. Diese Tatsache ließ sich auch durch ihre weit geschnittene Garderobe nicht wettmachen. Martin hatte das Bedürfnis, sie ständig anzustarren, so schön fand er sie. Natürlich entging ihm nicht, dass Susanne kaum still sitzen konnte. Auch die Zuckungen, die sie schwerlich in der Lage war zu unterdrücken, fielen ihm auf. Er räusperte sich.

»Wieso bist du denn ohne ein Wort des Grußes abgefahren? Ich habe mir Sorgen um dich gemacht.«

»Um mich?« Susanne wirkte befangen. Sie rührte gedankenverloren in ihrem Getränk und brachte es kaum fertig, Martins Blicken standzuhalten.

»Ja, um dich.« Martin atmete tief durch. »Darf ich dich fragen, ob es jemanden gibt, der sich um dich kümmert?« Er hielt gespannt die Luft an und hoffte, dass er ihr mit dieser Frage nicht zu nahe trat. Und er hoffte noch etwas, aber das wollte er sich selbst gegenüber nicht so recht eingestehen.

Susanne nickte. »Ja, ich bin verheiratet. Jacob, mein Mann, sorgt für mich, allerdings …« Susanne zögerte und wich seinem Blick aus.

»Ja?« Martin starrte Susanne an. Er konnte seine Blicke nicht von ihr lassen. Dass sie verheiratet war, traf ihn jedoch wie ein Donnerschlag.

»Ach nichts, schon gut«, winkte Susanne ab.

»Komm schon«, drängte Martin, »raus mit der Sprache. Mir kannst du's erzählen. Wir sind uns doch fremd, und außerdem lasse ich dich danach für immer in Ruhe. Schon vergessen?«

Der Zwiespalt, in dem sich Susanne befand, war für Martin beinahe greifbar.

»Mein Mann weiß nichts davon«, erwiderte sie mit einem Gesichtsausdruck, der sie Lügen strafte.

»Wovon weiß er nichts?«

Susanne atmete tief durch, verdrehte genervt die Augen und fasste sich ein Herz. »Von meiner Krankheit.«

Wenn Martin bis jetzt leger auf dem Stuhl gelümmelt hatte, so setzte er sich nun gerade hin, nahm Haltung an.

»Wie kann er denn davon nichts wissen? Sie ist offensichtlich«, bemerkte er und verkniff sich einen sarkastischen Unterton.

»Ja, das schon. Ich meine es auch anders. Entschuldige, ich habe mich falsch ausgedrückt. Natürlich weiß er von der Krankheit, aber mein Mann und ich reden nicht darüber. Ich kann einfach nicht mit ihm darüber sprechen. Er musste notgedrungen schon miterleben, wie meine Mutter dahinvegetiert ist. Ich weiß nicht, ob er das ein zweites Mal aushält, verstehst du?«

Martin nickte. »Aber was ist mit dir? Wer fragt dich denn, ob du es aushältst?«

Susanne schnaubte. »Niemand fragt mich. Aber ich finde mich schon zurecht, irgendwie. Bis heute habe ich mich niemandem anvertraut, außer meiner Therapeutin. Es ist merkwürdig, mit jemand anderem darüber zu sprechen. Eigentlich passt es mir nicht. Ich hasse diese Krankheit und wie sie sich langsam in den Vordergrund spielt. Als gäbe es keine wichtigeren Dinge im Leben.«

»Hey, du bist wichtig. Also mir bist du wichtig, und – ich weiß nicht wieso – dein Wohlergehen liegt mir am Herzen.«

Susanne lächelte.

»Danke, das ist nett von dir. Aber indem ich über meine Krankheit spreche, verleihe ich ihr Macht. Macht, die ihr nicht zusteht, verstehst du?«

Susannes Stimme war leiser geworden, aber fester. Sie schien sehr wütend zu sein über ihre Krankheit, welche auch immer es war.

»Okay, guck, wir sind nicht verheiratet. Auf mich musst du keine Rücksicht nehmen. Wir sind uns zu nichts verpflichtet. Mir kannst du sagen, worunter du so leidest. Erzähl mir, welch schwere Last auf deinen Schultern liegt.« Martin hatte sich nach vorn gebeugt und widerstand nur schwer dem Impuls, nach ihrer Hand zu greifen.

»Was willst du denn genau wissen, Martin? Vielleicht, ob es ansteckend ist?«

Martin zuckte mit den Schultern. Ob diese Krankheit ansteckend war, stand für ihn außer Frage, das war im Grunde das Letzte, worum er sich sorgte. Diese Frage war ihm bis jetzt gar nicht in den Sinn gekommen, wobei ihn die Antwort darauf nun sekundär doch interessierte. Dennoch schüttelte er den Kopf. »Das ist mir egal. Mich interessiert viel mehr, wie die Krankheit überhaupt heißt, unter der du leidest.«

Susanne zögerte und schaute ausweichend in eine andere Richtung, über die Köpfe der anderen Gäste hinweg. Martin spürte förmlich, wie sehr sie mit sich rang. Sie wehrte sich mit aller Kraft dagegen, dieses Wort auszusprechen, offensichtlich nur, damit es keine Macht über sie bekam. Dennoch holte sie nun tief Luft und sprach es einfach aus: »Huntington.« Sie sagte nur das, sank etwas in sich zusammen und wartete Martins Reaktion ab. Ihre schmalen Hände umkrallten den Lederriemen ihrer Handtasche, der locker über ihrer Brust lag. Ihre Fingerknöchel traten weiß hervor und standen in starken Kontrast zur Lässigkeit des Lederriemens.

Martin spürte, wie er selbst langsam und betont ruhig ausatmete. Er tat das so demonstrativ wie möglich, in der Erwartung, Susanne würde es ihm gleichtun. Trotz ihres dunklen Teints wirkte ihre Haut nun blass. Offensichtlich hatte sie vor innerer Anspannung vergessen, gleichmäßig zu atmen.

Martin überlegte. Er durchforstete sein Gedächtnis nach all seinem Wissen über diese Krankheit. Er hatte schon einmal davon gehört, wusste, dass es eine seltene Erbkrankheit ist, mehr aber auch nicht.«

»Okay, Huntington. Bist du dir sicher? Hast du dich testen lassen?«

Susanne schnaubte verächtlich. »Was denkst du denn? Eine Woche, bevor wir uns beide in Österreich kennenlernten, habe ich das Resultat erhalten. Dabei war die Untersuchung total für die Katz, weil ich das Ergebnis längst kannte. Aber die Diagnose dann schwarz auf weiß zu sehen war noch mal so was wie eine schriftliche Ohrfeige, eine, die ich mir wohl besser erspart hätte.« Jetzt dämmerte es Martin allmählich.

»War das der Grund, weshalb du dich so maßlos betrunken hast?«

Susanne nickte nur und guckte aus dem Fenster. »Weißt du, es heißt ja immer, die Hoffnung stirbt zuletzt.«

»Ja, so heißt es wohl«, gab Martin ihr recht.

»Ja, aber auch wenn sie zuletzt stirbt, stirbt sie. Verstehst du?«

»Ja, ich verstehe.« Martin nickte traurig.

Während Susanne weiterredete, heftete sich ihr Blick auf die am Schaufenster vorbeieilenden Passanten, allesamt auf dem Weg von irgendwoher nach irgendwohin. Wo es doch so viel wichtigere Dinge gab als todbringende Diagnosen oder dieses Hetzen von einem Ort zum anderen. Für Martin stand hier und jetzt die Zeit still. Für ihn gab es jetzt nichts, außer Susanne und das, was sie bewegte.

»Ich wusste – wie gesagt – schon lange, dass ich diese Krankheit in mir trage. Ich habe meine Mutter bis an ihr Ende begleitet und gepflegt, so gut ich eben konnte. Sie ist mit fünfundvierzig daran gestorben. Und die Wahrscheinlichkeit, dass ich auch daran erkranke, lag immerhin bei fünfzig Prozent. Es war also sinnlos, sich etwas vorzumachen.« Susanne zuckte gleichmütig mit den Schultern. »Ich sage nur *Bingo*.« Sie griff nach ihrem Glas und hielt es wie zum Toast in die Luft. Noch während sie den ersten Schluck trank, fing sie heftig an zu spucken und zu husten. Die Flüssigkeit spritzte in alle Richtungen, derweil sie röchelnd nach Atem rang. Martin sprang auf und klopfte ihr auf den Rücken, bis sie sich wieder gefangen hatte.

»Scheiße!« Sie hielt sich beschämt eine Hand vor den Mund. »Jetzt habe ich dich doch wieder vollgekotzt.«

»Das macht doch nichts. Allerdings wirst du jetzt mit den Konsequenzen leben müssen«, erklärte Martin.

Susanne zog die Stirn kraus. »Wie meinst'n das jetzt?«

Martin versuchte, ein Grinsen zu unterdrücken. »Ich werde dich leider nicht in Ruhe lassen können.«

»Oh, Mann!« Susanne knuffte mit aufgesetzter Empörung Martin in den Arm. »Du scheinst ein elender Lügner zu sein, Martin Schulze«, quittierte sie seine Äußerung, während sie unbeholfen und ergebnislos versuchte, Martins Jacke mit einer Serviette zu säubern. »Ich sollte für die Reinigung aufkommen«, scherzte sie und lächelte verlegen.

»Quatsch«, widersprach Martin, »das nächste Mal, wenn wir uns treffen, trage ich einfach einen Friesennerz. Kennst du diese Öljacken, die die Leute immer an der Nordsee tragen, wenn es regnet?«

Jetzt lachte Susanne wild drauf los. »Das wäre zwar praktisch, aber nicht sehr nett, Mister.«

Gut, dachte Martin, das Eis ist gebrochen. Sein Herz ging auf, als er Susannes glockenhelles Lachen vernahm. Genau das war es, was er für immer hören wollte. Während ihre Augen belustigt funkelten und sie weiterhin mit der Serviette auf ihm herumtupfte, verlor er beinahe jegliches Gespür für angemessene Zurückhaltung. Er hätte sie am liebsten auf der Stelle in seine Arme gezogen und leidenschaftlich geküsst.

»Na gut«, lenkte er schmunzelnd ein, »ich bin ein netter Mensch. Ich gebe dir mein Wort, dass ich in deiner Gegenwart niemals eine Öljacke tragen werde. Und du darfst mich vollkotzen, wann immer es dich gelüstet.«

Wieder lachte Susanne lauthals. Und als sie sich langsam beruhigte, nahm sie wie selbstverständlich seine Hand und legte sie in ihre. »Weißt du, Martin«, sagte sie sanft, »das ist ja alles ganz lustig mit dir und mir, äh … also mit uns, aber hast du da nicht eine Kleinigkeit vergessen?«

Martin hob die Augenbrauen. »Wieso, was denn?«

Susanne atmete tief durch und drehte Martins Handrücken so, dass sie beide seinen Ehering sehen konnten. »Den hier. Den hast du bei all dem vergessen.«

Martin schloss für einen Moment die Augen. Er genoss die Berührung und wie seine Hand in ihrer lag. Während sein Herz vor Aufregung Purzelbäume schlug, schwieg er. Weil er nicht wusste, was er sagen sollte. Natürlich wusste er, dass das alles falsch war. Aber warum fühlte es sich tief in ihm drinnen dann so richtig an? Warum ließ ihn nur ein einziger Blick in Susannes Gesicht so viel mehr fühlen, als er all die letzten Jahre gefühlt hatte? In ihm war etwas erwacht, ein neues Gefühl, eins, das er von früher noch kannte, aber so lange nicht mehr erlebt hatte.

Als Susanne spürte, dass Martin nichts zu sagen gedachte, fing sie erneut an: »Weißt du, es ist so, dass ich es mir nicht leisten kann, ein Abenteuer nicht zu leben. Dafür ist mir meine verbleibende Zeit zu kostbar. Verstehst du?«

»Ja. Doch. Ich verstehe.« Hoffnung glomm in ihm auf. Eine Hoffnung von der Sorte, die den Verstand außer Kraft setzt. Wäre es ihm sonst möglich gewesen, die böse Vorahnung, die ihn ebenso beschlich, zu ignorieren?

»Bedenke, dass dieses Abenteuer auch für dich nur von begrenzter Dauer sein wird. Danach werden Herzen gebrochen sein. Und zwar nicht nur das deiner Frau. Auch deins wird zerbrechen. Willst du das? Und noch eins ...« Susanne hob mahnend einen Zeigefinger. »Sag hinterher nicht, dass ich dich nicht gewarnt hätte. Nimm dir Zeit. Werde dir darüber klar, ob es das ist, was du willst. Wirklich willst, okay?«

Martin schluckte hart. Susannes Worte trafen ihn. Einerseits, weil er wusste, dass sie recht hatte und er seiner Frau unrecht tat, andererseits brachte ihn der Gedanke, Susanne nur für eine begrenzte Dauer lieben zu dürfen, beinahe um den Verstand. Er wusste, dass er einen Pakt mit dem Teufel schloss, wenn er sich darauf einließ. Er schwieg weiterhin, schaute nur in ihre dunklen Augen, deren Seele so offen wirkte und ihn anzog wie ein Magnet.

»Was willst du überhaupt von mir?« Sie schaute ihn verträumt von unten her an.

»Liebe Susanne Müller, wenn ich das wüsste, wäre ich um einiges schlauer, das kann ich dir sagen.« Beide lächelten sich versonnen und auch ein wenig verängstigt an, und Martin griff gedankenverloren nach seinem Ehering.

»Gibst du mir deine Telefonnummer?«, fragte er und holte

sein Handy aus der Jackentasche, um Susannes Nummer zu speichern. »Nur für den Notfall, ja?«

»Für welchen Notfall denn?« Sie zog die Stirn kraus.

»Für den Notfall, dass ich dich zu sehr vermisse«, erwiderte Martin und wunderte sich selbst über diese Worte.

»Wie kannst du mich denn vermissen, du kennst mich doch gar nicht.« Susanne schaute Martin mit offenem Blick an. Er spürte, dass es ihr gefiel, dass er genau das gesagt hatte. Susanne holte eine Visitenkarte aus ihrer Handtasche und überreichte sie ihm mit zittrigen Fingern.

»Hier. Wenn du anrufen willst, bitte nur auf der Handynummer, ansonsten schuldest du meinem Mann eine Erklärung, warum und wieso du mich vermisst.«

»Danke, Susanne.« Martin betrachtete die Visitenkarte, auf deren Rückseite *Leibnizstraße 47* stand. Er verstaute sie sorgfältig wie einen kostbaren Schatz in seinem Portemonnaie und fühlte sich schon viel besser, jetzt, wo er ihre Adresse ganz offiziell wusste. Noch ein Wink des Schicksals, dessen war er sich sicher gewesen. Damals.

Heute wusste er, dass er besser die Beine in die Hand genommen hätte, denn was folgte, waren einerseits die berauschendsten und intensivsten, auf der anderen Seite wiederum die ernüchterndsten und beklemmendsten Tage, Wochen und Monate, die er je erlebt hatte.

Er erinnert sich noch sehr genau daran, wie es war, als er damals zu Hause eintraf. Beate war Gott sei Dank nicht zu Hause, sodass er in Ruhe seinen Laptop hochfahren konnte. Er konnte es kaum erwarten, mehr über diese Krankheit namens »Chorea Huntington« zu erfahren. Er recherchierte alles. Am Anfang noch packte ihn die Euphorie. Ihr musste doch zu helfen sein. Eine solche Krankheit konnte doch einen Menschen wie Susanne nicht einfach so auslöschen. Machte das Schicksal denn vor gar nichts halt? Hatte das

Schicksal sich denn nur mal die Mühe gemacht und in ihr Gesicht geblickt? In ihr schönes Gesicht? Doch je tiefer er in die Materie eintauchte und je mehr er sich mit dieser Krankheit auseinandersetzte, je öfter er Susanne traf und sich unmittelbar mit ihrem Leid und ihren Symptomen konfrontiert sah, umso mehr wurde ihm bewusst, dass sich jede noch so winzige aufkeimende Hoffnung auf Heilung oder wenigstens Stagnation der Krankheit in lähmende Aussichtslosigkeit verwandelte. Es war zum Verrücktwerden. Über das Internet und diverse Foren fand er heraus, dass die Krankheit, die im Volksmund auch als »Veitstanz« bezeichnet wurde, eine vererbte Nervenkrankheit ist, die sich äußerlich zeigte durch unkontrollierte Bewegungen der Gliedmaßen, des Halses sowie des Rumpfes. All diese Symptome hatte er bereits bei ihrem ersten Kennenlernen beobachten können. Er recherchierte, dass Menschen mit dieser Erkrankung ein mutiertes Gen in sich tragen, ein Gen, das vererbt werden kann. Das Risiko lag tatsächlich bei bis zu fünfzig Prozent. Die ersten Symptome äußerten sich zumeist in Ungeschicklichkeit, Verhaltensauffälligkeiten und Zappeln. Das allein war schon bedrückend, aber was Martin noch erschreckender fand, waren die psychischen Beschwerden, die sich in schweren Depressionen erschöpften, und die Tatsache, dass die anfänglich leicht verringerte geistige Leistungsfähigkeit letztendlich immer in einem gänzlichen geistigen Verfall endete. Das war das Schockierendste für ihn. Das bedeutete nämlich, dass Susanne im Endstadium ihrer Erkrankung niemanden mehr erkennen würde, nicht einmal ihn. Während er recherchierte, war es ihm kaum möglich, diese trockenen Fakten auf die Frau zu projizieren, die er kennengelernt hatte, auf die Frau, die so einen ausgeprägten Lebenswillen in sich trug. Er konnte und wollte es sich nicht vorstellen, dass Susanne irgendwann in Zukunft das sein würde, was hier so emotionslos und nüchtern betrachtet geschrieben stand.

Nichtsdestotrotz versuchte Martin, die Prozesse, die sich in Susannes Körper vollzogen, zu verstehen. Wenn er das, was er las, richtig deutete, dann hatte ein fehlerhaftes Protein Schuld daran, dass das Gehirn nach und nach zerstört wurde. Dabei wurden insbesondere die Bereiche zerstört, die für die Muskelsteuerung und für mentale Funktionen unverzichtbar waren.

Nach allem, was er bis zu diesem Zeitpunkt gelesen hatte, wurde ihm schmerzlich bewusst, dass sich Susanne nicht mehr nur im Anfangsstadium befand. Einem einzelnen verdammten Gendefekt war also anzulasten, dass Susanne irgendwann nicht mehr sie selbst sein würde. War das zu fassen? Sosehr es Martin schmerzte, so sehr konfrontierte er sich mit allem, was er über Chorea Huntington herausfinden konnte. Er sah sich sogar Videos auf YouTube an von Menschen, die unter dieser Krankheit litten, von Menschen, die sich selbst bei ganz alltäglichen Verrichtungen gefilmt hatten. Eins hatten alle Betroffenen gemeinsam: den torkelnden Gang, die unkontrollierten Bewegungen der Gliedmaßen und das grimassierende Gesicht. Sämtliche Symptome hatte er auch an Susanne beobachtet, wenn auch in noch abgeschwächter Form. Was hieß das nun? Er erinnerte sich an den Abend, an dem er sie kennenlernte, an dem Susanne ihm sagte, dass sie sterben würde. Sie hatte ihm sogar verkündet, dass sie sich das Leben nehmen würde. Martin ging in sich. Er überlegte, was es für ihn bedeutete, wenn er selbst darunter leiden würde. Würde das Leben für ihn noch einen Sinn ergeben? Irgendeinen? Wohl eher nicht. Und das war das wirklich Hoffnungslose an der ganzen traurigen Geschichte. Er konnte Susanne verstehen. Er konnte sich sehr gut in ihre Gefühlswelt hineinversetzen. Bei weiteren Recherchen fand er heraus, dass verschiedene Selbsthilfegruppen in Deutschland existierten. Immerhin litten deutschlandweit derzeit circa achttausend Menschen an dieser Krankheit. Anfänglich fand er noch, dass achttausend Erkrankungen eine enorm große Anzahl war, aber bei genauerer Überlegung wurde ihm bewusst, dass er nicht daran gedacht hatte, die Zahlen ins Verhältnis zu setzen. Bedachte er nämlich, dass in Deutschland beinahe zweiundachtzig Millionen Menschen lebten, dann war der Anteil der an Huntington Erkrankten mengenmäßig verschwindend gering. Das wiederum steigerte Martins Befürchtung nur noch, dass die Forschung sich eher anderen Krankheiten widmete, Krankheiten, die weiter verbreitet waren als die von Susanne.

Und schließlich gab es noch einen letzten, unumstößlichen Fakt, nämlich den, dass die Krankheit bis zum heutigen Tag als unheilbar galt und immer tödlich endete, beim einen früher, beim anderen später. Nachdem er diese Tatsache damals realisiert hatte, und zwar in ihrer allumfassenden aussichtslosen Tragweite und Gänze, zögerte er nicht eine Sekunde. Er schrieb Susanne die erste SMS: »Ich werde für Dich da sein, bis zum Schluss. M«

Von da an, das musste Martin sich selbst eingestehen, nahm er kaum noch Notiz von seiner Frau. Sie interessierte ihn einfach nicht mehr. All sein Interesse, seine Aufmerksamkeit fokussierte sich auf ein Thema, nämlich auf Susanne und ihre Erkrankung. Die Angst, sie könne über kurz oder lang nicht mehr da sein, vereinnahmte all sein Denken und Handeln. Es war sinnlos, sich selbst etwas vorzumachen, er musste sich eingestehen, dass er sich Hals über Kopf in sie verliebt hatte. Und auch war ihm klar, dass er es versäumt hatte, sich gegen seine Gefühle für diese andere Frau aufzulehnen. Alles, was ihn antrieb und womit er sein Handeln sich selbst gegenüber rechtfertigte, war die Befürchtung, dass Susanne etwas Unvorhergesehenes zustoßen könnte. Er hatte unendliche Angst davor, dass Susanne von jetzt auf gleich tot sein könnte oder noch am Leben, jedoch für ihn nicht mehr erreichbar. Schließlich war auch sie verheiratet und lebte in einem anderen Haushalt.

Schon zwei Tage, nachdem sie im *Starbucks* Kaffee getrunken hatten, trafen sie sich wieder. Martin hatte in der City vorsorglich ein Hotelzimmer reserviert. Sie verabredeten sich zwar zwanglos auf einen Kaffee, aber er hatte für alle Eventualitäten vorausschauend geplant. Wenn Susanne einverstanden war, würde er sie in ein Hotel entführen.

Es war früher Nachmittag, als Martin im selben *Starbucks* wie zwei Tage zuvor gesessen und auf Susanne gewartet hatte. Er erinnerte sich, wie bange ihm zumute gewesen war und wie groß seine Befürchtung, sie würde letztendlich doch noch einen Rückzieher machen. Zwei Tage hatte er an nichts anderes als sie denken können. Und dann stand sie plötzlich vor ihm. Ihre Arme zitterten vor Aufregung, und ihre Stimme war leise und abgehackt.

»Wollen wir?«, begrüßte sie ihn, als sie in einem grünen leichten Sommerkleid vor ihm stand, um ihren Hals eine filigrane Goldkette an ihrem sonst ganz schmucklosen Körper. Susanne hatte es nicht nötig, Schmuck zu tragen.

Martin nickte nur, schluckte hart und stand auf. Sie nahm ihn wie selbstverständlich an die Hand, und Schulter an Schulter verließen sie das Café, ohne etwas bestellt zu haben.

»Hier um die Ecke ist ein Hotel.« Er zeigte mit dem Daumen nach hinten und biss sich verstohlen auf die Unterlippe.

»Worauf warten wir dann noch?«, fragte Susanne. Sie nahm ganz selbstverständlich seinen Arm und legte ihn um ihre Schulter. Ohne ein weiteres Wort gingen sie eng umschlungen zum Hotel. Den ganzen Weg über sprachen sie kein Wort, grinsten sich nur immer wieder verliebt an und ließen kaum die Augen voneinander.

Im Fahrstuhl des Hotels hielten sie sich verkrampft und aufgeregt wie zwei Teenager an den Händen. Sie trauten ihren Gefühlen noch nicht, wussten nicht, was jetzt begann. Sie hatten keine Ahnung, wie das große Abenteuer ausgehen würde. Martin umschloss Susannes Hand so fest, dass ihr Zittern für sie kaum noch wahrnehmbar war. Sie verließen den Fahrstuhl, und Martin schloss das Zimmer auf. Susanne ging vor, und Martin machte hinter ihnen die Tür zu.

Er machte einen Schritt auf Susanne zu. Er konnte es kaum erwarten, sie endlich in die Arme zu schließen. Susanne wich einen Schritt zurück und fühlte die kalte Wand im Rücken.

»Bist du dir sicher, dass du das wirklich willst?«, fragte sie ihn.

Er war noch einen weiteren Schritt auf sie zugegangen und spürte endlich ihren Körper an seinem. Er senkte langsam seine Lippen auf ihre und fühlte ihren warmen Mund.

Er antwortete mit einem langsamen, forschenden Kuss auf ihre Frage. Ihre Körper reagierten gleichzeitig aufeinander und schmiegten sich fest aneinander, um sich noch näher zu sein. Martin hob Susanne hoch, sie war leicht wie eine Feder. Er trug sie hinüber zum Bett und legte sie vorsichtig, wie einen kostbaren Schatz, darauf. Und jetzt verlor auch Susanne jegliche Zurückhaltung. Sie fielen wie zwei Süchtige übereinander her. Sie hatten keine Zeit zu verlieren, nicht im Leben und nicht in der Liebe. Ihre Lippen ließen nicht mehr voneinander, und Susanne begab sich vorbehaltlos in seine starken, gesunden Arme, bereit für ihr letztes großes Abenteuer. Gemeinsam entflohen sie der traurigen und hoffnungslosen Realität.

»Ich hoffe, du weißt, was du tust«, hatte sie atemlos gestottert.

»Nein, ich weiß absolut nicht, was ich hier tue, und ich habe eine Scheißangst, Susanne Müller«, hatte er zwischen zwei Küssen geflüstert. Und trotzdem war es zu spät gewesen, um innezuhalten, zu spät, um das Unglück noch abzuwenden. Der Pakt mit dem Teufel war damit besiegelt gewesen.

Nach etlichen gestohlenen Nachmittagen, die sich Martin und Susanne in Stundenhotels trafen, folgten Wochenenden, an denen sie ihre Partner belogen. Martin erzählte Beate meist, dass er zu Seminaren fahren würde. Susanne wiederum gönnte sich schlicht und ergreifend eine Auszeit vom Alltag, sie wollte entspannen, allein. Jacob hatte keinen Hang zu Eifersucht. Er gestand Susanne ziemlich viele Freiheiten zu. Jacob hatte miterlebt, wie Susannes Mutter gestorben war, weshalb er verstand, dass sie ihre Zeit auskostete, bis zum Schluss. Auch wenn sie nicht über ihre Krankheit sprachen, so war sich Susanne doch bewusst, dass Jacob um ihren Zustand wusste. Außerdem nahm sie an, dass auch Jacob ihr nicht immer die Treue hielt. Nicht dass sie eine offene Beziehung führten, das nicht, aber beide lebten nach einem Zitat von Claudia Cardinale: »Eine Liebe funktioniert am besten, wenn beide Partner etwas unverheiratet bleiben.« Abgesehen davon wussten sie über diese Maxime hinaus, was sie aneinander hatten. Sie konnten sich aufeinander verlassen, in jeder Beziehung. Da sie seit elf Jahren verheiratet waren, war das große Feuer seit einiger Zeit erloschen, es war einer Vertrautheit gewichen, die beide sehr wohl zu schätzen wussten. Das alles und noch vieles mehr erzählte Susanne Martin an den Nachmittagen, wenn sie erschöpft nebeneinanderlagen, sich nicht voneinander lösen konnten und überlegten, wie es mit ihnen weitergehen sollte. Im Nachhinein, da war Martin sich sicher, war Beate, seine Frau, diejenige, die am meisten unter dem Betrug litt. Die Situation war für alle kaum noch tragbar. Schließlich rechnete Martin jeden Tag damit, dass über ihnen etwas hereinbrach, etwas, womit niemand so schnell rechnete, etwa, dass sie sich krankheitsbedingt nicht mehr treffen konnten. Deshalb war es in der Anfangsphase so, dass sie sich mindestens alle zwei Tage sahen. Martin hielt es kaum aus, Susanne auch nur einen Tag nicht sehen zu können. Es war ein einziger Rausch. Und seine Ehe bestand nur mehr auf dem Papier.

Dabei ging es mit Susanne nicht ausschließlich um Sex, ganz im Gegenteil. Er genoss die Gespräche mit ihr, liebte ihr tiefgründiges Wesen. Auch wenn sie sich zunehmend schwerer artikulieren konnte, war das, was sie sagte, umso kostbarer für ihn. Martin wurde schnell klar, dass sich Susanne bereits in einem fortgeschrittenen Stadium ihrer Krankheit befand. Oft suchte sie lange nach den richtigen Worten, verpasste ihre Verabredungen oder vergaß die vereinbarten Treffpunkte. Obendrein kam der körperliche Abbau. Ihre Gliedmaßen zuckten, gestikulierten wild und ungestüm. Und sie aß recht wenig, demzufolge war Susanne gerade in letzter Zeit nur noch ein Schatten ihrer selbst. Sie lachte kaum noch, aber wenn sie es doch tat und sich dessen bewusst wurde, bremste sie sich. Sie hatte einfach aufgehört, glücklich zu sein. Und weder ein Stimmungsaufheller noch ein Martin Schulze konnte an diesem Umstand etwas ändern. Die Krankheit hatte Susanne, so wie sie im Grunde genommen war, mit sich genommen. An einen anderen Ort. Es war für sie beide eine sehr kurze Zeit des Glücks. Je mehr Martin merkte, dass er Susanne verlor, desto unvorsichtiger wurde er. Selbst in der Öffentlichkeit legte er jegliche Bedenken ab, erwischt zu werden. Er wollte Susannes Hand halten, solange ihm das möglich war. Beate sprang dabei über die

Klinge, dessen war er sich bewusst. Doch, ja, er war traurig darüber, aber er konnte es nicht ändern, viel mehr wollte er es auch nicht. Er konnte und wollte seine Liebe zu Susanne ab einem bestimmten Zeitpunkt einfach nicht mehr verheimlichen. Susanne hatte es eines Nachmittags ganz trefflich formuliert: »Es ist eben leider so, dass man sich nicht aussuchen kann, in wen man sich verliebt. Es passiert einfach.« Und Martin war es passiert, ob er wollte oder nicht. Klar gab es Momente, in denen er gehadert hatte. Wenn er zum Beispiel nach Hause kam und Beate mit verheultem Gesicht die Wand anstarrte, dann fühlte er sich noch elender und noch schuldiger als sowieso schon. So egoistisch und anmaßend das auch war, aber irgendwie gab er sich der Hoffnung hin, dass Beate irgendwie durchhielt, vielleicht so lange, bis Susanne … Doch auch diesen Gedanken konnte und wollte er nicht zu Ende denken.

Dann wieder kam er mit dem festen Vorsatz nach Hause, endlich reinen Tisch zu machen, Beate alles zu erzählen. So einen betrügerischen Mann wie ihn hatte sie nicht verdient. Sie hatte etwas Besseres verdient, einen Partner etwa, der ihr hundertprozentige Loyalität entgegenbrachte. Aber auch dieser Plan wurde immer wieder durchkreuzt, entweder von seiner Mutlosigkeit oder von Beates Angst, die er förmlich spüren konnte. Selbst wenn er sich die Frage stellte, ob er bereit war, Beate gehen zu lassen, musste er sich diese mit einem klaren Ja beantworten. Letztlich und bedauerlicherweise war es doch so, dass, wenn Beate auf ihrem Abstellgleis durchhielt, er vielleicht irgendwann bereit war, zu ihr zurückzukehren. Er schämte sich für diese innere Haltung und schrieb sie eher seiner Gutmütigkeit als seinem Bestreben zu. Insbesondere deshalb, weil er sich über eine bedeutende Tatsache im Klaren war, nämlich der, dass nichts mehr so werden würde, wie es einmal war.

Kapitel 6
Seelenfrieden

Susanne kommt aus dem Badezimmer. »Hey, du bist ja schon wach.« Sie hat sich ein Handtuch umgewickelt, und auf dem Kopf trägt sie einen Turban.

»Ich habe uns Frühstück bestellt. Du musst am Verhungern sein.« Martin setzt sich auf.

»Danke, das bin ich.« Susanne lächelt ihn an und setzt sich zu ihm auf die Bettkante.

»Hast du einigermaßen schlafen können?«

Er nickt, obwohl beide wissen, dass das gelogen ist. Keiner von ihnen hat gut geschlafen. Beide haben sich ständig hin und her gewälzt, die Nähe des anderen gesucht, um sich aneinander festzuhalten.

»Hör zu, Martin. Guck mich an. Ich muss mit dir reden. Es ist wichtig.« Ihr Gesicht ist ernst. Es ist fast das Gesicht einer Mutter, die mit ihrem Sohn zu reden hat, in einer sehr ernsten Angelegenheit. Liebevoll, aber autoritär.

»Schon gut.« Martin streicht ihr eine Locke, die sich aus dem Handtuchknoten gelöst hat, aus dem Gesicht. »Es tut mir leid, was ich gestern zu dir gesagt habe. Du hast recht. Ich werde mit Beate sprechen. Ich werde bei dir bleiben, für immer.«

Susanne schüttelt heftig den Kopf. Für einen kurzen Augenblick weiß er nicht, ob ihr heftiges Kopfschütteln der Krankheit oder einer Emotion zuzuschreiben ist.

»Das wirst du schön sein lassen, Martin. Du weißt, dass ich gestern nicht ich selbst war. Ich hätte nie von dir verlangen dürfen, deine Frau zu verlassen. Was ist nur in mich gefahren? Vergiss die ganze Sache. Bitte.«

»Nichts werde ich vergessen! Du kannst alles von mir verlangen. Ich habe dir immerhin ein Versprechen gegeben. Ich werde für dich da sein. Und jetzt mach dir keinen Kopf mehr, okay?! Wir stehen das gemeinsam durch.«

Es klopft an der Tür.

»Da kommt unser Frühstück.« Martin springt auf und öffnet. Ein junger Kellner, vermutlich noch in der Ausbildung, fährt einen voll beladenen Frühstückswagen ins Zimmer. Martin steckt ihm ein Trinkgeld zu und bedankt sich.

»Was hältst du davon? Ich spring nur ganz kurz unter die Dusche, und dann frühstücken wir gemeinsam. Von mir aus kannst du auch schon anfangen. Ich fühl mich nur nicht wohl, weil ich doch gestern Abend nicht mehr geduscht habe.«

»Geh nur.« Susanne lächelt und schiebt den Frühstückswagen zum Esstisch. Martin geht zu Susanne und schlingt die Arme von hinten um sie.

»Ich liebe dich«, sagt er und haucht ihr einen Kuss auf den Hals. Sie duftet nach Coco Chanel, wie immer. Sie muss es sich direkt nach dem Duschen auf die Haut gesprüht haben.

Susanne dreht sich zu ihm um und schmiegt sich in seine Umarmung. »Ich weiß, Martin, ich liebe dich auch.« Sie schauen sich tief in die Augen, und für beide ist in diesem Augenblick klar, dass alles in Ordnung ist, soweit es eben in Ordnung sein kann. Susanne braucht sich keine Sorgen mehr zu machen, dass Martin »abspringt«. Und Martin ist sich seiner Lage bewusst. Er wird es richten müssen. Er wird Beate die Beichte ablegen und Susanne auf ihrem letzten Weg begleiten. Auch wenn sie sagt, dass sie das nicht möchte, ahnt er, wie tief dieser Wunsch in ihrem Herzen wohnt. Und er will ihn ihr erfüllen. Unbedingt. Er hofft nur, dass es noch ein langer und beschwerdearmer Weg für sie beide sein wird. Er hasst es, mit ansehen zu müssen, wie sie sich quält. Wenn er erst einmal reinen Tisch gemacht hat, wird sie ihm endlich vertrauen, sich fallen lassen und, was noch wichtiger ist, sich auf ihn verlassen können.

Susanne macht sich los. »Und jetzt geh duschen. Ich esse dir schon mal den Lachs weg«, scherzt sie.

»Och Menno, verdammt«, mimt Martin Enttäuschung und küsst sie spielerisch auf die Nase. Er geht ins Bad und schaut in den Spiegel. Und endlich ist da mal nicht dieses Gefühl, sich selbst nicht mehr in die Augen sehen zu können. Jetzt ist da etwas anderes. Er hat Zuversicht im Blick. Er wird es bereinigen. Er wird mit Beate sprechen, auch wenn die Konsequenz die ist, dass sie alles beendet. Er zieht sich aus und steigt unter die Dusche.

Hätte er auch nur geahnt, was sich unterdessen im Hotelzimmer abspielte, dann hätte Martin auf die Dusche verzichtet. Aber woher sollte er auch wissen, dass genau das passieren würde? Das Schicksal war, ist und blieb ein riesiges Arschloch!

Kapitel 7
Jacob & Beate, Berlin

»Voilà.« Jacob kommt mit einem vollen Tablett ins Schlafzimmer. Gähnend richte ich mich auf. Ich war tatsächlich noch mal eingeschlafen, was im Unterschied zu früher gar nicht mehr meinem Naturell entspricht. Wenn ich zu Hause bin, leide ich meist unter Schlaflosigkeit. Ich kann schwer einschlafen, und wenn es mir doch gelingt, wache ich mitten in der Nacht auf und verfalle in Grübeleien, sodass ich es nicht schaffe, wieder einzuschlafen. Umso ausgeruhter fühle ich mich gerade jetzt in diesem Moment. Jacob scheint so etwas wie Therapie für mich zu sein. Er stellt das Tablett auf meinem Schoß ab. Es duftet köstlich nach Kaffee und frischen Brötchen. Er hat sogar ein Ei gekocht.

»Danke«, sage ich gerührt und nehme einen Schluck Kaffee. Ich weiß nicht, was ich sagen soll. Ich fühle mich etwas fehl am Platz, wenn man es so nennen möchte. Eine andere Bezeichnung fällt mir für meine momentane Empfindung nicht ein. Fehl am Platz. Gestern noch stand ich vor diesem Haus und wollte endlich Nägel mit Köpfen machen. Und heute liege ich in Susanne Müllers Bett und bin weit davon entfernt, irgendetwas mit Nägeln oder Köpfen zu tun. Ich klappe das Brötchen auf, das Jacob schon aufgeschnitten hat, und bestreiche es mit Butter. Ich streue Salz darauf und köpfe das Ei. Ich habe wahnsinnigen Appetit darauf und beschließe, nicht zu reden, nur zu genießen.

Jacob verschwindet kurz aus dem Zimmer und kommt mit einem weiteren Tablett zurück. Er hat sich haargenau das gleiche Frühstück zubereitet wie mir. Ich schmunzle und fühle mich sauwohl.

»Hast du heute schon was vor?«, fragt er, während auch er sich Butter auf sein Brötchen streicht. Ich beobachte ihn. Er hat schöne Hände, und seine Bewegungen sind bedächtig. Er scheint eine Schwäche für Nahrungsmittel zu haben. Ich habe beinahe den Eindruck, als würde er sein Brötchen liebkosen. Ich überlege. Es ist Samstag. Ich muss weder arbeiten, noch habe ich eine Verabredung. Für gewöhnlich würde ich jetzt zu Hause am PC sitzen und *Solitär* spielen, Radio hören oder lesen. Wahrscheinlich einen dieser Romane, in denen alles gut wird. Ich würde ihn am Ende mit Verachtung weglegen und sehr verbittert den Fernseher einschalten.

»Mein Mann ist auf einem Seminar«, sage ich, während ich genüsslich in mein Brötchen beiße. »Ich glaube, ich habe nichts vor«, kokettiere ich.

»Das trifft sich gut.« Jacob lächelt. »Meine Frau befindet sich auch auf einem Seminar. Was für ein zweckdienlicher Zufall. Wie wäre es denn, wenn wir gemeinsam etwas unternehmen?«

Ich will platzen vor Lachen und grinse breit. Ich muss mir eingestehen, dass ich die Idee, gemeinsam etwas zu unternehmen, schön finde. Nicht, weil es Susannes Mann ist, der mich fragt, oder weil ich meinen eigenen Mann für etwas bestrafen möchte. Nein. Ich habe große Lust, etwas mit Jacob zu unternehmen, einfach so. Es spricht nichts dagegen, eher vieles dafür. Ich bin mir sicher, dass ich ihn mag, sehr sogar. Er guckt mich aus seinen stahlblauen Augen an und grinst spitzbübisch.

»Woran dachtest du denn?«, frage ich.

»Weiß nicht«, gibt er zu. »Ich wollte erst mal abwarten, ob du überhaupt Ja sagst.«

Also nicke ich.

»Ich müsste nur erst mal nach Hause fahren und mir frische Kleidung anziehen.«

»Kein Problem. Und ich überlege mir inzwischen, was wir unternehmen.«

Freude macht sich breit in mir. In meinem Herzen und in meinem Kopf. Doch, ich gebe es zu, ich verschwende einen Gedanken an meinen Mann, bin immer noch traurig, dass es ist, wie es ist. Ich wäre gern noch seine Frau, allerdings nur dann, wenn alles wäre wie vorher, das heißt, wenn es erst gar nicht passiert wäre. Aber das ist es. Es ist passiert. Und deshalb lasse ich das Glück zu, das ich gerade empfinde. Vielleicht ist es ja der Anfang von etwas Neuem. Vielleicht ist es auch nur eine Ablenkung von meiner Trauer, die ich seit einem Jahr empfinde, aber das spielt momentan keine Rolle. Ich erlaube mir, glücklich zu sein.

Es ist fast elf. Jacobs Handy klingelt, und ich spüre, dass er zögert. Er will nicht drangehen.

»Susanne?«, frage ich.

Er nickt.

Ich nehme mein Tablett in die Hand und stehe auf. »Mach nur, ich kümmere mich um die Küche.« Und schon bin ich verschwunden.

Ich höre, wie Jacob ans Telefon geht. Er spricht sehr leise. Zuerst. Plötzlich höre ich ihn lauter werden, energischer.

»Was ist passiert?« Er hält inne. Ich spüre, dass etwas nicht in Ordnung ist, und ein mulmiges Gefühl macht sich in meinem Magen breit, es rumort in mir.

»Und wann genau ist das passiert?« Ich schleiche mich zurück ins Schlafzimmer und spüre, wie meine Hände feucht werden. Irgendetwas ist geschehen, etwas Schlimmes. Jacobs Stimme vibriert.

»Aber sie lebt?«, fragt Jacob, und ein Nicken seinerseits bejaht seine Frage und beantwortet mir meine, obwohl ich sie gar nicht laut gestellt habe. Und plötzlich weiß ich, wer da am anderen Ende des Telefons ist und dass entweder etwas mit Susanne oder aber mit Martin passiert sein muss. Etwas Schreckliches. Mein alter Freund, der Kloß, der sich, so stelle ich plötzlich fest, über Nacht in Luft aufgelöst hat, ist wieder da und schnürt mir die Kehle zu. Ich wage kaum zu atmen.

Kapitel 8
Der Anfang vom Ende

Martin steigt aus der Dusche und trocknet sich ab. Er fühlt sich jetzt ein bisschen sauberer, nicht nur innerlich, sondern auch außen. Er hat sich all den Dreck, den er Susanne gestern an den Kopf geworfen hat, abgewaschen, hinuntergespült. Er hat das Bedürfnis, in den Spiegel zu schauen, in sein neues Ich, doch der Spiegel ist komplett beschlagen. Er knipst den Föhn an und hält ihn so, dass der warme Luftstrom den Spiegel vom Wasserdampf befreit. Langsam bekommt er klare Sicht. Genauso wie im echten Leben, denkt er. Er erkennt allmählich, worauf er sich wirklich fokussieren will, worauf er sein Augenmerk richten wird. Natürlich ist es ihm nicht egal, dass er mit seinem Handeln seine Ehe beendet, alles aufgibt für etwas, was von vornherein zum Scheitern verurteilt ist, für etwas, das voraussichtlich nur von kurzer Dauer sein wird. Aber er lebt in dem sicheren Bewusstsein, dass er es allen schuldig ist. Beate und Susanne sowieso, aber vor allem auch sich selbst. An später kann er immer noch denken. Nicht heute, nicht solange Susanne noch lebt und er die Chance hat, bei ihr zu sein. Gewiss, das Erlangen dieser Erkenntnis kam nicht über Nacht und hat sich wirklich Zeit gelassen, aber jetzt, wo sie da ist, ist Martin ganz ruhig. Er empfindet einen inneren Frieden, und das fühlt sich gut an. Kurz denkt er an Susannes Mann, an Jacob.

Was er wohl denken wird? Wie er wohl reagiert, wenn er erfährt, dass Martin jetzt seine Rolle einnimmt, die Rolle des Partners? Susanne hatte ihm schließlich gesagt, dass sie ihn verlassen würde, und er glaubt ihr. Aber das heißt noch lange nicht, dass Jacob keinen Widerstand leisten wird. Im Gegenteil, er rechnet sogar damit. Martin ist auf alles gefasst. Auch was Beate angeht. Er ist sich darüber im Klaren, dass er auf Gegenwind stoßen kann. Martin rubbelt sich die Haare trocken und verlässt das Bad. Er geht ins Schlafzimmer, und sein Blick wandert zum Esstisch, an dem Susanne eigentlich sitzen sollte.

»Susanne?«, fragt er in den Raum hinein und erhält keine Antwort. Er macht einen weiteren Schritt und stellt erschrocken fest, dass sie am Boden liegt. Und dann passiert alles ganz schnell, obwohl er selbst das Gefühl hat, dass sich alles wie in Zeitlupe abspielt. Er lässt das Handtuch fallen, rennt quer durchs Zimmer und schmeißt sich zu Susanne an den Boden. Ihr Gesicht ist weiß, ihre Lippen blau. Um ihren Mund herum entdeckt er Speisereste. Er packt sie bei den Schultern und schüttelt sie. Er ist hilflos. Das Blut rauscht in seinen Ohren, und er versucht einen klaren Kopf zu bewahren. Was macht man in einer solchen Situation? Was ist überhaupt passiert? Nichts rührt sich. Susannes Arme hängen schlaff herunter, bewegen sich unnatürlich, so als gehörten sie gar nicht zu ihrem Körper. Sie schlenkern hin und her, weil Martin immer noch wie wild an ihrem Oberkörper rüttelt.

»Susanne! Wach doch auf!«, ruft er verzweifelt. »Susanne!«

Susannes Körper bleibt leblos. Geistesgegenwärtig eilt er zum Haustelefon. Er wählt die Telefonnummer des Foyers. Nach dem dritten Klingeln wird endlich abgenommen.

»Rezeption, Sie wünschen?«, fragt eine Frauenstimme mit einer Gelassenheit, die Martin fast körperlich schmerzt.

»Martin Schulze, Zimmer 37, ich brauche sofort einen Notarzt, meine Freundin atmet nicht mehr. Schnell!«, brüllt er in den Hörer und knallt ihn zurück auf die Gabel. Im nächsten Augenblick ist er schon wieder bei Susanne.

»Grundgütiger! Susanne, bitte, mach keinen Quatsch, bitte halt durch. Bitte, bitte, bitte«, fleht er einen Gott an, von dem er sich sicher ist, dass es ihn nicht gibt. Gäbe es ihn, dann würde Susanne nicht an dieser Krankheit leiden. So einfach ist das. Jetzt allerdings ist er bereit, eine Ausnahme zu machen. Wenn es irgendeine Macht gibt, die jetzt von Nutzen sein kann, soll sie kurz mal innehalten, alles andere liegen lassen und sich hierher bemühen. Jetzt! Sofort bitte!

Martin hält Susannes Nacken fest und versucht mit der anderen Hand ihren Mund zu öffnen. Sie wird sich beim Essen verschluckt haben. Sie verschluckt sich schließlich ständig. Er schafft es, mit dem Finger ihren Mund zu öffnen, kann jedoch mit dem bloßen Finger nichts ertasten, was sich fremd anfühlt, obwohl er tief in ihren Rachen vordringt. Er spürt nur ihre Zunge, die warm ist und feucht. Hätte er doch nur besser aufgepasst beim letzten Erste-Hilfe-Kurs. Verdammte Scheiße!

Mund-zu-Mund-Beatmung kommt ihm in den Sinn. Wie war das doch gleich? Kopf in den Nacken legen, Nase zuhalten und die Lippen aufeinanderpressen. Martin geht systematisch vor, er vollführt die Schritte genau so, wie er sie sich ins Gedächtnis ruft. Wann kommt nur dieser verdammte Notarzt?

Er legt Susannes Kopf in den Nacken, hält ihr die Nase zu und atmet langsam in ihren Mund. Hat sich ihr Brustkorb bewegt? Er weiß es nicht. Er hat es nicht gesehen. Noch mal. Nase zu, tief Luft holen, und wieder beatmet er ihre Lunge. Wie automatisch tut er das immer und immer wieder.

Was, wenn sie irgendetwas genommen hat, etwas, um sich umzubringen? Er schaut sich panisch um. Das wird sie nicht wagen. Nicht nach alledem! Martin schwitzt. Ihm ist elend zumute. Susannes Zustand ist unverändert. Sie ist nicht bei Bewusstsein. Was kann er sonst noch tun?

Vielleicht eine Herzdruckmassage. Er lässt Susannes Nacken los und überlegt, in welcher Höhe er seinen Handballen aufsetzen muss. Wie war die Faustformel? Wie war die verdammte Faustformel? Herrgott! Scheiße! Instinktiv platziert er seinen Handballen in die Mitte des Brustkorbs. Er legt die andere Hand auf seinen Handrücken und streckt die Arme durch. So war das. So hatte er das gelernt. Er fängt an, rhythmisch zu pumpen. Wie oft muss er das tun? Er weiß es nicht. Er macht einfach.

Die Tür fliegt auf, und zwei Männer stürmen ins Zimmer. Endlich!

»Was ist passiert?«, fragt einer der beiden. Er trägt eine Jacke, auf dem »Notarzt« steht. Martin schaut von einem zum anderen, dann wieder zu Susanne, die von Sekunde zu Sekunde blasser wirkt, obwohl das kaum noch möglich erscheint. Ihre Lippen stehen in krassem Kontrast zu ihrer Blässe, sind beinahe dunkelblau.

»Äh … ich weiß nicht, ich war unter der Dusche. Als ich ins Zimmer kam, lag sie schon da. Ich weiß nicht, was … Aber tun Sie doch etwas!«, brüllt Martin außer sich vor Angst.

Der Notarzt prüft Susannes Vitalfunktionen. Er sucht den Puls.

»Puls nicht tastbar«, informiert er seinen Kollegen.

Er überprüft die Atmung.

»Atemstillstand.«

»Jetzt tun Sie doch endlich was!«, brüllt Martin erneut und rauft sich die Haare. Er wendet sich ab. Er kann das nicht mit ansehen. War's das jetzt? War sie jetzt tot? War das das Ende? Ihm rumort so der Bauch, er könnte sich vor Angst in die Hose scheißen.

»Hat sie irgendwelche Vorerkrankungen?«, will der Notarzt wissen, währenddessen er, gemeinsam mit seinem Kollegen, anfängt, Susanne zu reanimieren. Er hört es knacken. Der Notarzt hat Susanne eine Rippe gebrochen, *dieses Arschloch!* Martin kommen die Tränen. Er ballt die Fäuste, weiß nicht, wohin mit seiner Angst.

»Huntington«, presst er mühsam hervor. »Sie hat Chorea Huntington.«

»Guck, Volker.« Der Sanitäter deutet Richtung Frühstückstisch. »Sie war grad beim Essen. Sie wird aspiriert haben.« Der Notarzt nickt die Vermutung ab und fingert an Susannes Hals herum. Auch er findet keine Nahrungsreste.

»Ich hab einen Puls«, ruft der Sanitäter plötzlich nach einer gefühlten Ewigkeit. »Er ist schwach, aber ich hab ihn.« Er legt Susanne einen Zugang und spritzt ihr ein Medikament.

»Sie haben einen Puls?«, fragt Martin und beobachtet Susanne, guckt, ob er irgendeine Regung in ihrem Gesicht erkennen kann. »Heißt das, sie wird überleben?« Hoffnung keimt in ihm auf.

»Wir können noch gar nichts sagen, aber ja, wir haben einen Puls.« Jetzt geht alles ganz schnell. Die Männer hieven Susanne auf eine Trage, die im nächsten Augenblick zu einem rollenden Lager wird. Sie wird abtransportiert.

»Wie heißt die junge Dame denn?«, erkundigt sich der Sanitäter beim Hinausgehen.

»Susanne Müller!«, ruft Martin hinterher.

»Wir bringen sie ins Städtische«, vernimmt Martin noch die Stimme des Sanitäters, obwohl der bereits um die Ecke verschwunden ist. Dann steht er allein im Hotelzimmer. Er fühlt sich wie paralysiert, weiß nicht, was er denken soll. Er schaut an sich herunter und registriert, dass er nackt ist. Splitterfasernackt. Ist er hier die ganze Zeit so herumgesprungen? Wieso hat ihm niemand gesagt, dass er sich etwas überziehen soll? Ach ja, es war ein Notfall. Es ging nicht um ihn. Es ging um Leben oder Tod. Um Susannes Leben oder Tod.

Martin sammelt ein paar Sachen zusammen und zieht sie an. Er funktioniert einfach. Boxershorts, T-Shirt, Socken, Jeans, Schuhe, Jacke. Er wird dem Krankenwagen hinterherfahren. Er weiß, wo sich das Städtische Krankenhaus in Rostock befindet. Auch da hat er schon versucht, Knochenbohrer zu verkaufen. Erfolglos. Aber den Weg kennt er.

Die Sorge um Susanne macht kurz Platz für einen weiteren Gedanken. Beate. Sie hat noch nicht angerufen, was untypisch ist für sie. Meist telefonieren sie spätestens um neun, wenn er auf Seminaren ist. Heute hat sie sich noch nicht gemeldet. Und dann kommt ihm der nächste Gedanke, nämlich Jacob, Susannes Mann.

Sein Gewissen regt sich. Hat Jacob nicht ein Recht darauf, zu erfahren, was mit seiner Frau passiert ist? Wie zur Bestätigung nickt er sich selbst zu.

Er sucht Susannes Telefon, findet es und steckt es in seine Jackeninnentasche. Dann greift er nach Susannes Rollkoffer, den sie noch nicht ausgepackt hat. Vermutlich hat sie geahnt, wie überflüssig das sein würde. Ironie des Schicksals eben. Martin verlässt das Hotelzimmer. Er durchquert den Flur, geht durch die Empfangshalle und passiert die Drehtür des Hotels. Er läuft zum Parkplatz und überlegt, was als Nächstes zu tun ist. Soll er Jacob anrufen? Jetzt schon? Wo er noch nicht einmal sagen kann, ob es Susanne gut geht? Er schließt sein Auto auf und hievt Susannes Rollkoffer hinein. Er geht ums Auto herum, steigt ein, lässt den Wagen an und fährt vom Parkplatz. Er weiß jetzt schon, dass er circa zwanzig Minuten zum Krankenhaus benötigen wird. Soll er lieber abwarten, bis er etwas weiß, oder soll er Jacob sofort informieren? Was, wenn es Susanne wieder gut geht? Was, wenn er zu voreilig handelt? Hat sich nicht plötzlich alles verändert? Seine gesamte Situation. Er wird abwarten. Wenn es Susanne gut geht, wird er sie fragen, was zu tun ist. Nur nicht die Pferde scheu machen. Es reicht, dass er selbst kaum bei Verstand ist. Sollte er wenigstens Beate anrufen? Lieber nicht. Sie würde sofort spüren, dass etwas nicht stimmt. Er hat keinen Nerv, mit ihr zu reden, jetzt, da Susanne vielleicht … Er verdrängt den Gedanken an das »vielleicht«. Susanne lebt. Sie hatte einen Puls. Basta!

Martin biegt in die Auffahrt des Rostocker Krankenhauses und stellt sein Auto im Halteverbot ab. Er steigt aus und eilt in die Notaufnahme.

»Martin Schulze mein Name. Äh … eben wurde eine junge Frau hier eingeliefert. Sie heißt Susanne Müller. Wissen Sie, wie es ihr geht?« Noch während er die Frage formuliert, weiß er, wie die Gegenfrage lauten wird. Ihm ist speiübel, und er fühlt sich gleichzeitig wie betäubt vor Angst.

»Sind Sie ein Angehöriger?«, kommt die Nachfrage, auf dic er gefasst war.

»So ähnlich«, antwortet Martin und räuspert sich. »Bitte, Frau Müller ist meine Freundin. Ich habe sie gefunden. Ich will nur wissen, ob sie noch lebt. Bitte, Sie müssen mir doch nur diese eine Auskunft geben.«

Die Krankenschwester, die offenbar noch sehr jung und mit der momentanen Situation überfordert scheint, schaut sich hektisch um. Sie nimmt den Telefonhörer und wählt eine Nummer.

»Michaela, Notaufnahme. Wisst ihr schon, wie es Frau Susanne Müller geht?« Michaela hält inne und wartet. Sie traut sich nicht, Martin anzusehen. Am anderen Ende wird gesprochen.

»Sie sind nicht verheiratet? Nein?«, hakt sie nach.

Martin schüttelt den Kopf. »Aber ich will doch nur wissen, ob sie lebt!«, schreit er so laut, dass auch das andere Ende des Telefonhörers das mitbekommt, notgedrungen.

Michaela legt den Hörer auf. »Beruhigen Sie sich, Herr Schulze, okay? Frau Müller lebt. Sie liegt auf der Intensivstation. Mehr kann und darf ich Ihnen leider auch nicht sagen.«

»Sie lebt«, wiederholt er das Gesagte, um es sich bewusst zu machen.

»Ja, sie lebt«, erwidert Michaela und räuspert sich. »Wissen Sie, ob Frau Müller Angehörige hat, die wir verständigen können?«

Martin nickt. »Ja, ich weiß, wen ich zu verständigen habe. Bis ihr Mann hier ist, kann es allerdings etwas dauern. Er wohnt in Berlin.« Er wundert sich über sich selbst, darüber, wie leicht ihm das »ihr Mann« über die Lippen geht.

»Gut, es ist egal, wie lange es dauert. Nur brauchen wir jemanden, den wir im Notfall benachrichtigen können.«

»Kann ich zuerst mit ihm sprechen?«, fragt Martin.

»Ja, sicher, wir brauchen die Nummer des Ehemanns auch nur für den Fall, dass behandlungsrelevante Entscheidungen getroffen werden müssen. Lassen Sie sich ruhig Zeit.«

Martin holt Susannes Handy aus der Tasche und sucht nach Jacobs Telefonnummer. Es ist befremdlich für ihn, in ihren privaten Sachen herumzuschnüffeln. Er findet Jacobs Telefonnummer unter der »Eins«. Martin lächelt. Auch Beate hat er unter der »Eins« abgespeichert. Ist das am Ende doch ein Zeichen? Er liest der Krankenschwester die Telefonnummer laut vor und klappt das Handy wieder zu. Sie bedankt sich bei ihm.

»Wenn Sie den Ehemann jetzt anrufen wollen?« Martin nickt.

»Mach ich sofort. Ich suche mir nur eine stille Ecke.« Martin geht den Flur hinunter und überlegt, was er Jacob sagen, wie er es Jacob am schonendsten beibringen könnte.

»Hey, stell dir vor, deine Frau ist vor mir in die Knie gegangen«, witzelt er mit sich selbst. Okay, seinen Galgenhumor hat er noch nicht verloren. Susanne würde ihn dafür lieben. Er klappt ihr Telefon auf und wählt Jacobs Nummer. Er hört ein Freizeichen. Nach dem fünften Klingeln wird abgenommen.

»Hallo, Susi«, hört er die Stimme von Susannes Mann zum ersten Mal.

»Entschuldigen Sie, hier ist nicht Susanne. Mein Name ist Schulze«, er räuspert sich, »Martin Schulze.«

»Was ist passiert?« Jacobs Stimme ist gleichzeitig ernst und ängstlich, aber irgendwie auch sachlich.

»Was genau passiert ist, weiß ich selbst nicht. Ich wollte Ihnen Bescheid geben, dass Susanne im Krankenhaus liegt. In Rostock. Sie wurde mit dem Krankenwagen hingefahren. Weitere Auskunft gibt man mir nicht. Mehr sagen sie mir nicht, weil wir nicht …« Martin spart sich den Rest der Worte, weil derjenige am anderen Ende der Leitung den Rest sehr gut kennt. Beide wissen nur zu gut, wer auf dem Papier mit Susanne verheiratet ist, wer das alleinige Recht auf irgendeine Information hat. Martin hatte nicht damit gerechnet, dass er sich irgendwann einmal mit einer solchen Situation auseinandersetzen muss. Später vielleicht ja, eher sehr viel später. Aber jetzt schon? Gleich heute? Wo doch heute erst der Rest der Zukunft beginnen sollte? Das hatte er wirklich nicht erwartet.

»Und wann genau ist das passiert?« Jacobs Stimme ist gleichbleibend, er lässt nicht die Spur emotionaler Schwäche erkennen. Er kennt Susannes Mann nicht, weiß nicht, wie er aussieht, aber in seiner Vorstellung ist er jetzt gerade trotzdem sehr blass, so wie er selbst auch.

»Es ist noch nicht lange her. Vielleicht eine Stunde inzwischen.«

»Aber sie lebt?!«, sagt Jacob. Es ist sowohl eine Frage als auch eine Feststellung.

»Ja, sie lebt«, bestätigt er mit fester Stimme.

»Ich komme«, sagt Jacob ruhig und legt auf.

Susannes Mann kommt. Das heißt, Martin wird ihren Mann kennenlernen. Er will das nicht. Er will sich nicht mit ihm auseinandersetzen. Nach all der Zeit, die er nun schon mit Susanne zusammen ist, möchte er sich nicht mehr rechtfertigen müssen, dafür, dass er sie liebt. Es ist schon ein Desaster, dass er Beate gegenüber Rechenschaft ablegen muss. Das wird schwer genug werden. Außerdem fragt sich Martin, was Jacob überhaupt hier will? Seinen Besitzstand verdeutlichen? Sein Revier markieren? Das Krankenbett anpinkeln? Bleib fair, Martin, redet er sich selbst ins Gewissen. Sie sind verheiratet. Jacob ist der Einzige, dem Auskunft erteilt wird. Also halt dich zurück. Du kannst von seinem Kommen nur profitieren. Vielleicht grollt er ihm ja auch gar nicht.

Susanne wird überleben, und dann wird sie die Sache selbst mit ihm bereinigen. So einfach wird das sein.

Martin geht zu einer Sitzgruppe, um sich zu setzen. Wobei Sitzgruppe die Übertreibung des Jahrhunderts ist. Es sind an der Wand befestigte Klappstühle aus Eisen. Sie sind kalt, unpersönlich und unbequem. Nur zehn Minuten auf einem dieser Stühle, und seine Hämorrhoiden hängen ihm wieder zum Arsch heraus. Verdammt! Das tun sie immer, wenn er sich auf kalte Gegenstände setzt. Krankenhäuser waren noch nie ein Ort für ihn, an dem er sich wohlfühlt. Er wundert sich auch immer wieder darüber, dass Beate gern in die Klinik fährt. Er erinnert sich daran, dass sie ihm mal gesagt hatte, dass es sich für sie ein bisschen wie »nach Hause kommen« anfühlt. Vielleicht ist das ja so, wenn man seit seinem achtzehnten Lebensjahr tagein, tagaus in ein und dasselbe Krankenhaus fährt, um dort zu arbeiten. Er jedenfalls, Martin, fühlt sich hier nicht heimisch. Eine Etage über ihm liegt Susanne ans Krankenbett gefesselt und kämpft ums Überleben. Vor seinem inneren Auge sieht er sie, ihren kleinen, schmalen Körper und in ihm Schläuche, die ihr helfen sollen, am Leben zu bleiben. Und er kann nichts machen, außer abzuwarten, auf Jacob zu warten, um dann von ihm irgendeine Information zu erhalten. Plötzlich verlangt es Martin nach einer Zigarette. Er hat diesen Drang schon lange nicht mehr verspürt. Er hat sich das Rauchen, zusammen mit Beate, abgewöhnt, es muss Jahre her sein. Jetzt im Moment würde er alles tun, für nur eine einzige Zigarette. Unentschlossen steht er auf und schlendert Richtung Ausgang. Wie zum Hohn ist an der Tür der Notaufnahme ein Schild befestigt, auf dem »Rauchen verboten« steht. Gleich daneben ist ein weiteres Schild angebracht, das darauf hinweist, dass sich die nächste Raucherinsel in circa vierzig Metern befindet. Also gut! Er späht in Richtung der Raucherinsel und kann zwei Gestalten ausmachen. Er steuert direkt auf sie zu. Eine ältere Frau und ein junger Typ stehen da. Sie sind einander zugewandt, ohne miteinander zu sprechen. Beide halten eine Zigarette in der Hand. Wer sagt's denn?

»Könnte ich vielleicht eine Zigarette schnorren?«

Kapitel 9
... und immer wieder Susanne

Ich spüre, dass etwas Furchtbares passiert ist.

Ich räuspere mich. »Wer von beiden? Martin oder Susanne? Oder beide?«, frage ich, nachdem Jacob aufgelegt hat. Ich stehe da und warte auf eine Antwort, während meine Knie die Konsistenz von Wackelpudding annehmen.

»Susanne liegt im Krankenhaus. Auf der Intensivstation. Er darf nicht zu ihr. Dein Mann hat keine Ahnung, was passiert ist. Er bekommt keine Auskunft, weiß nur, dass sie noch lebt. Mehr nicht.« Jacob klingt sehr sachlich, kaum emotional.

Ich bin nicht stolz darauf, aber ich spüre eine ordentliche Portion Schadenfreude durch meine Venen pumpen. Es ist ein warmes Gefühl, und in meinem Bauch kribbelt es vor Aufregung. *Ha, das hast du nun davon! Von wegen Seminar! Du Arschloch! Jetzt fällt dein Kartenhaus zusammen, du blöder Wichser.*

Jacob steht auf. Er läuft zum Schrank und holt eine kleine Reisetasche heraus. Er fängt an, Sachen einzupacken: Schuhe, T-Shirts, Jeans, Socken.

Langsam legt sich meine Schadenfreude und macht Platz für Verwirrung und weitere Fragen. Was ist überhaupt passiert?

»Wieso liegt eigentlich nur sie im Krankenhaus und nicht beide?«

Jacob zieht die Stirn kraus.

»Wieso sollten denn beide im Krankenhaus liegen?«

Ich zucke ratlos mit den Schultern und vermute, dass wir irgendwie aneinander vorbeireden.

»Na, wenn sie einen Unfall hatten, wieso liegt dann nur sie im Krankenhaus? Ich verstehe das nicht.«

»Äh … ach so …« Jacob kratzt sich am Kopf. Ich spüre, dass er meiner Frage ausweichen will und nicht weiß, wie er es anstellen soll.

»Sie hatte keinen Unfall«, redet er um den heißen Brei herum.

Ich verstehe die Welt nicht mehr.

»Ja, aber wieso ist sie denn dann im Krankenhaus? Bitte, Jacob, lass dir doch nicht jedes Wort einzeln aus der Nase ziehen. Das nervt.«

Jacob läuft geschäftig hin und her, immer noch nicht bereit, mir eine Antwort zu geben, die ich verstehen kann. Er ist im Bad und sucht ein paar Kosmetika zusammen. Er scheint einen kühlen Kopf bewahren zu wollen, während mir selbst tausend Fragen durchs Hirn preschen.

Ich werde von Sekunde zu Sekunde immer wütender auf ihn. Hat er das Recht, insbesondere in Rückblick auf die letzte Nacht, mich so hinzuhalten? Ich finde, er ist mir ein bisschen mehr schuldig. Jetzt, wo wir uns nicht mehr fremd sind. »Hey, hörst du mich überhaupt?« Ich schnippe mit den Fingern wie ein ungeduldiges Kind vor seinem Gesicht umher.

Jacob hält verstört inne und schaut mich an. Er zögert noch einen Moment, holt tief Luft und sagt dann etwas, was mich gleichermaßen schockiert und eine ungeheure Erleichterung empfinden lässt.

»Susanne ist schwerkrank«, lässt er die Katze aus dem Sack. Mehr sagt er nicht, lediglich: »Susanne ist schwerkrank.«

Was heißt schwerkrank?, frage ich. Es gibt unzählige Arten von schwerkrank, und jeder versteht unter schwerkrank auch etwas anderes. Und noch etwas fällt mir auf. Jacobs Mimik verströmt Resignation pur. Dieser eine Satz hörte sich beinahe so an, als hätte Jacob ihn das erste Mal in seinem Leben laut ausgesprochen. Sein Blick wandert ins Leere, er ist orientierungslos und hohl. Seine kräftigen Schultern scheinen auf einmal eingefallen zu sein. Ich halte inne und schweige ihn an. Was soll ich tun? Ihn in den Arm nehmen, ihm sagen, dass alles wieder gut wird? Will ich denn, dass alles wieder gut wird? Was müsste denn passieren, damit alles wieder gut wird? Fragen über Fragen!

Jacob löst sich aus seiner Starre, schaut sich suchend um und packt noch mehr Sachen in die Tasche. Viel Platz ist nicht mehr, sodass er nachstopft. Er bringt es nicht mehr fertig, mir ins Gesicht zu sehen.

»Was heißt schwerkrank?«, hake ich schüchtern nach und setze mich auf die Bettkante neben die prall gefüllte Tasche. *Jetzt bloß nicht zu fordernd sein, sonst macht er ganz zu.*

»Schwerkrank eben.« Er zuckt mit den Schultern, lässt von der Tasche ab und geht in die Küche. Ich folge ihm.

»Du machst mich wahnsinnig«, sage ich schroffer als beabsichtigt. Ich sammle mich und senke den Tonfall. »Jacob, was heißt denn schwerkrank? Ist es lebensbedrohlich? Ist es Krebs? Was ist es denn? Rede mit mir! Lass mich doch nicht so im Unklaren«, beschwöre ich ihn. Jacob schweigt weiter, und ich beginne die Geduld zu verlieren. Und dann stelle ich eine Frage, deren Antwort meine ganze Sicht auf die Dinge verändern soll.

»Wird sie sterben?«

Jacob sieht mich erschrocken an, so als hätte ich ihm einen Tritt in den Magen verpasst. Seine blauen Augen scheinen plötzlich die Farbe zu wechseln, eine Nuance dunkler zu werden, so als würde sich Trauer über sie legen. Sein Atem geht für einen Moment schnell und rasselnd, es hat den Anschein, als würde er kurz vor einer Panikattacke stehen. Dann holt er einmal tief Luft, bläst die Backen auf und spricht dann ruhig weiter, wobei ein Anflug von Ironie in seiner Stimme mitschwingt. »Ja, kleine Bea, du kannst feiern, du kannst ums Feuer tanzen. Du hast Rumpelstilzchens Namen endlich erraten. Du wirst als Sieger aus dieser ganzen hässlichen Scheiße hervorgehen. Susanne wird sterben. Vielleicht nicht heute, vielleicht nicht morgen, aber mit absoluter Gewissheit wird sie in absehbarer Zeit das Zeitliche segnen. Wenn ich nicht irre, löst sich dein Problem damit in Wohlgefallen auf, und alle leben glücklich bis an ihr Lebensende. Außer Susanne, die nicht.«

Ich bin sprachlos. Was soll dieser beißende Sarkasmus? Und was hat Jacob da eben gesagt? Susanne wird sterben? Martins Geliebte wird sterben? Jacobs Frau, meine Rivalin, ist dem Tod geweiht?

In meinem Hirn rattert es. *Sie wird sterben. Sie wird sterben. Ja, sie wird sterben.* Dieser Satz kreist in meinem Kopf herum, als würde er eine alte Schallplatte mit einem Sprung sein. *Sie wird sterben. Susanne wird sterben. Mein Problem löst sich in Wohlgefallen auf. Sie wird sterben. Mein Problem löst sich von ganz allein.*

Ich gehe in mich. Und ich spüre, dass so recht keine Freude aufkommen will. Ein Mensch wird sterben. Da ist es doch normal, dass man sich nicht freut. Wirklich nicht?, argwöhnt eine leise Stimme in meinem Hinterkopf.

Ich versuche es ja, beantworte ich mir selbst die Frage. Aber ist es das, was ich will? Dass Susanne stirbt? Dass ein Mensch sein Leben lässt? Nur damit ich wieder glücklich bin?

Zugegeben, ich habe oft darüber nachgedacht, sie zu töten

oder ihr wehzutun, das muss ich eingestehen. Aber das war doch nur so eine Art affektives Übersprungdenken, das war eben der wütende und betrogene Teil in mir. Der, der sich dafür rächen will, dass ihm bewusst wehgetan wurde. Hinter diesem Gedanken stand jedoch eher die Absicht, Aggressionen abzubauen. Ich wollte doch nicht, dass jemand stirbt, sondern dass einfach niemand mehr da ist, den Martin mehr lieben kann als mich. Das ist albern und kindisch und hat nichts mit der jetzt vorhandenen, wirklich Angst einflößenden Realität zu tun. Überhaupt nicht. Ich schüttle den Kopf. Mir ist schwindelig. Ich will diese ganzen Gedanken nicht denken. Ich bin von mir selbst genervt.

»Was ist es? Was hat sie denn?« Ich stehe auf und berühre Jacob vorsichtig am Arm. Er tut mir leid. Seine Frau wird sterben, und ich spüre, dass er leidet, zwar still und für sich, aber doch steht ihm die Angst für jedermann sichtbar ins Gesicht geschrieben.

»Bea, bitte.« Jacob hat keinen Nerv für mich, weicht mir aus, er ist mit sich beschäftigt, wirkt blass. Er geht ins Badezimmer und fängt an, sich die Zähne zu putzen. Ich schätze, er tut das, um nicht mit mir reden zu müssen. Ich bleibe hartnäckig, setze mich entnervt auf den Rand der Badewanne und warte ab. Er lässt sich Zeit. Er macht extra langsam. Und das lässt mich, gerade im Hinblick auf die letzte Nacht, ziemlich sauer werden. So sauer, dass ich kurzerhand aufstehe und mich anziehe. Mir ist nach Schreien zumute. Ich reiße mich zusammen und bleibe stumm. Schreien würde auch nichts nützen. Ich würde Jacob nur verschrecken. So gut kennen wir uns schließlich noch nicht, als dass ich schon samt meiner geballten, manchmal doch recht anstrengenden Persönlichkeit mit der Tür ins Haus fallen könnte, ohne Konsequenzen zu fürchten. Er würde sich vermutlich für immer von mir abwenden. Und das, so glaube ich, will ich nicht. Ich mag Jacob. Ich mag sogar, dass er wegen Susanne traurig ist. Gestern noch konnte ich mir keinen Reim auf sein Verhalten machen, auf seine offensichtliche Gleichgültigkeit. Und jetzt weiß ich, dass er sich im Laufe der Zeit nur eine ziemlich gute Fassade errichtet hat. Und die bröckelt heute. Seine Frau wird sterben, und er hat Angst. Nachvollziehbare Angst. Wenn ich an seiner Stelle wäre, wenn ich wüsste, dass Martin bald sterben würde, ich würde mir vor Angst in die Hose machen. Da könnte er mich tausend Mal belogen und betrogen haben. Dem Tod haftet so was Endgültiges an. Er zwingt einen regelrecht dazu, zu verzeihen, Verständnis aufzubringen, egal wofür.

Ich schaue mich um und überlege, ob ich alles angezogen und eingepackt habe. Viel hatte ich nicht dabei. Nur meine Klamotten. Die trage ich jetzt am Körper. Ich schnappe mein Handy und meine Jacke, die Jacob fein säuberlich an einem der Garderobenhaken aufgehängt hat.

Ich ziehe meine Schuhe an. Jacob ist immer noch im Bad. Soll ich mich verabschieden? Ich habe keine Lust. Obwohl ich für sein Verhalten Verständnis aufbringe, finde ich es egoistisch. Er weiß alles. Ich weiß nichts. Aber um an Informationen zu kommen, muss ich wohl über meinen ruhelosen und neugierigen Schatten springen und mich zurücknehmen, auch wenn es schwerfällt. Ich gehe in die Küche und schreibe meine Telefonnummer auf ein Post-it. Damit stelle ich ihm frei, mich anzurufen, signalisiere, dass ich gern angerufen werden möchte. Ich gehe zur Tür, schaue mich noch einmal um und verlasse die in meinen Augen nun nicht mehr ganz so »glanzvolle Hütte«.

Kapitel 10
Jacob

Als er Susanne kennenlernte, hätte er sich die Art von Zukunft, wie er sie heute lebte, nicht vorstellen können. Mit der Liebe zu Susanne betrat er, was Beziehungen anbelangt, völliges Neuland. Er verliebte sich schnell und leidenschaftlich in sie, und sie zeigte ihm auf ihre eigene unverwechselbare Art und Weise, wie speziell und vielfältig der Mensch zu lieben imstande ist. Würde er Susannes Wesen beschreiben müssen, so kämen ihm viele Eigenschaften in den Sinn: aufregend, sexy, reizvoll, tiefgründig, besessen, ekstatisch, unbekümmert und geheimnisvoll. Es war die Mixtur ihres Charakters, die ihn so sehr faszinierte. Er konnte sich von Anfang an der Faszination, die von ihr ausging, ihrem Strahlen, nicht entziehen. Sie schaffte es immer, ihn auf ihre Seite zu ziehen, ihn für sich einzunehmen, und sie schaffte es, dass er ihr alles nachsah, weil sie nichts, was sie machte, mit Falschheit tat. Vielleicht konnte man ihr Egoismus vorwerfen, aber auf keinen Fall Falschheit oder Vorsatz. Er war ihr auf eine sonderbare Weise verfallen. Das war kein unangenehmes Gefühl, so wie anfänglich. Er hatte sich schon nach kurzer Zeit mit ihrem speziellen Wesen arrangiert. Er hatte nicht nur gelernt, damit zu leben, er zog inzwischen auch seinen Nutzen aus dieser Daseinsweise und schätzte sie. Er hatte sich seine anfängliche Eifersucht abtrainiert. Susanne hatte sowohl eine Schwäche für Männer als auch für Frauen. Es kam vor, dass Susanne eine weibliche Eroberung mit nach Hause brachte und Jacob genauso davon profitierte wie sie selbst. Das waren die Vorzüge eines solchen Agreements. Er fand die Lebensweise lohnend, für alle Beteiligten. Unabhängig davon gestand Susanne ihm auch seine Freiheiten zu, was er sehr angenehm fand. Überdies gab es auch Wochen, in denen Susanne ihm ganz allein gehörte und er ihr. Er genoss diese Phasen sehr und sie offensichtlich auch. Aber es kamen immer wieder Momente, in denen Susanne drohte zu ersticken, sie hatte eine unbändige Angst davor, irgendetwas zu verpassen. Das waren die Abende, an denen sie loszog, getrieben von ihrer eigenen Unruhe und unfähig, diese einfach zu ignorieren. Durch ihre kleinen Abenteuer entzog sie ihrer Angst förmlich den Nährboden. Jacob verstand das seltsamerweise und hatte seinen Frieden mit ihrer Anarchie gemacht.

Mehr noch, er war stolz darauf, dass Susanne immer wieder freiwillig und ohne Zwang zu ihm, Jacob, zurückkehrte. Es war gleichermaßen spannend wie prickelnd. Klar, er führte keine Ehe im klassischen Sinne, das stimmt schon, aber für ihn wurde es irgendwann Normalität. Prickelnde Normalität. Susanne hatte ihm gleich zu Anfang unmissverständlich klargemacht, dass sie nicht vorhatte, Kinder zu kriegen. Sie wollte kein Kind mit ihrer Erblast in die Welt setzen. Schon gar nicht, wo das Risiko, selbst daran zu erkranken, sowieso schon extrem hoch war. Jacob hatte das zwar nicht schön gefunden, aber er hatte es verstanden und akzeptiert. Im Laufe der Zeit, als er mit ansehen musste, wie Magda, seine Schwiegermutter, langsam und schleichend vor sich hin vegetierte, als er sah, wie die Demenz gnadenlos zuschlug und sie verlernte, ein Mensch zu sein, verstand er Susanne nur noch besser. Damals wussten sie beide noch nicht, dass auch Susanne an Huntington erkranken würde. Aber falls diese Krankheit jemals zuschlagen würde, bräuchten sie sich beide keine Vorwürfe zu machen, nicht jeden Moment, jeden Augenblick des Lebens ausgekostet zu haben.

Er setzt den Blinker und fährt auf die A 10. Er weiß genau, wie er nach Rostock kommt. Er kennt die Gegend wie seine eigene Westentasche, hat er doch schon mal über zwei Jahre dort gelebt. Als er Susanne kennenlernte, war er Koch auf einem der Kreuzfahrtschiffe, die regelmäßig von Warnemünde ausliefen. Damals hatte er an seinen freien Tagen unten am Hafen gewohnt. Er hatte in einer alten Taverne ein kleines Zimmer angemietet, wo er wohnen konnte, wenn er mal nicht auf See war. Die Reise, auf der er Susanne kennenlernte, ging nach Kopenhagen, er erinnert sich genau. Ganze zwölf Tage war er Susannes gnadenlosem Charme und Liebreiz ausgeliefert. Sie hatte ihm gewaltig den Kopf verdreht. Damals steckte er gerade mitten in einer Liaison mit der Kapitänstochter Barbara, die ihn schon ein halbes Jahr in seiner Kajüte heimsuchte und ihm quasi jeden Wunsch von der Hose ablas. Ihm huscht ein Lächeln übers Gesicht beim Gedanken an damals. Susanne hatte ihn fix und fertig gemacht und Barbara auch. Jede auf ihre ganz eigene Art und Weise. Susanne wusste sehr genau, wie sie es anzustellen hatte. Und Barbara hatte den Braten schnell gerochen. Sie war sehr eifersüchtig, zu Recht, wie er sich heute eingestehen musste. Auf einer zwölftägigen Kreuzfahrt standen ihm zwei freie Abende zur Verfügung, und an denen hatte Susanne sämtliche Register gezogen und ihn nach allen Regeln der Kunst verführt. So viel Raffinesse hätte er einer damals Zwanzigjährigen gar nicht zugetraut. Bereits am ersten Abend hatte sie einen Blick auf ihn geworfen. Er erinnert sich, dass der Dorsch heillos versalzen war und Susanne den Koch direkt zur Verantwortung ziehen wollte. Damals hatte er für drei seiner Hilfsköche verantwortlich gezeichnet, weshalb er auch persönlich den Kopf hinhalten musste. Er ging an Susannes Tisch und versuchte es mit seiner üblichen Taktik. Er lächelte sein unwiderstehliches Lächeln und fixierte sie mit seinen stahlblauen Augen. Das hatte noch immer funktioniert. So auch diesmal. Er weiß noch genau, wie sie ins Stottern geriet.

»Der… der D…dorsch ist un…ungenießbar. Total versalzen«, hatte sie gestammelt, als er sie fragte, was mit dem Essen nicht in Ordnung sei.

»Das ist doch kein Schiffsuntergang.« Er hatte geschmunzelt und angeboten, ihr als Wiedergutmachung die beste Mousse au chocolat zuzubereiten, die sie je in ihrem Leben gekostet hatte. Susanne hatte darauf bestanden, dass er es ihr höchstpersönlich in der Kabine servierte. Und nur eine Stunde später leckte er Susanne die Mousse au chocolat aus dem Bauchnabel. Von dem Augenblick an, in dem er an Susannes Kabine klopfte, hätte die Kreuzfahrt genauso gut direkt nach Timbuktu oder den sprichwörtlichen Arsch der Welt gehen können. Es hätte keine Rolle gespielt. Wenn er nicht arbeitete, saß Susanne auf oder lag unter ihm. Nur ganz selten schliefen sie, weil Susanne unersättlich war und er auch. Barbara musste er recht bald zu verstehen geben, dass er kein Interesse mehr an ihr hatte, was wiederum seine fristlose Kündigung nach sich zog. Damit jedoch hatte er sogar gerechnet. Sie waren schwer verliebt Arm in Arm von Bord gegangen, und Barbara hatte an der Reling gestanden und ihnen giftige Blicke hinterhergeworfen. Susanne nahm Jacob, ihre Eroberung, mit nach Hause und stellte ihn den Eltern vor. Sie vermeldete, sie hätte sich von der Kreuzfahrt, die ein Geschenk des Vaters gewesen war, ein Souvenir mitgebracht, das sie in erster Linie gedachte zu behalten und abgesehen davon in Bälde zu heiraten. Jacob selbst hatte sich wie ein kleiner dummer Junge gefühlt, wie er so nichtssagend neben ihr stand, obwohl er damals schon siebenundzwanzig war und damit stolze sieben Jahre älter als Susanne. Er hatte gemacht, was sie von ihm verlangte. Er hatte nichts hinterfragt, er fühlte sich wohl bei ihr, und das allein zählte. Magda, Susannes Mutter, hatte damals schon im Rollstuhl gesessen und nur leise vor sich hin gelächelt. Er nimmt an, dass sie es guthieß, dass Susanne ihr Leben in die Hand nahm, es in vollen Zügen genoss und das tat, wonach ihr der Sinn stand. Susannes Vater hingegen hatte getobt. Wie sie es wagen könne, ihr kostbares Leben so wegzuschmeißen an einen Dahergelaufenen, einen hirnlosen Smutje. Ob sie sich darüber im Klaren sei, was sie ihm damit antäte. Jacob schlug geballte schwiegerväterliche Ablehnung entgegen. Susanne ließ sich dennoch nicht beirren und heiratete ihn nur vierzehn Tage später, vermutlich aus Trotz. Jacob vermutet, dass Theodor, sein Schwiegervater, ihnen die Heirat bis heute verübelte. Susanne war und ist das egal. Sie hat das Leben immer leicht genommen, wusste ihren Vater um den kleinen Finger zu wickeln. Was ihn anging, hatte sie alle Asse im Ärmel. Der Anwalt, wie Jacob ihn immer despektierlich nannte, stand trotzdem hinter seiner Tochter. Er kaufte ihnen als Hochzeitsgeschenk ein Restaurant, damit Jacob angemessen für dessen heißgeliebte Tochter sorgen konnte. Jacob hatte das Geld und das Heft in die Hand genommen und etwas daraus gemacht. Er hatte seinem Schwiegervater bewiesen, dass er kein hirnloser Smutje war. Das *Jacobs* ist ein Zweisternerestaurant mitten in der City. Es läuft wie geschmiert, und er hat sich in der Szene einen Namen gemacht. Das *Jacobs* ist heute ein Ort, an dem große Geschäfte auf hohem Niveau getätigt werden. Es ist diskret und exklusiv. Hier kommen die Leute hin, die etwas auf sich halten.

Jacob hatte mit viel Schweiß, Engagement und Durchhaltevermögen etwas aus dem Laden gemacht. Er ist stolz auf sich, auf sein Lebenswerk, wenn man es denn so bezeichnen möchte. Schon nach sechs Jahren konnte er Theodor seine Investition zurückzahlen, auf Heller und Pfennig, wie man so schön sagt. Und Theodor hatte ihm das erste Mal Anerkennung gezollt und ihm väterlich auf die Schulter geklopft. Das *Jacobs* gehörte nun Susanne und ihm ganz allein. Er liebte es. Es war, abgesehen von Susanne, seine große Leidenschaft und sein ganzer Stolz und Lebensinhalt. Fast wie ein Kind, was er selbst großgezogen und zu dem gemacht hatte, was es heute war.

Jacob schaut auf die Uhr. Noch vierzig Minuten, dann würde er im Krankenhaus sein. Er biegt auf die L132a ab. Hoffentlich ist es noch nicht zu spät. Susanne hat sich im Verlauf des letzten Jahres stark verändert. Manchmal wusste er gar nicht mehr, woran er war. Sie traf sich oft mit diesem Martin. Anfänglich vermutete Jacob, dass er einer von ihren »Kurzzeitaussetzern« war, aber diese Angelegenheit wuchs sich langsam, aber sicher aus zu etwas Großem, zu etwas, was er nicht mehr zu beherrschen imstande war. Und das missfiel ihm ganz und gar. Das hatte nichts mehr mit dem stillschweigenden Agreement zu tun, das Susanne und er einst getroffen hatten. Wenn er bis dahin annahm, dass er Susanne irgendwann an ihre Krankheit verlieren würde, so spürte er jetzt, dass er ihren Verlust auch anderweitig würde erleiden können. Das tat seiner Liebe zu ihr keinen Abbruch. Jedoch kam die altbekannte Eifersucht hoch, die er nur schwer unter Kontrolle halten konnte. Er hatte sich dabei ertappt, dass er Susanne hinterherspionierte. Genauso wie Beate das mit ihrem Mann getan hatte. Als sie gestern plötzlich vor seiner Tür stand, hätte er sie beinahe namentlich begrüßt. Er wusste, wer sie war. Er hatte alles über Martin und sein Leben recherchiert. Schnell hatte er herausgefunden, dass auch Martin verheiratet war. Mit Beate.

Jacob nimmt ein wenig den Fuß vom Gas und drosselt die Geschwindigkeit, er hat es nicht eilig, Martin persönlich kennenzulernen. Er will nicht dem Mann gegenübertreten, der ihm seine Frau peu à peu abspenstig macht. Was weiß der schon von Susanne? Seiner Susanne! Gar nichts. Jacob ist es leid, um Susanne zu kämpfen. Immer gibt es etwas, was stärker ist als er. Susannes Sehnsucht nach der Fremde, Susannes Krankheit, die immer hässlicher zuschlägt, und nun noch die Liebe eines fremden Mannes. Jacob hat das unbestimmte Gefühl, nie genug gewesen zu sein. Ob das jemals weggeht, das Gefühl? Was ist, wenn Susanne eines Tages wirklich stirbt? Was ist in Rostock passiert? Jacobs Herz wird schwer und sein Mund trocken bei der Vorstellung, dass Susanne sich quälen muss. Wie auf Knopfdruck erscheint Beate vor Jacobs innerem Auge. Die letzte Nacht war erfüllend. Es war schön, Beate im Arm zu halten. Er hat ihre Einsamkeit fast körperlich gespürt. Er weiß, wie ihr zumute ist. Es war schön, sich mal nicht leer und allein zu fühlen. Beate hat seinen leeren Speicher aufgefüllt mit Wärme und Leidenschaft. Außerdem empfand er Genugtuung bei dem Gedanken daran, dass er sich von Martin einen Teil an Körperlichkeit zurückgeholt hatte, nämlich den, den er ihm ständig stahl. Es war schließlich die Frau seines Konkurrenten, die er in der letzten Nacht unter sich hatte. Jacob schüttelt den Kopf über seine eigenen Gedanken. Er will so nicht denken. Beate hat ihm gutgetan. Sie hat ihm dabei geholfen, sich mal wieder lebendig und nützlich zu fühlen.

Kapitel 11
Rivalen

Jacob biegt langsam in die Auffahrt des Krankenhauses. Er lässt den Blick über den Parkplatz schweifen, der recht übersichtlich ist. Und jetzt, ein paar Meter vor der Notaufnahme, entdeckt er ihn sofort. Da steht er, sein Rivale. Er sieht klein aus. Vermutlich ist er sogar kleiner als Jacob selbst. Er wirkt eingefallen, wie nach einer großen Niederlage. Und er raucht. Susanne verabscheut das Rauchen. Sie würde ihm ordentlich in den Hintern treten, wenn sie das jetzt sehen könnte. Jacobs Puls beschleunigt sich bei dem Gedanken daran, dass er seinem Rivalen gleich die Hand schütteln muss. Er könnte versuchen, es nicht zu tun. Wo steht denn geschrieben, dass man seinem Rivalen die Hand zu reichen hat? Nirgends. Jacobs Auto kommt zum Stehen. Er zieht die Handbremse an, nimmt sein Portemonnaie vom Beifahrersitz und steigt aus. Er steckt schon mal vorsorglich die Hände in die Jackentaschen und signalisiert damit hoffentlich, dass er nicht bereit ist, dem Rivalen die Hand zu schütteln. Er fühlt sich ein bisschen wie ein bockiges Kleinkind, aber das ist ihm gleich. So ein Quatsch, schilt er sich selbst. Der weiß doch gar nicht, dass du weißt, wer er ist. *Dennoch*, beschließt er, *die Hände bleiben in den Taschen*. Er will etwas demonstrieren, nämlich dass es nicht in Ordnung ist, was dieser Penner tut.

Du hast letzte Nacht auch mit seiner Frau geschlafen, meldet sich sein Gewissen, das er mit bloßer Verdrängung zum Schweigen verdonnert. Langsam geht er Richtung Notaufnahme und tut so, als wisse er nicht, dass Martin Martin ist. Er ist nervös. Sehr nervös. Er läuft mit gesenktem Kopf an der Raucherinsel vorbei. Jacob ist gespannt, ob Martin ihn erkennen wird. Wenn ja, hieße das, dass Susanne ihm ein Foto von ihm gezeigt hat.

»Jacob?«, hört er seinen Namen rufen. *Ah ja!* Er dreht sich um.

»Ja?« Da steht er, immer noch die Zigarette in der Hand, offensichtlich auch nervös. Und ängstlich. Martin fragt sich, wovor er mehr Angst hat. Vor ihm oder davor, was mit Susanne sein könnte.

»Ich bin Martin Schulze. Wir haben telefoniert.« Martin kommt langsam auf ihn zu und streckt ihm seine Hand zum Gruß entgegen. Jacob versucht krampfhaft, seine Hand in der Jackentasche zu behalten. Er will nicht die Hand berühren, die vor drei Stunden vielleicht noch die Haut seiner Frau liebkost hat. Doch er schafft es nicht, konsequent zu bleiben. Langsam zieht er seine geballte Faust aus der Jackentasche, öffnet sie und reicht sie widerwillig dem Mann, den er so sehr verabscheut. Seine Hand fühlt sich kalt und klamm an.

»Hallo, ich bin Jacob.« Mehr sagt er nicht. Er will nicht mit Martin reden. Er will sich nicht verbrüdern oder verbünden oder am Ende so tun, als wäre Susanne die gemeinsame Cousine, um die beide gleichermaßen Angst haben. Er hat jetzt Sonderrechte, niemand sonst außer ihm hat das Recht zu erfahren, wie es Susanne geht.

Jacob deutet in Richtung Eingang der Notaufnahme. »Ich schaue erst mal, dass ich irgendeine Auskunft kriege.«

»Kann ich mitkommen?«, beeilt sich Martin zu fragen. Jacob zuckt gleichmütig mit den Schultern, obwohl er will, dass Martin verschwindet. Am besten für immer. Martin wirft die halb aufgerauchte Zigarette auf den Asphalt und heftet sich an Jacobs Fersen. Gemeinsam passieren sie den Eingang der Notaufnahme, und Martin lotst nun Jacob zum Tresen. Schwester Michaela blickt von ihrer Kladde hoch und nickt zum Gruß.

Jacob räuspert sich. »Jacob Müller mein Name. Meine Frau wurde heute Vormittag hier eingeliefert. Ich möchte zu ihr, wenn das möglich ist.« Martin steht wie sein verängstigter kleiner Bruder neben ihm und sagt nichts. Er hört nur aufmerksam zu und ist darüber hinaus entmachtet. Martin hofft, Jacob ist sich darüber im Klaren, dass auch er ihm nichts sagen muss, wenn er nicht will. Susanne ist schließlich seine Frau. Martins Blick verrät nichts, außer nackte Angst und Resignation. Für einen kurzen beschämenden Moment fühlt Jacob sich gewaltig überlegen.

»Ihre Frau liegt auf der Intensivstation. Fahren Sie bitte mit dem Fahrstuhl in die erste Etage und gehen dann nach links. Ich sage oben Bescheid, dass Sie kommen. Man wird Sie dann hereinlassen.«

Jacob nickt und macht sich, ohne zu zögern, auf den Weg.

»Kann ich mitkommen?«, bettelt der kleine Bruder in der zweiten Reihe.

Jacob dreht sich zu ihm um und versucht einen bedauernden Blick. »Wenn Sie nichts dagegen haben, würde ich lieber erst allein mit meiner Frau sprechen.« Was wie eine verbale Ohrfeige klingen sollte, ist tatsächlich eine geworden.

Martin nickt resigniert, zieht den Kopf ein und macht auf dem Absatz kehrt. Er geht wieder Richtung Ausgang.

Eins zu null für mich, triumphiert Jacob. Leider nur für einen kurzen Moment. Susanne kommt ihm in den Sinn. Sie würde wollen, dass ihr Geliebter bei ihr ist. Das weiß Jacob.

Und doch bleibt er hart. Er ruft den Fahrstuhl und fährt in die erste Etage.

Jacobs Gewissen hadert mit sich selbst, und er versucht, sich selbst gegenüber seine Handlungsweise zu rechtfertigen. *Das ist meine Frau, die um ihr Leben kämpft, meine! Ich bin derjenige, der mit ihr verheiratet ist. Das heißt, ich darf sie zuerst sehen.* Er schämt sich für sein kindisches Verhalten, aber er kann nicht anders. Der Fahrstuhl hält, und Jacob steigt aus. Er geht den Flur links hinunter, wo ihn bereits eine Ärztin erwartet. Ihr Gesichtsausdruck verrät nichts. Wahrscheinlich sind die Ärzte heute so geschult, dass ihre Mimik immer gleichbleibend beschissen leer ist, oder aber sie haben inzwischen so viele schlechte Nachrichten verkündet, dass sie einfach nur noch abgestumpft sind.

»Guten Tag.« Sie streckt ihm die kühle Hand entgegen. »Ich bin Doktor Meißner.«

»Müller«, begrüßt Jacob sie zurückhaltend. Er hat Angst vor dem, was sie gleich sagen wird. Vielleicht wäre der kleine Bruder jetzt doch eine mentale Stütze gewesen?

»Können Sie mir sagen, wie es meiner Frau geht oder was überhaupt passiert ist?«, fragt Jacob vorsichtig und macht sich innerlich auf alles gefasst. Frau Dr. Meißner führt Jacob in ihr Besprechungszimmer und bietet ihm einen Stuhl an. Jacob nimmt Platz.

»Nun ja.« Sie faltet die Hände wie zum Gebet und setzt wieder ihre stumpfe Miene auf. »Ihre Frau wurde mit dem Notarztwagen eingeliefert, nachdem das Team sie reanimiert hat. Wir nehmen an, dass sie sich an etwas verschluckt hat, was sie aus eigener Kraft nicht wieder aushusten konnte. Der Herr, der bei ihr war, befand sich zum eigentlichen Zeitpunkt der Begebenheit offensichtlich nicht bei ihr im Zimmer, sodass auch er keine näheren Angaben machen konnte.«

Jacob hört zu, wie diese Frau den Hergang wie auswendig gelernt herunterbetet. Er nickt nur, um zu signalisieren, dass er versteht, was die Ärztin ihm sagt.

»Der Mann, der bei Ihrer Frau war, hat ihr das Leben gerettet. Er hat den Notarzt alarmiert und unverzüglich mit der Reanimation begonnen. Soviel ich weiß, wartet er unten in der Notaufnahme. Kennen Sie ihn?«

Jacob nickt abermals. »Ja, aber nicht besonders gut.« Er hat große Lust, noch etwas anderes zu sagen, etwas wie »Ja, aber wenn ich ihn noch einmal in der Nähe meiner Frau erwische, mach ich Hackfleisch aus ihm«. Aber er bleibt stumm. Und ist ihm sogar ein wenig dankbar. Nein, er ist ihm außerordentlich dankbar. Hätte Martin seine Frau nicht reanimiert, dann wäre er jetzt ein beschissener Witwer.

»Ich habe Ihre Frau vor zehn Minuten extubiert. Sie ist wach und ansprechbar. Leider wurden ihr bei der Herzdruckmassage zwei Rippen gebrochen.« Obwohl Jacob froh darüber ist, dass es Susanne den Umständen entsprechend gut geht, verzieht er das Gesicht zu einer schmerzverzerrten Maske.

»Das wird sicher noch einige Wochen wehtun, und sie muss sich schonen. Ansonsten, denke ich, ist sie übern Berg«, erklärt Frau Dr. Meißner und erlaubt sich jetzt sogar ein Lächeln.

»Darf ich zu ihr?«, fragt Jacob und macht Anstalten aufzustehen. Da die Ärztin keine weiteren Fragen über Susannes Grunderkrankung stellt, rüttelt auch Jacob nicht weiter an der Thematik. Er hat es schließlich lange genug geübt, das Ignorieren.

»Selbstverständlich.« Die Ärztin steht auf und deutet zur Tür. »Kommen Sie bitte mit.« Jacob folgt der Ärztin über einen kurzen Flur.

Kapitel 12
Susanne

»Frau Müller? Hören Sie mich?«

Susanne wacht auf. Sie fühlt sich schlaftrunken und benommen. Sie will nicht wach werden. Warum lässt man sie nicht einfach im Dunkeln oder weiterschlafen, wo sie doch so müde ist?

»Frau Müller? Können Sie mich hören?«

Susanne spürt eine unsanfte Berührung an der Schulter. Jemand zwickt sie grob in den Oberarm, sodass sie sich genötigt fühlt, wach zu werden.

»Was ist denn?«, will sie sich empören, kann es aber nicht. Sie schlägt die Augen auf und schaut um sich. Mit Beklemmung stellt sie fest, dass sie irgendein Gegenstand in ihrem Mund und Hals am Sprechen hindert, ein Fremdkörper. Leise Panik beschleicht sie. Und eine Ahnung. *Du bist intubiert. Scheiße, du bist intubiert. Verdammte Kacke, du hast eine Patientenverfügung. Niemand darf dich intubieren.* WER – WAR – DAS?! Und dann wird es ihr mit einem Schlag bewusst. Ihr fällt ein, was geschehen ist. Innerhalb weniger Sekunden kommen Bruchstücke der Erinnerung hoch. Sie hatte vom Lachsbrötchen abgebissen. Sie war sehr hungrig gewesen, weil sie dummerweise am Vorabend das Essen verweigert hatte. Und damit der Happen besser rutschte, hatte sie einen großen Schluck Kaffee hinterhertrinken wollen. Sie erinnert sich, dass sie plötzlich eine unheimlich große Menge Nahrungsbrei im Mund hatte, viel zu viel Masse, die es zu bewältigen galt. Und sie wollte sich selbst kein weiteres Mal die Blöße geben, alles wieder auszuspucken. Ständig richtete sie irgendwelche Schweinereien an, bloß weil sie nicht mehr in der Lage war, vernünftig zu schlucken. Und plötzlich konnte sie nicht mehr verhindern, dass sie die Masse, die sie nicht zu schlucken imstande war, einatmete. *Scheiße! Zu spät*, dachte sie noch, während sie erfolglos versuchte, aus eigener Kraft abzuhusten, alles wieder loszuwerden. Es fühlte sich an wie elendiges Ertrinken. So musste es sein, wenn man unter Wasser war und sich die Atemluft in tödliche Flüssigkeit verwandelte. Sie war das Schneewittchen gewesen, das den vergifteten Apfel gegessen hatte. Im nächsten Moment war es schwarz um sie geworden. Sie weiß noch, dass sie nach Martin rufen wollte, aber der stand unter der Dusche und kriegte von alldem nichts mit. Außerdem ruft es sich nicht sehr gut, so ganz ohne Sauerstoff.

»Bleiben Sie bitte ruhig! Ich hole die Ärztin, okay?« Eine Schwester beugt sich über sie, schaut in ihr Gesicht und vergewissert sich, dass ihre Patientin sie verstanden hat. Susanne nickt. *Hoffentlich macht sie zügig*, schickt sie ein Stoßgebet zum Himmel. Sie will so schnell wie möglich von dieser verdammten Beatmung runter. Zur Not zieht sie sich den Schlauch auch selbst. Was soll schon passieren? Während sie versucht, ruhig zu bleiben, werden ihre Hände feucht.

War es das jetzt? Soll so ihre Zukunft aussehen? Immer mal wieder sterben und dann von irgendwem gerettet werden? Wieso hetzt sich ihre beschissene Krankheit auch so ab? Ihre Mutter hatte mindestens noch zehn gute Jahre vor sich, als sie einunddreißig war. Freilich, es gab immer wieder kleinere Zwischenfälle, aber sie hatte noch verdammte zehn Jahre mehr, um ihr Leben zu genießen. Susanne schwor sich damals, dass sie spätestens, wenn sie an den Rollstuhl gefesselt wäre, ihrem Leben ein Ende bereiten würde. Sie war vor fast anderthalb Jahren nicht umsonst in die Schweiz gereist. Damals, als sie Martin in Österreich kennenlernte, war sie direkt aus der Schweiz gekommen. Es gab immer Mittel und Wege, vor allem Mittel, seinem Leben ein selbstbestimmtes, menschenwürdiges Ende zu setzen. Sie wird auf keinen Fall, so wie ihre Mutter, noch jahrelang ans Bett gefesselt vor sich hin vegetieren. Sie kann sich noch gut daran erinnern, wie ihre eigene Mutter sie nicht mehr erkannte, nicht mehr mit ihr sprach, weil sie keine Sprache mehr hatte, keine Wörter mehr kannte. Sie weiß noch genau, wie sie unter sich machte und das engagierte, hochbezahlte Pflegepersonal wegschaute, lieber Zeitung las oder sich die Nägel feilte. Ihre Mutter konnte ja schließlich nicht petzen. Wie auch, ohne Sprache?

Susanne läuft eine Träne über die Wange, während sie an ihre arme Mutter denkt. Eine altbekannte bleierne Schwere und Traurigkeit legt sich auf ihre Brust und schnürt ihr trotz künstlicher Beatmung beinahe die Luft ab. Sie hat sie so sehr geliebt, genau wie ihr Vater. Theodor ist beinahe daran zerbrochen, damals, als Magda krank wurde. Damals, als allen mitgeteilt wurde, dass Mutter und Tochter erbverseucht sind. Susannes Mutter war ein Adoptivkind gewesen. Damals, nachdem sie von ihrer Krankheit erfahren hatte, redete sie sich ein, dass die Chorea Huntington schuld daran war, dass sie als Kind in die Obhut des Staates gegeben wurde. Magda war eine starke Frau gewesen, und sie hatte laut eigenen Bekundungen wenig Angst um sich selbst. Als sie das sagte, ruhte ihr Blick auf ihrer geliebten Tochter. Als die Familie damals von ihrer Krankheit Kenntnis bekam, war es zu spät für Magda, um sich gegen Kinder zu entscheiden, Susanne war zu dem Zeitpunkt bereits dreizehn Jahre alt. Ihre Eltern hatten sich große Sorgen gemacht und den Pakt geschlossen, gemeinsam den Vogel Strauß zu spielen und den Kopf in den Sand zu stecken, Susanne einfach nicht testen zu lassen, frei nach dem Motto: Wenn wir es nicht wissen, hat sie es auch nicht. Aber so einfach war das nicht, nicht für Susanne, nicht für Magda und auch nicht für Theodor. Ihr ganzes Leben warteten sie auf die ersten Anzeichen. Und diese ließen wahrlich nicht lange auf sich warten. Schon mit zweiundzwanzig fingen die ersten Beschwerden an. Zu der Zeit lebte Susannes Mutter noch, weshalb Susanne versuchte, die Symptome zu überspielen, so wie das Betroffene eben tun. Susanne ist sich heute sicher, dass ihre Mutter Bescheid wusste. Sie trug immer dieses Gespür in sich, den sechsten Sinn, wenn man es so nennen mochte. Egal, welcher schlechte Gedanke oder welches Wehwehchen Susanne bekümmerte, ihre Mutter sah ihr jedes Vorkommnis sofort an der Nasenspitze an. Sie konnte ihrer Mutter nie etwas vormachen. Der erste Kuss, das erste Mal, die Sechs in Mathe, der erste Liebeskummer. Nichts, aber auch gar nichts blieb ihrem wachsamen Auge verborgen. So auch nicht das erste leichte Zittern der Hände, wenn Susanne ihre Mutter fütterte, sie bettete oder ihr liebes Gesicht streichelte.

Die Tür geht auf. Eine Ärztin betritt zusammen mit der Krankenschwester das Zimmer.

»Ich bin Frau Doktor Meißner, ich werde Ihnen jetzt den Tubus ziehen. Einverstanden?«

Susanne nickt. Sie ist sogar mehr als einverstanden. Die Ärztin nestelt an dem Schlauch, dreht irgendetwas und saugt sie ab.

»Wenn ich *jetzt* sage, dann husten Sie bitte, okay?« Susanne nickt ein weiteres Mal. *Kann die sich nicht beeilen?* Susannes altbekannte Ungeduld meldet sich zu Wort und zerrt an ihren Nerven.

»Jetzt!«, ruft die Ärztin, und Susanne fängt wie wild an zu husten. Drei Sekunden später ist sie frei, kann selbstständig atmen. Ihr Hals schmerzt wie nach einer Erkältung, aber sonst ist sie froh, es überstanden zu haben.

Als hättest du irgendwas überstanden, kläfft ihr Unterbewusstsein. *Schnauze!*, will sie brüllen.

»Wie geht es Ihnen denn?«, fragt die Ärztin, die ihr den Mund abtupft und ihr liebevoll die Hand streichelt, die schon wieder ein Eigenleben führt und ständig zuckt. Die Hand der Ärztin fühlt sich warm und weich an, Mitgefühl durchströmt sie. Sosehr sie es sich wünscht, sich auf Mitgefühl einzulassen, sich einfach mal anzulehnen, umso mehr wehrt sich ihr Unterbewusstsein gegen diese menschliche Schwäche. *Mitgefühl ist scheiße. Keiner kann dir helfen. Du bist allein. ALLEIN.* Susanne zieht schroff den Arm weg.

»Danke, gut«, lügt sie.

Die Ärztin übergeht Susannes Ruppigkeit und schaut weiter ganz rührselig auf sie herunter.

»Sie haben sicher Schmerzen im Brustkorb. Der Notarzt hat Ihnen bei der Reanimation zwei Rippen gebrochen. Das ist zwar bedauerlich, aber das war notwendig, damit Sie überleben.«

So so! Notwendig. Hätten sie sie doch nur sterben lassen, dann hätte sie es jetzt hinter sich gehabt.

»Schon gut«, sagt Susanne und nickt. »Ist ja kein Beinbruch.« Sie versucht ein gequältes Lächeln.

»Ruhen Sie sich eine Weile aus. Ich schaue später noch mal nach Ihnen, okay?« Die Ärztin und die Krankenschwester verlassen das Zimmer.

Susanne dreht den Kopf zur Seite und schaut zur kahlen weißen Wand. Sie hasst Krankenhäuser, sie hasst Ärzte, und sie hasst Krankenschwestern. Sie kennt die sterilen Zimmer noch von früher, damals hatte ihre Mutter in genauso einem Bett gelegen, damals, als es zu Ende ging mit ihr.

Hör auf, so eine depressive Scheiße zu denken! Du wirst bald bei ihr sein. Du bist bald bei deiner Mutter, und zwar, weil du es willst, nicht weil die Scheißkrankheit gesiegt hat. Du kannst selbst bestimmen, wann du gehst, so hat es dir der Arzt in der Schweiz erklärt. Du rührst dir das Natrium-Pentobarbital an, trinkst den teuersten Rotwein hinterher, vögelst vorher noch 'ne Runde mit deinem Mann und wachst hinterher einfach nicht mehr auf. Ein schöner Gedanke, wie Susanne findet. Sie will endlich Frieden finden. Sie hat sich schon so viel abgenötigt. Und Martin und Jacob würden auch endlich ihren Frieden finden. Die Frage ist nur, wer der Mann ist, der in der letzten Nacht an ihrer Seite schläft.

Es klopft, und die Tür geht auf. Wie als Antwort auf ihre sich eben selbst gestellte Frage streckt Jacob den Kopf zur Tür herein und lächelt sein Jacob-Lächeln. Susanne lächelt ihr Susanne-Lächeln, jenes, das vorgibt, dass alles in Ordnung ist, weil sie ja eigentlich gesund ist. Susanne schlussfolgert, dass, wenn Jacob da ist, Martin ihn informiert hat. Das heißt, dass die beiden Männer sich aller Wahrscheinlichkeit nach kennengelernt haben. Susanne ist das egal. Nach ihr die Sintflut. Sollen sie sich doch um sie kloppen. Einmal einen Stierkampf um sie, um die Todgeweihte. Wieso nicht? Sie ist sogar ein bisschen sauer auf Martin. Hätte er sie doch einfach sterben lassen. *Ruft der allen Ernstes den Notarzt, wo sie das Drama doch schon so gut wie hinter sich hatte. Dieser Idiot.*

»Du machst vielleicht Sachen.« Jacob beugt sich zu ihr herunter und küsst sie zärtlich auf den Mund.

»Hallo, Jacob.« Sie lächelt. Beide schweigen für einen Moment und schauen sich tief in die Augen. Wie immer verstehen sie sich im Grunde genommen blind.

Seine Augen fragen: Kann ich dich jetzt endlich mit nach Hause nehmen, dahin, wo du hingehörst?

Und ihre Augen antworten: Ich dachte, du fragst nie.

»Weißt du schon, wann du hier raus kannst?« Jacob zieht sich einen Stuhl ans Bett und greift nach ihrer schmalen Hand.

»So schnell wie möglich. Du musst das Frau Doktor Scheißner klarmachen, dass ich so schnell wie möglich nach Berlin will. Versprich es mir!« Susannes Worte kommen abgehackt, das bedeutet, dass es ihr besonders ernst ist. Wenn sie aufgeregt ist, verschlimmern sich Susannes Symptome meist.

Jacob nickt und lächelt über ihren kleinen Scheißner-Scherz. Er weiß, dass sie ihn aufmuntern will. Und sie will ihm vorheucheln, dass alles in Ordnung ist.

»Soll ich dem Anwalt Bescheid geben?«

»Nein, wehe. Mein Vater würde hier alles auf den Kopf stellen. Du weißt doch, wie er ist. Sag ihm bloß nichts.«

Wie zur Bestätigung nickt Jacob.

»Und was machen wir mit dem Typen, der da unten auf dich wartet? Soll ich ihn nach oben bitten? Immerhin hat er dir das Leben gerettet.«

Susanne zuckt kaum merklich mit den Schultern. Welche Konsequenz hätte es, wenn Martin jetzt nach Hause fahren würde? Will sie sich eigentlich wirklich den Kopf darüber zerbrechen? Er wird zu seiner Frau zurückgehen, zu Beate, der Frau mit den Turnschuhen, und dann werden sie wieder lernen zu lachen und glücklich miteinander zu sein. Sie wusste doch schon lange, dass irgendwann der Moment kommen würde. Lieber ein Ende mit Schrecken als ein Schrecken ohne Ende. Geht der Spruch nicht so?

»Sei so gut und schick ihn mir her, ja? Ich will ihm Auf Wiedersehen sagen. Okay?«

Und noch während Susanne den Wunsch äußert, weiß sie, dass das kein Zuckerschlecken wird. Jacob blickt dankbar auf sie herab. Ein Anflug von Sieg funkelt in seinen Augen. Das ist so typisch für Jacob, denkt Susanne, er lebt nur für den Augenblick. Er glaubt, dass er jetzt gewonnen hat, obwohl der Krieg längst verloren ist. Ihr ist das alles egal. Dieses Ereignis hier hat ihr gezeigt, dass es keine Rolle mehr spielt, wer ihr die Hand hält. Weil die Hand sterben wird. Aber eins ist sicher: Eine Susanne Müller tritt ab, bevor ihre Welt von allein aufhört, sich zu drehen. Keiner weiß, wie lange sie noch Herr ihrer Sinne ist. So oft schon hat sie in letzter Zeit Sachen vergessen, konnte sich nicht mehr erinnern an Termine oder Absprachen, die sie selbst getroffen hatte. Ihr Hirn glich inzwischen einem verdammten Sieb. Jacob und auch Martin hatten ihr keinen Vorwurf aus dieser Schwäche gemacht, aber sie selbst hat sich jedes Mal heftig über ihre Unfähigkeit geärgert. Susanne findet, es ist an der Zeit.

Jacob steht auf.

»Ich schick ihn dir hoch, okay?«

»Danke.« Susanne schaut Jacob hinterher. Die Tür schließt sich hinter ihm und lässt sie allein mit einer diffusen Angst. Sie holt tief Luft, wappnet sich gegen den Widerstand, der unter Garantie gleich auf sie niederprasseln wird. Ihr ist, als würde ihr eigenes Blut plötzlich langsamer durch ihren Körper fließen. Sie spürt das »Aufgeben« beinahe körperlich. Wenn sie Martin jetzt wegschickt, dann war's das.

Kapitel 13
Was will Beate Schulze?

Ich sitze im Bus. Noch drei Stationen, bis ich aussteigen muss, bis ich zurück bin von meinem Ausflug, der ganz anders verlief, als ich es mir je hätte erträumen lassen. Ich schließe die Augen und erlaube mir für einen Moment, an letzte Nacht zu denken. An Jacobs Hände auf meinem Körper, an das Feuer, das er in mir entfacht hat. Daran, wie es sich angefühlt hat, das erste Mal in fremden Armen, an fremder Haut, unter einem fremden Körper. Es war ein gutes, ein berauschendes Gefühl, und doch war es gar nicht so fremd, wie ich vermutet hätte. Es war tatsächlich so gut, dass ich es auf der Stelle wiederholen würde. Ich spüre, wie mir ein Lächeln übers Gesicht huscht. Eine ältere Dame sitzt mir gegenüber, beobachtet mich verstohlen, und ich bilde mir ein, dass sie imstande ist, meine Gedanken zu lesen. Ich fühle mich ein bisschen ertappt, setze einen reservierten Blick auf und spähe aus dem Fenster, in dem sich mein Gesicht undeutlich widerspiegelt. Ich versuche, in meine Augen zu schauen. Alles, was ich sehe, sieht noch genauso aus wie gestern, wie immer. Und plötzlich, mitten in meine Gedanken stiehlt sich die Erinnerung an das störende Klingeln von Jacobs Handy, das unserem Beisammensein ein so überstürztes Ende abverlangte. Und sofort schiebt sich Jacobs gequältes Gesicht vor mein inneres Auge, als er mich beglückwünschte zu meinem

Gewinn, dem Gewinn, aus dieser ganzen Scheiße als Sieger hervorzugehen. Ich spüre, wie sich meine Augenbrauen zusammenschieben. Wie waren noch die genauen Worte? Ich kräusele die Stirn und versuche, mich an den exakten Wortlaut zu erinnern. »*Du wirst als Sieger aus dieser ganzen hässlichen Scheiße hervorgehen. Susanne wird sterben. Vielleicht nicht heute, vielleicht nicht morgen, aber mit absoluter Gewissheit wird sie in absehbarer Zeit sterben. Wenn ich nicht irre, löst sich dein Problem damit in Wohlgefallen auf, und alle leben glücklich bis an ihr Lebensende. Außer Susanne, die nicht.*«

Seine Worte fühlten sich im ersten Moment an wie eine Ohrfeige. Und jetzt, im Nachhinein, überlege ich, was mir Jacob eigentlich mitteilen wollte. War das etwa ein versteckter Vorwurf? Es hörte sich beinahe so an, als hätte ich Schuld an Susannes Krankheit – oder besser gesagt an meiner Gesundheit. Vielleicht ist meine Interpretation seiner Worte aber auch kompletter Blödsinn. Wer weiß das schon? In Jacobs Mimik lagen so viel Angst und eigene Kränkung, dass ich mich strikt weigere, seine Worte auf mich zu münzen. Es war wohl auch für Jacob alles ein bisschen viel in letzter Zeit. Ich kenne ihn ja nicht wirklich, und ich konnte in der Kürze der Zeit leider nicht ergründen, ob er noch sehr tiefe Gefühle für seine Frau hegt.

Fakt ist aber: Jacob hat einen Anruf erhalten und ist sofort aufgesprungen. Wie ein beschissener Junkie auf Turkey. Und der Name der Droge lautete auch in diesem speziellen Fall wieder Susanne. Die Droge, die schon meinen Mann mit sich genommen und hörig gemacht hat. Der Bus hält, und im letzten Moment wird mir bewusst, dass dies meine Station ist. Ich springe aus dem Bus. Ich befinde mich nur noch wenige Meter von meinem Wohnblock entfernt, schaue mich um und stelle fest, dass sich seit gestern nichts verändert hat. Alles ist gleich geblieben. Die Bäume sind noch genauso grün wie gestern. Die Rasenflächen sehen aus wie mit der Nagelschere geschnitten, und das Schild für den Behindertenparkplatz steht in Schieflage. Es wurde vor circa drei Monaten angefahren und ist seitdem unverändert schräg. Alles ist gleich geblieben. Alles, außer mir. Ich habe mich verändert. Ich habe etwas für mich Untypisches getan. Und auch wenn ich noch genauso aussehe wie gestern, empfinde ich ein neues Gefühl. Es ist stark und droht über mir zusammenzuschlagen wie eine riesengroße Welle. Das Gefühl ist wütend und auflehnend zugleich. Wieder denke ich an Susanne. *Was hat diese Kuh eigentlich, was ich nicht habe?* Und ganz plötzlich ist da diese wirklich traurige Erkenntnis.

SIE – WIRD – STERBEN. Das sind die drei Wörter, die sich mir aufdrängen, die mir unter die Haut gehen und mir meine Frage allumfassend beantworten. Vielleicht richtet man ja ein besonderes Augenmerk auf Menschen, die dem Tod geweiht sind. Vielleicht geht von solchen Menschen ja eine Art Mystik aus, der man sich schwer widersetzen kann. Susanne sieht obendrein, also zusätzlich zu ihrer beschissenen Mystik, umwerfend gut aus. Sie ist schon ohne ihre mystische Aura ein Wesen, das man gern ansieht, das muss ich ihr mit viel Neid zugestehen. Es kotzt mich an, dass das so ist, aber ihre Schönheit ist leider ein unumstößlicher Tatbestand. Ich kann mir gut vorstellen, dass Martin die Hose zu eng wird, wenn er sich Susanne gegenübersieht. Die Problematik ist nur, dass ich weiß, dass Martin nicht mit dem Schwanz denkt. Er ist einfach nicht der Typ Mann, der einer Frau nachjagt, nur weil sie gut aussieht. Da muss noch mehr sein, noch etwas anderes, etwas, was Martin vor Erstaunen innehalten lässt. Und was es auch ist, es hat nichts mit mir zu tun.

Ich stehe vor unserem Wohnblock. Ich suche nach den Schlüsseln und bin froh über diese klitzekleine Ablenkung.

Ich habe keine Kraft mehr, über Susanne oder Martin oder Jacob nachzudenken. Ich habe es so satt, dass sie so allgegenwärtig sind, und ich frage mich, ob eine der drei Personen auch mal über mich nachdenkt, darüber, was ich gerade durchmache. Und ich komme zu dem Schluss, dass das wahrscheinlich niemand tut. Wieso auch? Ich bin nur Beate. Die betrogene Frau von jemandem. Ich finde es selbst traurig, dass ich so denke. Aber so ist es nun mal. Ich muss endlich anfangen, mich selbst wieder wichtig zu nehmen. Ich muss raus aus dieser Abhängigkeit. Endlich finde ich meinen Schlüssel und stecke ihn ins Schloss. Ich leere den Briefkasten. Das meiste davon ist Werbung, die ich sofort wegschmeiße. Ich laufe die Treppen hinauf in die zweite Etage und schließe die Wohnung auf. Ich gehe hinein und lehne mich von innen gegen die Tür. Ich atme tief durch und versuche, endlich nur mal an mich zu denken. Und sofort schiebt sich wieder Susanne vor mein geistiges Auge. Sosehr ich mich bemühe, sie wegzuschieben, umso mehr drängt sie sich in den Vordergrund. Ich sehe ihr Gesicht vor mir, das langsam verfällt. Sie wird also sterben. Und sie wird zwei Männer zurücklassen, die ihr zu Füßen liegen. Welche Rolle spiele ich dabei? Ich fühle mich ein bisschen wie die zweite Wahl, wie die B-Ware, wie der Ausschuss. Ich frage mich, wie das Treffen zwischen Martin und Jacob wohl abgelaufen ist. Haben sie miteinander geredet? Haben sie sich gegenseitig von Susanne vorgeschwärmt, oder sind sie, jeder mit seiner eigenen Verlustangst beschäftigt, aneinander vorbeigegangen und haben sich gegenseitig keine Beachtung geschenkt? Sosehr ich auch überlege, ich bin mir nicht sicher, wie Martin reagiert hat. Und auch Jacobs Verhalten kann ich überhaupt nicht einschätzen. Warum kann ich nicht einfach aufhören, mir über die anderen den Kopf zu zerbrechen?

Ich setze mich in meinen Ohrensessel und zwinge mich, tief durchzuatmen.

»Jetzt denk doch mal nur an dich!«, sage ich laut. »Was willst du denn eigentlich? Was will Beate Schulze?« Ich finde mich selbst albern, wie ich so laut meine Frage formuliere, aber so albern ich mich finde, so ungeduldig warte ich auf irgendeine Eingebung. Auf die Antwort auf diese eine Frage.

Was will ich? Mein Verstand meldet sich zuerst zu Wort. *Die Frage ist nicht, was du willst, sondern was du bereit bist auszuhalten. Viel hältst du ja nicht aus, sonst hättest du ja schon vor einem Jahr die Füße in die Hand genommen*, spöttelt es in mir.

Und dann ist da plötzlich eine Gegenstimme. *Was sollst du denn nicht aushalten können, was du nicht längst schon ausgehalten hast? Martin betrügt dich seit über einem Jahr, und du weißt es und bist trotzdem noch am Leben. Überraschung!* Ich lächle. *Stimmt, am Leben bin ich noch. Aber ist das Leben schön, an dem ich bin? Blöde Frage! Natürlich nicht. Weil es gar nicht mehr das ist, wofür du dich entschieden hast. Du musst anfangen, dein Leben selbst in die Hand zu nehmen. Oder willst du warten, bis dir irgendeine Entscheidung abgenommen wird, bloß weil jemand stirbt? Willst du die ganze Zeit warten und dann irgendwann mit offenen Armen in der Tür stehen? Willst du Martin einfach zurücknehmen und so tun, als wäre nichts gewesen? Ist es das, was du willst?* Ich zucke mit den Schultern. Ich weiß es nicht.

Die kämpferische Stimme in mir bäumt sich auf.

Verpass ihm doch endlich mal einen Denkzettel! Guck doch mal, wie es sich ohne Martin anfühlt. Du hast es doch noch nie versucht. Die zwei Wochen Ostsee waren ja wohl ein Witz. Der wusste genau, wo du dich aufhältst. Du hast ihm ja praktisch in die Hände gespielt. Dein kleiner Ausflug damals kam ihm doch noch zupass. Jetzt werde endlich wach und fang doch mal an, dich zu wehren. Es geht hier nicht um Susanne oder ihren Tod. Es geht darum, was du willst, verdammt!«

Mein Atem geht hektisch, und ich lasse meinen Blick durchs Wohnzimmer schweifen. Wenn ich ehrlich bin, sieht hier alles ziemlich abgewetzt aus. Im Vergleich zu der Wohnung, aus der ich gerade komme, ist es hier sehr verwohnt. Bis heute fand ich den Stil unserer Wohnung charmant, weil das alles Möbel und Gegenstände waren, die zu unserem Leben dazugehörten. Jetzt im Moment will ich nur noch aus diesem alten, eingefahrenen und verlogenen Leben ausbrechen. Weg von hier. Ich werde gehen. Ich werde nicht mehr darauf warten, dass mein Mann nach Hause findet, um dann wieder wegzugehen. Ich werde gehen. Wie zur Bekräftigung nicke ich. Ich werde ausziehen. Und ich werde Martin nicht sagen, wo ich bin. Ich werde jetzt erst mal anfangen, mein Leben und meine Gefühlswelt neu zu ordnen. Ich muss aufhören, Martins und Susannes Leben zu leben. Ich bin ich. Ich bin Beate Schulze. Wie zur Bestätigung setze ich mich kerzengerade hin. Ich überlege. Wie stelle ich es am besten an? Mich erfasst plötzlich ein unbändiger Tatendrang. Ich werde ausziehen, ja, ich werde ausziehen. Martin kann die Wohnung von mir aus behalten. Bis auf meine Klamotten kann er alles behalten. Ich will nichts davon haben, nichts, was mich an uns erinnert. Ich brauche neue Sachen, vielleicht sogar glänzende Sachen. Ich will endlich auch wieder ein lebenswertes und vor allem ein erfülltes Leben haben. Und wenn das nur ohne Martin geht, dann soll es eben so sein. Ich stehe auf und gehe hinüber ins Arbeitszimmer. Ich fahre meinen Laptop hoch und erinnere mich an eine Flasche Champagner, die mir mein Chef vor etwa einem halben Jahr geschenkt hat. Eigentlich hatte ich sie für »gut« aufgehoben. Sie steht im Kühlschrank, und ich würde sagen, dass heute »gut« genug ist. Ich lasse den Korken knallen und gieße mir ein Glas voll. Der Laptop ist hochgefahren, und ich google nach Mietwohnungen. Ich sondiere die Rubriken und überlege, wie viele Zimmer meine neue Wohnung haben soll. Zwei werden genügen. Zwei Zimmer, Küche, Bad und vielleicht ein Balkon. Wenn möglich in der Nähe der Klinik. Ich hasse überflüssige Wege. Ich enge den Radius ein, und auf Anhieb werden mir über zwanzig Wohnungen angezeigt. Die meisten davon sind frei und sofort bezugsfertig. Ein lange unbekanntes Gefühl macht sich breit in meinem Inneren. Ich bin aufgeregt, freudig aufgeregt. Übermütig drucke ich mir vier Wohnungsexposés aus und trinke das Glas Champagner auf ex. Ich weiß nicht, woher die Euphorie auf einmal kommt. Vielleicht freue ich mich ein bisschen, weil ich mir natürlich darüber im Klaren bin, dass Martin früher oder später wieder angekrochen kommt. Weil ich die Gewissheit habe, dass irgendwann doch wieder alles gut werden kann, nämlich dann, wenn ich, Beate, es zulasse. Nicht, wenn Martin es will. Ich weiß aber auch, dass das jetzt im Moment keine Rolle spielt. Ich bin sogar so guter Laune, dass ich den innigen Wunsch verspüre, mich endlich meiner besten Freundin anzuvertrauen. Mir alles von der Seele zu reden. Ich bin bereit, Kritik einzustecken, und ich bin sogar ein bisschen bereit für Mitleid. Ich wähle Claudias Nummer und höre ein Freizeichen. Sie nimmt ab.

»Ich werde Martin verlassen«, verkünde ich und bin gespannt darauf, was meine Freundin sagen wird.

»Das wird aber auch Zeit«, antwortet sie, und ich nicke, obwohl ich weiß, dass sie es nicht sieht.

»Wann kann ich dir beim Umzug helfen?«, fragt Claudia.

»Ich habe noch gar keine Wohnung.« Ich lache. »Aber ich halte vier Exposés in meiner Hand. Hast du Lust auf ein paar

Wohnungsbesichtigungen mit deiner guten alten Freundin Beate?«

»Klar, jederzeit.«

Wir verabreden uns für den Nachmittag, und ich nehme mir vor, nach meinem Telefonat mit Claudia, umgehend mit den verschiedenen Eigentümern Besichtigungstermine zu vereinbaren. Wie schnell doch alles geht, wenn man erst mal einen Entschluss gefasst hat, denke ich bei mir. Ich erzähle Claudia das Gröbste in Kurzfassung und verspreche meiner Freundin für den Nachmittag die erschütternden Einzelheiten.

»Pack das Nötigste zusammen«, fordert sie mich auf. »Und bis du umziehst, wohnst du bei mir«, bietet sie dann an.

Ich lache laut. »Das geht doch nicht«, erwidere ich und freunde mich komischerweise sofort mit dem Gedanken an. Wieso nicht? Falls Martin nach Hause käme, wäre ich längst über alle Berge. Und da ich mich sowieso mit dem Gedanken trage, Martin das Mobiliar zu überlassen, spielt es keine Geige. Martin und ich sind seit Jahren finanziell voneinander unabhängig, weshalb prinzipiell jeder tun und lassen kann, was er will. Während ich mich über diesen glücklichen Umstand freue, wird mir noch etwas klar, nämlich dass ich nicht aus Rache agiere, sondern nur aus dem tiefen Wunsch heraus, meinen inneren Frieden zu finden. Es geht endlich mal nur um mich, um Beate Schulze.

Kapitel 14

»Es gibt zwei Arten von Abschied: Den einen erlebt man, den andern erleidet man.«

(Verfasser unbekannt)

Martin geht am Tresen der Notaufnahme vorbei. Zum ersten Mal, seitdem er hier ist, sitzt Schwester Michaela nicht wie festgenagelt an ihrem angestammten Platz, sodass er direkt zu den Fahrstühlen durchmarschieren kann, ohne sich bittstellend vor ihr auf die Knie werfen zu müssen. Susannes Mann hat Martin grünes Licht gegeben, ihm kurz und knapp verkündet, dass Susanne ihn nun erwarte. In Martin rumort es, seine Eingeweide sind ebenso in Aufruhr wie sein Herz. Susanne scheint es gut zu gehen. Und was Susannes Ehemann betrifft … Jacobs Miene nach zu urteilen, ist dieser zwar nicht sehr angetan von der gegenwärtigen Situation, aber auch er scheint nur Interesse daran zu haben, dass es seiner Frau gut geht. Das Hauptaugenmerk liegt jetzt auf Susannes Wohlergehen und darauf, was sie möchte.

Was wohl als Nächstes passiert? Ob er Susanne gleich wieder mitnehmen kann? Ob Susanne ihren Ehemann wegschicken wird? Jetzt, wo klar ist, dass Martin sich um sie kümmern wird. Und wird sich ihr Ehemann so einfach geschlagen geben? *Entspann dich! Wird schon,* spricht er sich selbst Mut zu, *Susanne wird schon die richtige Entscheidung treffen. Sie liebt dich.* Irgendwie fühlt sich Martin im Augenblick so, als würde sein ganzes Leben und Handeln an einem einzigen seidenen Faden hängen. Er wischt seine klammen

Finger an den Jeans ab, strafft nervös die Schultern wie vor einem Boxkampf, wappnet sich innerlich und macht sich auf alles gefasst. Er drückt im Fahrstuhl den runden Knopf mit der »Eins«, und die Türen schließen sich. Wenn Susanne ihn bittet dazubleiben, ist er bereit. Aber was, wenn sie ihn bittet zu gehen? Er wird trotzdem bleiben. Basta! Der Fahrstuhl hält in der ersten Etage. Martin steigt aus und biegt nach links. Er macht halt vor einer verschlossenen Tür, an der er klingelt und wartet. Sein Herz schlägt ihm bis zum Hals, und er atmet tief durch, um seine Anspannung zu lockern. *Was ist, verdammt noch mal, wenn Susanne ihn wegschickt? Das wird sie nicht tun.* Er hatte es gestern Abend ja klargestellt. Er wird bei ihr bleiben bis zum Schluss. So ist die Abmachung. Eine Frau im weißen Kittel öffnet die Tür. Ihre Miene ist starr, verrät nichts.

»Sie wünschen?«, fragt sie.

Martin räuspert sich. »Martin Schulze mein Name. Ich möchte zu Susanne Müller, ich werde erwartet.«

»Ach ja, Herr Schulze, dann kommen Sie mal rein und folgen mir bitte.« Die Schwester geht vor, und Martin läuft hinter ihr her. Sie überqueren einen kurzen Flur. Dann klopft sie an eine Tür und späht hinein.

»Besuch für Sie, Frau Müller«, flötet sie ins Zimmer. Und jetzt, endlich, vernimmt Martin Susannes Stimme.

»Worauf warten Sie dann noch?«, hört er sie ungeduldig schimpfen.

Martin lächelt. Das ist seine Susanne, wie sie leibt und lebt. Er vernimmt ihre Worte und hört sofort die Rastlosigkeit in ihrer Stimme. Und auch Martin kann es kaum erwarten. Er stiehlt sich an der Schwester vorbei und eilt ins Zimmer.

Susanne liegt in einem riesengroßen Bett, über dem vier Monitore hängen. Jeder zeigt etwas anderes an. Martin beugt sich zu ihr herunter und küsst ihr blasses Gesicht.

»Tu das nie wieder«, fleht er leise, setzt sich zu ihr auf die Bettkante und umklammert ihre zarten Hände. Er registriert, dass auf ihrem linken Handrücken ein venöser Zugang liegt, an dem eine Infusion hängt.

»Ich hab gedacht, dass du …« Martin beendet den Satz nicht, da ihm die Stimme versagt. Er schaut in Susannes Gesicht und versucht zu lächeln. Es missglückt, vielmehr drückt Martins Miene unendlich viel Schmerz aus.

»Schön, dass du hier bist«, flüstert sie und senkt den Blick auf ihre verschränkten Hände. Martin sieht ihr die Strapazen der letzten Stunden an, wobei er sich jetzt im Moment fragt, ob das nicht sogar die Strapazen der letzten Monate sind, die ihr Gesicht so hart zeichnen. Er weiß, dass Susannes Leben anstrengend und mühevoll geworden ist. Verrichtungen jedweder Art sind beschwerlich für sie. Aber nicht nur das, auch das Essen, das Sprechen, das Laufen, all das, was so selbstverständlich für jedermann ist, stellt für Susanne inzwischen eine enorme Herausforderung dar. Eine Herausforderung, der sie bis jetzt stur die Stirn geboten hat und die inzwischen entsetzlich an ihren Kräften zehrt.

»Wie geht es dir?« Er schämt sich dafür, dass ihm nichts Besseres einfällt. Ihm ist seine Unbeholfenheit und Verlegenheitsoberflächlichkeit beinahe peinlich.

Susanne schweigt, schaut ihn nur an mit ihren müden haselnussbraunen Augen, in denen er sich verlieren möchte.

»Komm mal her.« Sie rutscht ein Stückchen beiseite und macht Platz für ihn, damit er sich zu ihr ins Bett legen kann. Martin zögert keine Sekunde, legt sich zu ihr und nimmt sie vorsichtig in den Arm. Susanne bettet den Kopf auf seine Brust und deckt ihn ein wenig mit ihrer Decke zu. Der Schmerz in ihren Rippen bringt sie beinahe um den Verstand, dennoch versucht sie, sich all dies nicht anmerken zu lassen. Es ist ja nicht mehr für lange, tröstet sie sich. Bald hat sie es hinter sich. Sie atmen beide im gleichen Rhythmus, und Martin merkt nach nur kurzer Zeit, dass er schneller atmen muss als Susanne, damit er genügend Sauerstoff bekommt. Sie kommen aus dem Takt. *Genau wie im richtigen Leben*, denkt Martin bei sich.

»Ich hab mit dir zu reden«, flüstert Susanne, während sie an der Kordel seines Sweatshirts nestelt.

Martins Herz schlägt schneller, und Angst kriecht in ihm hoch. Energisch schüttelt er den Kopf. »Nein, du hast nicht mit mir zu reden. Alles ist klar. Wenn es dir besser geht, fahren wir nach Hause, du und ich.«

Susanne schnaubt. »Du kleiner Kindskopf. Wir haben doch gar kein Zuhause.« Trotz der tiefen Sorgenfalten wirkt Susanne belustigt.

Martin setzt sich auf. Er hält es nicht aus. Er spürt, dass sich ein Wandel vollzieht. Ein Wandel, den er nicht aushalten kann, zu dem er noch lange nicht bereit ist.

»Ich werde mich natürlich darum kümmern, dass wir ein gemeinsames Zuhause haben, eins für dich und mich, eins für uns. Du wirst jetzt hier in Ruhe gesund werden, und ich suche uns in Berlin eine hübsche Wohnung, die ich herrichte.«

Susanne läuft eine Träne über die Wange. »Ich werde gesund?« Sie lächelt gequält.

»Ja, du wirst gesund«, erwidert Martin. Er packt Susanne an den Schultern und schaut ihr fest in die Augen. »Du wirst dich doch nicht von einem so kleinen Zwischenfall hier beeindrucken lassen«, bagatellisiert er die Farce.

Susanne kneift die Augen zusammen. »Martin, bitte! Ich habe zwei gebrochene Rippen«, erinnert sie ihn an ihren Zustand.

»Oh, es tut mir leid«, entschuldigt er sich zerknirscht und lässt sofort von ihr ab. »Aber ich lass es nicht zu, dass du uns aufgibst. Dass du dich aufgibst. Wir werden kämpfen bis zum Schluss. Hast du verstanden? Das haben wir doch so ausgemacht. Du kannst jetzt nicht einfach aufgeben. Jetzt, wo ich mir so sicher bin mit uns.« Martin hält seinen Zeigefinger mahnend vor Susannes Gesicht. Jetzt scheint es beinahe so, als würde ein Vater seinem Kind eine Standpauke halten, ihm erklären, wie der Hase hier so läuft.

Susanne setzt sich mühsam auf und bringt etwas Abstand zwischen sich und Martin.

»Hör zu, Martin. Und bitte hör genau zu. Mich strengt das Sprechen nämlich mächtig an, und ich will mich nicht wiederholen müssen, okay?«

Martin dreht ihr den Rücken zu. »Ich hör dir nur zu, wenn das, was du sagst, einen Sinn ergibt. Ich will keinen beschissenen Quatsch mehr von dir hören.« Während er das sagt, bricht seine Stimme. Weil er ahnt, was Susanne gleich kontern wird. Er ahnt, dass sie Abschied nehmen will. Einen Abschied, zu dem er noch lange nicht bereit ist. Im Fahrstuhl noch dachte er, er könne sich gegen alles wappnen, aber das hier zieht ihm sprichwörtlich die Schuhe aus. Susanne gibt auf. Und die wirkliche Dramatik an der Geschichte ist, dass er sie versteht. Er hat sie die ganze Zeit verstanden. Er kann es mehr als nachvollziehen, dass sie des Kämpfens müde ist. Wie viele Nächte hat er an ihrer Seite gelegen, in denen sie sich hin und her gewälzt hat, nicht in den Schlaf gefunden hat vor Sorge und vor Angst? Wie viele Nächte haben sie wach nebeneinandergelegen und über ihre Ängste geredet, darüber, was »danach« kommt? Und immer endeten ihre Gespräche mit einer unumstößlichen Tatsache, nämlich der, dass Susanne, wenn es Zeit wird, allein gehen muss. Niemand geht mit ihr. Sie vertraute ihm an, dass ihr einziger Trost, den sie empfindet, der sei, dass sie ganz fest darauf baut, endlich wieder ihre Mutter in die Arme schließen zu können. Das ist ihr innigster Wunsch und das, woran sie sich klammert.

»Du weißt, wie sehr ich dich liebe, oder?«

Martin nickt, während ihm eine Träne die Wange herunterläuft. Er will nicht weinen. Er ist schließlich ein Mann, und doch überkommen ihn all diese Gefühle mit einer Wucht, der er kaum Herr wird. Er schiebt eine Hand nach hinten, und Susanne greift nach ihr und hält sie mit beiden Händen fest umschlossen.

»Und du weißt auch, dass es mein größter Wunsch war, dass wir diesen Weg gemeinsam bis zum Schluss bestreiten, richtig?«

Martin nickt wieder und flüstert: »Bitte, Susanne, sag jetzt nicht ›aber‹, tu mir das nicht an.«

»Aber«, haucht Susanne, »heute muss ich mit Jacob nach Hause fahren. Ich kann nicht mehr. Es wird Zeit, verstehst du?«

Martin schluchzt laut auf. Er presst sich seine freie Hand fest vor den Mund, um nicht laut aufzuschreien vor Schmerz. Er kennt Susanne. Er weiß, was sie vorhat. Susanne hatte ihm erzählt, dass sie in der Schweiz war und warum sie dort war.

»Sei vernünftig, Susanne, es ist noch lange nicht so weit. Das war doch nur ein Ausrutscher. Wir werden deine Nahrung einfach umstellen, sie flüssiger machen, damit das nicht mehr passiert.« Martin klammert sich an einen Strohhalm.

»Martin, bitte. Ich verschlucke mich auch an Getränken. Liebster, ich flehe dich an, mach es mir nicht noch schwerer, als es sowieso schon ist. Ich habe von Anfang an mit offenen Karten gespielt. Jetzt musst du mir helfen, indem du stark bist, und mich gehen lassen. Meine Gliedmaßen machen, was sie wollen, mein Gehirn ist löchrig, und ich stecke in einer so schweren Depression, dass ich nicht mal mehr ein klitzekleines Licht am Ende des Tunnels sehe. Du weißt doch, wie es um mich steht.«

»Was soll ich denn ohne dich?« Er weint leise, während er versucht, sich zu beruhigen. In seiner Brust schlagen zwei Herzen. Das eine sympathisiert mit Susannes Entscheidung, versteht sie voll und ganz, und das andere brüllt und wehrt sich und schreit: Nein! Nein! Nein! Noch nicht!

»Martin, es macht keinen Unterschied. Ob heute oder morgen oder übermorgen. Lass nicht zu, dass ich noch mehr aushalten muss. Ich weiß, dass du stark sein musst. Aber ich bitte dich, versetz dich in meine Lage. Darum bitte ich dich.« Susanne streichelt Martins Rücken und hofft, dass er ihr bald entgegenkommt, weil auch sie am Rande der Verzweiflung ist. Wie gern würde sie das Ende noch hinauszögern, um noch länger bei Martin sein zu können.

Martin nickt. »Ich weiß, Susanne. Ich weiß doch, dass du recht hast.« Er dreht sich um, legt den Kopf in ihren Schoß und fängt haltlos an zu schluchzen. »Ich liebe dich doch so, Susanne. Ich habe noch nie in meinem Leben jemanden so sehr geliebt wie dich. Das weißt du doch, oder? Du bist das Beste, was mir je passiert ist. Ich kann dich doch nicht kampflos aufgeben.«

»Ich weiß«, bricht es aus Susanne heraus. Auch sie lässt ihren Tränen freien Lauf. Die Emotionen überrollen sie wie eine riesengroße Welle, die sie beide mitreißt, auf der beide für eine ganze Weile mitschwimmen. Susanne wusste, dass der Abschied hart wird, aber dass sie selbst kaum an sich halten kann, setzt ihr noch mehr zu. Sie hatte sich so sehr im Griff, und jetzt, wo es so weit ist, wo es Abschied nehmen heißt, überkommen sie all die Emotionen, die sie so weit von sich geschoben hatte.

»Ich weiß und du weißt, dass wir uns wiedersehen, irgendwann in einem anderen Leben, einem Leben ohne die Chorea…, in einem Leben ohne Krankheit und Tod.«

Martin weiß gar nichts mehr, und trotzdem nickt er. Er will es Susanne nicht noch schwerer machen, als es ohnehin schon ist. Er hat noch so viele Fragen, zum Beispiel die, warum sie nicht Jacob wegschickt anstatt ihn, aber er traut sich nicht, die Frage zu stellen aus Angst vor einer Antwort, die er nicht hören will. Hat sie am Ende für Jacob doch tiefere Gefühle als für ihn? Er versucht sich einzureden, dass es keine Rolle spielt, wer zum Schluss ihre Hand hält. Er ist dankbar dafür, dass sie ihm die Möglichkeit gibt, sich zu verabschieden, auch wenn es ihn beinahe um den Verstand bringt. Er hat in seinem ganzen Leben noch nie einen so großen Verlust erlitten und weiß nicht, wie er ihn ertragen soll, wie er mit dem Wissen weiterleben soll, dass er Susanne nie wiedersehen wird. Es ist ja keine Sache, die man für einen bestimmten Zeitraum aushalten muss und wonach dann alles wieder gut wird. Diese Angelegenheit endet mit einem solchen Verlust, der in Martins Augen nie wieder wettzumachen ist. Er ist endgültig und hinterlässt so viel Mutlosigkeit und Zerstörung, die er kaum zu ertragen glaubt.

Susannes Hände streichen durch Martins störrisches Haar. Sie umfasst zärtlich sein Gesicht und zieht ihn auf Augenhöhe. Sie schenkt ihm einen letzten Kuss. Er schmeckt salzig, weil sich ihrer beider Tränen darin vermischen. Er schmeckt nach Abschied und nach vielen Tränen, die noch geweint werden, bis sie irgendwann versiegen.

»Ich liebe dich, und jetzt bitte ich dich zu gehen, okay?«

Martin nimmt Susannes Kopf in die Hand und drückt ihn an seine Brust. Er will noch einmal das Gefühl haben, ihr ganz nah zu sein. Ihre Hände umschließen seinen Oberkörper und streicheln seinen Rücken. Ihre Lippen küssen seine Wangen, und mitten in der Umarmung lassen beide los. Martin atmet tief durch und schaut ihr ein letztes Mal in die Augen. »Mach's gut«, sagt er mit fester Stimme und: »Man sieht sich.« Susanne nickt ihm tapfer zu. Während Martin fluchtartig das Zimmer verlässt, sinkt Susanne in sich zusammen und schluchzt hemmungslos ihren ganzen Schmerz und ihre Wut in die sterilen Krankenhauskissen. Sie wusste, dass es schmerzvoll für alle werden würde, aber das, was sie jetzt in diesem Augenblick empfindet, ist die Hölle auf Erden. Sie beginnt, sich nach dem Himmel zu sehnen, nach dem Tod, der sie befreit von all diesem Schmerz und der entsetzlichen Angst.

Kapitel 15
»Wenn wir zu hoffen aufhören, kommt, was wir befürchten, bestimmt.«

Ernst Bloch, deutscher Philosoph

»Wir sollten uns auf die Grunderkrankung Ihrer Frau konzentrieren.« Frau Dr. Meißner schaut über den Rand ihrer Brille, direkt in Jacobs bestürztes Gesicht. *Woher weiß sie von Susannes Primärkrankheit?* Jacob runzelt die Stirn, holt tief Luft und atmet hörbar aus, ohne etwas zu erwidern.

»Sie fragen sich, woher ich von der Erkrankung Ihrer Frau weiß, richtig?«, erkundigt sich Frau Dr. Meißner selbstsicher, während sie sich lässig auf ihrem Stuhl zurücklehnt und ihre nylonbestrumpften, endlos langen Beine übereinanderschlägt.

Jacob nickt.

»Ich habe nicht umsonst sechs Jahre Medizin studiert. Beleidigen Sie nicht meine Intelligenz! Ihre Frau hat die Chorea. Und Ihnen dürfte auch nicht entgangen sein, dass sie sich in einem sehr fortgeschrittenen, wenn nicht sogar im Endstadium befindet, oder?«

Das »oder« nötigt Jacob ein weiteres Kopfnicken ab, wobei die offensichtliche Gefühlsarmut der Ärztin seine Nerven aufs Äußerste strapaziert.

»Haben Sie schon mal über eine ganzheitliche Betreuung nachgedacht?«, kippt die Ärztin weiter Öl ins Feuer.

Das Wort »Betreuung« bringt Jacob nun vollends aus der Fassung.

»Hören Sie, das Einzige, worum ich Sie bitte, ist, dass Sie die Entlassungspapiere fertigmachen. Meine Frau hat in Berlin eine Rundumbetreuung, nämlich mich. Ich werde sie heute mit nach Hause nehmen, egal, ob Ihnen das nun passt oder nicht.«

Frau Dr. Meisner schiebt ihren Oberkörper nach vorn, möchte ein studiertes Veto einlegen. Und jetzt wird es Jacob zu bunt. Die Lässigkeit dieser Person geht ihm derart gegen den Strich, dass ihm die Sicherung durchbrennt.

»Hören Sie mir gut zu«, sagt er gefährlich leise, »ich werde es nämlich nicht zweimal sagen. Sie sitzen hier in Ihrem gepolsterten Stuhl, und ihre alleinige Kernkompetenz erschöpft sich darin, mir zu erzählen, an welcher Krankheit meine Frau leidet? Haben Sie sich schon mal selbst beim Sprechen zugehört? Und haben Sie in Ihrem ganzen immatrikulierten Leben schon mal etwas von Empathie oder Anteilnahme gehört? Ist es in Ihren Kreisen so üblich, die Person, die man liebt, in irgendwelche pseudobetreuten Wohnheime zu stecken und freundlich abzuwarten, dass derjenige den Löffel abgibt? Haben Sie eigentlich schon mal wirklich einen Menschen im Endstadium der Chorea gesehen? Meine Frau befindet sich noch lange nicht in irgendeiner beschissenen Finalphase. Ist das klar?« Die letzten Worte schreit Jacob, darüber ist er sich im Klaren, dennoch braucht seine angestaute Wut jetzt ein Ventil, und er ist sich sicher, wenn das einer aushält, dann Frau Dr. Scheißner!

Die Ärztin springt auf.

»Was erlauben Sie sich? Ich wollte Ihnen doch nur aufzeigen, was …«

Jacob schießt ebenso hoch.

»Es ist mir egal, was Sie mir aufzeigen wollten«, unterbricht er sie grob. »Meine Frau wünscht die Entlassung, von mir aus gegen ärztlichen Rat. Sie machen die Papiere fertig und lassen den Zugang ziehen. Wir sind hier fertig.«

Wütend verlässt er das Zimmer und läuft direkt Martin in die Arme, der ihn tränenblind anrempelt. Begleitet von einem lauten Schluchzen schießt er an Jacob vorbei, ohne aufzuschauen. Martin rennt, eine Hand fest vor den Mund gepresst, zum Ausgang der Intensivstation, ohne irgendjemanden auch nur noch eines Blickes zu würdigen.

Jacob hält inne und überlegt. Sollte er jetzt sofort zu Susanne zurückkehren? Oder sollte er ihr Gelegenheit geben, sich zu sammeln? Auch er könnte jetzt einen Augenblick der Besinnung gebrauchen. So wie er sich gerade aufgeführt hat, kennt er sich selbst gar nicht. Jacob ist von Hause aus eher ein Gemütsmensch. Er kann sich selbst nicht erklären, weshalb er gerade so aus der Haut gefahren ist. Die Situation überfordert ihn anscheinend mehr, als er sich selbst gegenüber eingestehen will. Auch wird ihm sofort bewusst, dass er der Ärztin sicher unrecht getan hat. Sie macht schließlich auch nur ihren Job. Jacob läuft langsam den Flur der Intensivstation hinunter, er will Zeit schinden. An der Stirnseite des Flurs stößt er auf ein riesengroßes Panoramafenster, das bis zum Boden reicht. Er lehnt den Kopf dagegen und beobachtet von hier oben aus den menschenleeren Parkplatz. Das kalte Glas fühlt sich angenehm auf seiner Haut an und kühlt seine heiße Stirn. Plötzlich sieht er, wie Martin über den Stellplatz zu seinem Auto geht. Jacob will sich abwenden, hält dennoch in der Bewegung inne. Er beobachtet, wie Martin den Körper mit ausgestreckten Armen gegen sein Auto stemmt und zu Boden schaut. Es hat fast den Anschein, als wolle er versuchen, das Auto umzukippen. Jacob sieht ihm seinen aufgewühlten Gemütszustand sogar aus der Entfernung an, er fühlt mit ihm. Er weiß, wie es in Martin aussieht, wie es in ihm brodeln muss. Er hat selbst keine Ahnung, wie er reagiert hätte, wenn Susanne ihn anstatt Martin weggeschickt hätte. Letztendlich zählt heute und hier nur, was sich Susanne wünscht. Wenn sein Weggehen ihr Wunsch gewesen wäre, dann hätte er sich wahrscheinlich gefügt. Was wäre ihm auch anderes übrig geblieben? Frau Dr. Meißners Worte hallen in Jacobs Hinterkopf nach … *»Und Ihnen dürfte auch nicht entgangen sein, dass sie sich in einem sehr fortgeschrittenen, wenn nicht sogar im Endstadium befindet, oder?«* Steht es wirklich schon so schlimm um Susanne? Falls ja, weiß er, was das zu bedeuten hat. Er kennt Susanne, und er weiß, was sie vorhat. Er hat ihr kleines Geheimnis durch Zufall entdeckt. Er weiß, dass Susannes Lösung *Natrium-Pentobarbital* heißt. Er weiß nicht genau, woher sie es sich beschafft hat. Aber er hat das Giftfläschchen schon vor geraumer Zeit im Bettkasten gefunden, nämlich als er ausgediente Klamotten zum Autoputzen gesucht hatte. Susanne hatte das Fläschchen zwischen seinen aussortierten alten Sweatshirts versteckt. Für gewöhnlich handhabten sie es so, dass sie aussortierte Garderobe, von der sie sich noch nicht endgültig trennen konnten, im Bettkasten deponierten. Die gemeinsame Vereinbarung lautete so, dass, wenn sie beide ein Jahr lang nicht im Bettkasten nach irgendwelchen verschlissenen Lieblingsstücken gesucht hatten, sie die Klamotten gemeinsam der Altkleidersammlung spendeten. Bislang war es stets so gewesen, dass nie jemand den Bettkasten jemals öffnete. Jedenfalls nicht bis zu jenem Tag, an dem Jacob ein altes Sweatshirt suchte, in dem er sich ordentlich dreckig machen konnte.

Jacob beobachtet, wie Martin sich plötzlich von seinem Auto abwendet und in die entgegengesetzte Richtung läuft, er geht nur knappe zwei Meter und kotzt dann in die Büsche. Sein Oberkörper ist nach vorn gebeugt, und seine Arme stützen sich auf seine Oberschenkel. Er wankt ein wenig und richtet sich dann wieder auf. Nachdem er sich kurz gesammelt hat, geht er zurück zu seinem Auto, öffnet es und setzt sich hinein. Jacob unterdrückt einen Würgereiz. Bei ihm selbst stellt sich förmlich aus purer Anteilnahme ebenso ein Brechreiz ein. Jacob atmet tief durch. Wenn er seinen Rivalen bisher aus tiefsten Herzen hasste, so empfindet er jetzt in diesem Moment ein kolossales Mitgefühl, das ihn fast körperlich schwächt und ihm die Knie weich werden lässt. Die Erkenntnis, dass auch er, Jacob, sehr bald von allen guten Geistern verlassen sein wird, durchbohrt förmlich sein Herz und seine Eingeweide. Jacob strafft sich, reibt sich mit beiden Händen über das blasse Gesicht, will den ganzen Schmerz und die aufkeimende Angst wegwischen und Optimismus ausstrahlen, für Susanne. Er beobachtet noch, wie Martin in seinem Auto vom Parkplatz fährt und eine Staubwolke hinterlässt, dann wendet er sich ab und steuert direkt das Zimmer seiner Frau an.

Kapitel 16
»Manch Schein hat nichts als sich, das ist sein Wesen.«

Manfred Hinrich, deutscher Philosoph

Susanne reibt sich den Handrücken. Dort, wo eben noch eine Nadel lag, klebt jetzt ein Pflaster. Wie schön wäre es doch, wenn man auf die Chorea auch nur ein Pflaster zu kleben bräuchte. Bei dem Gedanken schmunzelt sie. *Wie alt bist du? Fünf?*

Es klopft.

»Herein!«, ruft sie mit kräftiger Stimme. Sie muss jetzt den Schein wahren. Jetzt geht es um die Wurst. Es gibt kein Zurück mehr. Sie weiß, dass sie nicht unzählige Tage aushält, ohne Martin zu treffen, deshalb muss sie jetzt straff nach Plan vorgehen.

Jacob schaut ins Zimmer. »Bist du etwa schon so weit?« Er guckt erstaunt.

»Nur noch die Schuhe zubinden. Würdest du mir vielleicht helfen? Ich bin sehr nervös.« Der Satz ist nicht flüssig gesprochen. Susanne stottert mehr denn je. Sie scheint sehr aufgeregt zu sein.

»Selbstverständlich.« Jacob kniet vor ihr nieder. Susannes Körper befindet sich in einem enormen Unruhezustand, sodass es ihr kaum möglich ist, die Füße still zu halten. Jacob fixiert den Schuh, den er gerade zubindet, mit seinem Knie, damit sie ihn nicht aus Versehen tritt. Das Gleiche macht er auch mit dem anderen Fuß.

»Fertig.« Er richtet sich auf, lächelt Susanne zuversichtlich an und hakt sie unter.

»Bist du scharf auf die Entlassungspapiere, oder wollen wir einfach ausreißen?«

»Ausreißen, bitte«, sagt Susanne und lächelt Jacob dankbar an.

Zehn Minuten später sitzen sie im Auto.

»Willst du noch irgendwohin, oder soll ich nach Berlin fahren?«

»Das Meer will ich noch mal sehen, das wäre schön.« Während Susanne versucht, den Satz akkurat zu artikulieren, rollt ihr eine Träne über die Wange. Sie will nicht weinen, aber das gehört wohl zum Abschiednehmen dazu.

Sie sitzt neben Jacob, und ihr Körper macht heute, was er will. Sie versucht sich zu entspannen, und das verstärkt die Symptome nur noch. Sie schiebt ihre Hände unter den Po, um sie zu fixieren. Das wiederum verursacht einen enormen Schmerz in ihren gebrochenen Rippen.

»Fahr lieber doch nach Hause, ich glaube, ich halte das nicht aus die ganze Zeit über«, fleht sie entmutigt. Am liebsten würde sie jetzt schon irgendwo in einem Bett liegen und ihren Vorsatz in die Tat umsetzen. Jeglicher Sinn, gleich, welcher Art, scheint nun verloren.

Jacob nickt und wendet bereits im nächsten Moment.

»Hast du große Schmerzen?«, fragt er und blickt mitleidig auf Susanne, die den Sitz nach hinten gestellt hat, um ihren Rumpf zu entlasten.

»Es geht schon. Martin hat noch meinen Koffer mit den Medikamenten. Wir müssen warten, bis ich zu Hause bin. Ich versuche zu schlafen, okay?«

Jacob angelt während der Fahrt seine Jacke vom Rücksitz und deckt Susanne behelfsmäßig zu. Sie hält die Augen geschlossen. Ihr Gesicht grimassiert inzwischen ununterbrochen, was ihm verrät, dass sie nicht schläft, wie so oft.

Susanne atmet tief durch. So gern hätte sie noch einmal das Meer gesehen, die salzige Luft gerochen und auf ihren Lippen geschmeckt. Martins letzter Kuss schmeckte salzig, mehr zählt eigentlich nicht mehr. Susanne blinzelt. Die Sonne scheint zwischen den vorbeiziehenden Ästen immer wieder auf ihr Gesicht. Das wird das letzte Mal sein, dass die Schatten der Äste wechselnde Muster über ihre beinahe durchsichtigen Augenlider zeichnen.

Was ist noch zu tun, bevor sie den letzten Schritt tut? Sie würde sich gerne von ihrem Vater verabschieden, natürlich so, dass er nicht bemerkt, dass es ein Abschied ist. Aber wird er den Braten nicht sofort riechen? Susanne ist so müde. Einen Abschiedsbrief kann sie nicht mehr schreiben. Sie kriegt nicht mal mehr ihre Unterschrift hin, jedenfalls nicht, ohne Sedativa genommen zu haben. Und wenn sie die erst intus hat, schläft sie meist sofort ein, weil sie unter chronischem Schlafmangel leidet.

Vater wird es schon verstehen. Er weiß, wie sehr ich ihn liebe. Besser, er behält mich so in Erinnerung, wie ich bin. Susanne hat keine Lust mehr auf ein Schauspiel. Ihre Kräfte schwinden, und jetzt endlich über ihren Grübeleien übermannt sie der Schlaf. Das gleichmäßige Motorengeräusch und die leise Musik von *Enigma* tragen sie fort in eine Welt, in der es sich beinahe zu leben lohnt.

Kapitel 17
Zwei Zimmer, Küche, Bad …

Mein altes Handy, das auf meinem neuen Küchentisch liegt, vibriert erbittert vor sich hin. Ich versuche es zu ignorieren, so gut es eben geht. Ich ziehe an meiner Zigarette und schaue aus meinem Küchenfenster. Ich sehe, wie sich die Nacht am Horizont langsam von einem tiefen Schwarz in ein sattes Orange verwandelt. Es ist kurz vor sechs. Ich bin seit fünf Uhr wach. Endlich gibt das Handy Ruhe. Ich klappe es auf. Siebenundachtzig Anrufe in Abwesenheit, alle von Martin. Allerhand, denke ich. Die siebenundachtzigste Genugtuung pulsiert durch meinen Körper und beschert mir eine Art Hochgefühl, das nach kurzer Präsenz einem Kopfschütteln meinerseits weicht. Ich wohne jetzt seit drei Wochen in meiner neuen Wohnung und sitze an einem Küchentisch, dessen Oberfläche aus Glas ist. Die vier Stühle ringsherum sind leer, sehen sehr modern aus und beanspruchen wegen ihrer modernen Form und kleinen Sitzfläche kaum Platz. Die Küchenschränke, die erst gestern eingebaut wurden, haben keine glänzenden Oberflächen. Sie sind weiß. Das ist die Farbe, die ich für meinen Neuanfang gewählt habe. Ich muss mich erst noch an diesen neuen Anblick gewöhnen. Ich habe in den letzten drei Wochen, ohne mit der Wimper zu zucken, die Hälfte meiner gesamten Ersparnisse in mein neues weißes Leben investiert, mit dem ich mich langsam, aber sicher anfreunde. Claudia, die gleich um die Ecke wohnt, kommt oft vorbei und schaut nach dem Rechten, obwohl ich ihr ständig predige, dass sie das sein lassen soll. Ich bin inzwischen in der Lage, allein auf mich achtzugeben. Ich tue eigentlich all das, was ich auch getan habe, bevor ich aus der ehelichen Wohnung ausgezogen bin. Ich gehe von Montag bis Freitag zur Arbeit, meistens bummle ich danach noch ein bisschen durch die Stadt, und am Wochenende treffe ich mich oft mit Claudia. Da sie Dauersingle ist und das wahrscheinlich auch bis ans Ende ihrer Tage bleibt, überhäuft sie mich mit Ideen und Unternehmungen jeglicher Art, sodass ich anfange zu glauben, vor meiner Trennung von Martin gar nicht richtig gelebt zu haben. Mir kommt nach und nach die Einsicht, dass Martin und ich im Laufe der Jahre gemütlich geworden sind, in einer Art Kokon gelebt und uns ziemlich eingeigelt haben. Wahrscheinlich war das einer der Gründe, warum er aus unserer Ehe ausgebrochen ist, warum ich ihm irgendwann nicht mehr genügte. Ich will aufhören, an Martin zu denken. Ein kleines Fenster öffnet sich auf dem Display meines Handys. Es signalisiert mir, dass Martin eine Sprachnachricht hinterlassen hat. Jedes Mal, wenn er das tut, höre ich die Nachricht ab, und alles, was ich vernehme, ist nichts, nur Schweigen. Entweder traut er sich nicht, etwas zu sagen, oder aber er kann das, was er mir mitteilen will, nicht in Worte fassen. Es ist eine Art Spiel geworden. Er ruft an, ich verweigere die Annahme des Gesprächs, und er schweigt sich auf der Mailbox aus. Inzwischen fange ich an, mich zu fragen, ob er auch schweigen würde, wenn ich dranginge. Nicht dass ich das tun werde, ich bin noch nicht so weit, und ich bin noch zu verletzt, noch zu traurig und viel zu wütend, als dass ich zu einem Gespräch bereit wäre. Aber diese kleinen Lebenszeichen von Martin setzen mir mehr zu, als ich es mir eingestehen möchte.

Bei meinem Auszug habe ich ihm ein paar Zeilen hinterlassen, und ich bin der Ansicht, dass das alles ist, was Martin zurzeit von mir erwarten kann. Ich will ihn weder sehen noch sprechen, noch will ich irgendwelche Erwartungen wecken. Im Hinterkopf ist da natürlich noch eine ganz andere Angst. Und zwar die, dass ich selbst einbreche. Dass Martin mir irgendwann sagt, dass Susanne tot ist und er nun zurückkommt. Ich will stark genug sein, um ihm nicht nachzugeben. Ich will keine beschissene B-Ware mehr sein. Ich will es schaffen, mit der Vergangenheit abzuschließen. Möglicherweise will ich sogar die Scheidung. Denn selbst wenn wir wieder zusammenkämen, könnte ich ihm seinen Betrug nicht verzeihen. Er würde immer zwischen uns stehen. Immer. Meine Mutter hat einmal über mich gesagt, dass sie niemanden kenne, der so nachtragend sei wie ich. Und wenn meine Mutter auch oft unrecht in ihrem Leben hatte, so soll sie in diesem Punkt recht behalten. Ich bin nachtragender als alle Elefanten dieser Erde zusammen. Ich bin nicht stolz darauf, überhaupt nicht, aber leider ist das eine gesicherte Diagnose.

Und dann ist da auch noch dieses andere Paradoxon. Ich habe tatsächlich Angst, dass Martin sich die Scheidung einfordern könnte. Wieso diese Angst in mir schlummert, will sich mir nicht erschließen. Aber irgendwie will ich, dass, wenn schon einer von uns beiden die Scheidung einreicht, ich diejenige welche bin. Ich denke, dass sich hier das letzte Krümelchen Stolz in mir aufbäumt und kräftig mit den Flügeln schlägt, anders kann ich mir das auch nicht erklären.

Im Gegensatz zu Martin hat sich der, von dem ich es erwartet oder mir sogar gewünscht hätte, überhaupt nicht gemeldet. Jacob ist zur sprichwörtlichen Eintagsfliege in meinem Leben mutiert. Es ist jetzt drei Wochen her, dass wir unseren One-Night-Stand hatten, und beinahe fühlt es sich für mich so an, als wäre das alles nie passiert. Manchmal möchte ich sogar so weit gehen, zu behaupten, dass sich alles nur in meiner übersteigerten Fantasie abgespielt hat. Die ersten Tage nach unserem gemeinsamen Kennenlernen habe ich täglich auf einen Anruf von ihm gewartet, schon allein aus Neugier. Mich beschäftigt die ganze Angelegenheit natürlich mehr, als ich laut zugeben würde. Mich interessiert immer noch sehr, unter welcher Krankheit Susanne leidet. Ich, für meinen Teil, vermute, dass es Krebs ist. Wenn jemand »vor der Zeit stirbt«, ist es meistens Krebs. Und in besonders grausamen Fällen trifft es eben auch junge Leute, sogar die, die sehr auf ihre Gesundheit geachtet haben. Manchmal macht der Krebs einfach vor gar nichts halt. Ihm ist es egal, wem er den Bruder, die Schwester oder den Partner nimmt. Und in diesem speziellen Fall ist es ihm eben auch egal, wem er die Geliebte nimmt. Ich ziehe ein letztes Mal an meiner Zigarette und drücke sie dann im Aschenbecher aus. Ich stehe auf, ein bisschen zu plötzlich vielleicht, weil sich auf einmal alles um mich herum dreht. Mir ist schwindelig, und ich fühle, wie mir für einen kurzen Moment das Blut aus dem Kopf weicht. Ich atme flach und halte mich an der gläsernen Oberfläche meines Tisches fest. *Bloß nicht umfallen.* Ich leide des Öfteren unter niedrigem Blutdruck, aber heute ist es eigenartig, da ich vor einer halben Stunde einen Marmeladentoast gefrühstückt habe. Ich schließe für einen Moment die Augen, sammle mich und versuche regelmäßig zu atmen. Der Schwindel lässt nach, und ich schenke ihm keine weitere Aufmerksamkeit, wie sonst auch. Ich nehme mein Handy, klappe es auf und wähle die Nummer meiner Mailbox, um Martins Nachricht abzuhören. Es ist wie immer. Erst höre ich meinen eigenen Ansagetext, und dann plötzlich höre ich ein Schluchzen. Martins Schluchzen. Es geht mir durch Mark und Bein, und ich horche gespannt, ob er noch irgendetwas anderes sagt. Die Ansage endet, ohne dass er einen weiteren Laut von sich gegeben hat.

Irgendetwas muss passiert sein, und mich beschleicht eine leise Vorahnung. Die Vorahnung manifestiert sich so derb in meinen Eingeweiden, dass es mir nicht nur sauer aufstößt, sondern mich auch dazu nötigt, mich aus dem Stand in meine neue Edelstahlspüle zu übergeben. Nachdem alles raus ist, geht es mir zwar besser, aber Martins Schluchzen hallt noch lange in meiner Erinnerung nach.

Kapitel 18
Nur noch einmal ihre Stimme hören

Es ist Nacht, kurz nach drei. Drei Wochen sind vergangen, seitdem sich Martin von Susanne verabschiedet hat, seitdem er sie das letzte Mal in den Armen halten und den Duft ihres Haares einatmen durfte. Er schließt die Augen, ist noch mal ganz nah bei ihr, denkt an ihr Gesicht, wie es strahlte, wenn sie sich für etwas begeistern konnte. An ihre Löckchen, die allzeit ein wildes Eigenleben führten und ihr dabei so gut standen. Er denkt an ihren schmalen Körper, daran, wie sie aussah, wenn sie sich an ein Geländer lehnte, um sich festzuhalten, um ihren Körper für einen Moment zur Ruhe zu zwingen. Manchmal besuchten sie gemeinsam den Berliner Zoo. Allerdings nicht nur, weil sie es dort so schön fanden, sondern auch, weil sie gemeinsam Pläne schmiedeten, wie sie all die Tiere aus ihrer Gefangenschaft befreien konnten. Susanne liebte ihre Freiheit und war der Meinung, dass jedes Geschöpf dieser Welt ein Mindestmaß an Recht auf Freiheit besäße. Am liebsten schaute sie sich die Giraffen mit ihren langen Beinen und Hälsen an, und dann sinnierte sie darüber, wie so eine Giraffe wohl laufen würde, wenn sie die Chorea hätte. Sie lachte dann immer schallend. Sie war ihrer Krankheit immer mit einer gehörigen Portion Spott und Sarkasmus beigekommen. Sie sagte, anders könne sie das, was die Natur ihr da aufgebürdet hat, nicht ertragen. Martin und sie redeten nicht oft über Susannes Krankheit. Vielmehr lebten sie einfach und erfreuten sich komischerweise an den kleinen Dingen des Lebens. Susanne hatte es geschafft, Martin für bestimmte Dinge zu sensibilisieren, ihm die Augen zu öffnen. Susanne war im Herzen ein Kind geblieben, und sie besaß die Fähigkeit, andere Menschen durch ihre Augen sehen zu lassen, sie hatte ihn ganz und gar für sich eingenommen, aber auf eine angenehme und zauberhafte Art und Weise. Früher wäre er bei einem Spaziergang niemals stehen geblieben, um dem ersten Schneeglöckchen im neuen Jahr Aufmerksamkeit zu schenken. Heute kann er gar nicht mehr anders, als sich für die Geschenke und Wunder der Natur zu erwärmen. Susanne hielt sich selbst für eine Laune der Natur. Einmal stand sie in nichts als ihren High Heels im Hotelzimmer, zeigte auf ihren makellosen Körper, während ihre Arme schon ein reges Eigenleben führten. »Guck«, sagte sie, »wenn ich nicht so zappeln würde, könnte ich auch über die Laufstege Mailands laufen, meinst du nicht?« Martin hatte auf die Frage mit einer Umarmung geantwortet und ihr versichert, dass sie in seinen Augen perfekt sei und, egal, was noch kommen würde, sie es für ihn auch immer bleiben würde. Und wie froh er sei, hatte er ihr zugeflüstert, dass sie nicht in Mailand, sondern in Berlin, bei ihm, sei. Da hatte sie ihr warmes Gesicht in seine Halskuhle gelegt und war ganz ruhig geworden.

»Die Chance, ein Model zu werden, stand auch nur fifty-fifty«, hatte sie gekalauert…

Martin liegt im Bett und raucht eine Zigarette. Er war seit drei Wochen weder arbeiten, noch hatte er sonst etwas getan, was man gemeinhin als nützlich bezeichnen könnte.

Als er aus Rostock heimgekehrt war, lag ein Abschiedsbrief seiner Frau auf dem Küchentisch. Ironie des Schicksals. Beate konnte sich zum Schluss wenigstens schriftlich verabschieden. Dazu wäre Susanne nicht mehr imstande gewesen. Dass Beate ihn ausgerechnet an dem Tag verließ, als er auch Susanne verlor, war ein ordentlicher Seitenhieb des Schicksals, den er wohl mehr als verdiente. Wenn er allerdings, bei allem gebührenden Respekt, ganz ehrlich zu sich selbst ist, war er sogar erleichtert, dass lediglich ein weißer Umschlag Beates Anwesenheit ersetzte. Das gab ihm selbst die Möglichkeit, seiner Lähmung nachzugeben und in Ruhe um seinen Verlust zu trauern.

Martin dreht sich auf die Seite und schaut sich die Schatten an, die die Schränke auf die Wand projizieren. Seine Augen sind nach all der Zeit an die Dunkelheit gewöhnt, sogar tagsüber. Er hat die blickdichten Jalousien vor drei Wochen heruntergezogen und seitdem nicht mehr angerührt. Er meidet das Licht, als wäre er ein Vampir. Er überlegt. Wenn er nicht irrt, hat er seit mindestens vier Tagen die Wohnung nicht mehr verlassen. Und vor vier Tagen war er notgedrungen in den Spätkauf gegangen und hatte sich Alkohol, Zigaretten und Knäcke gekauft. Dass sein Gesicht inzwischen ein Vollbart ziert, ist ihm gleichgültig. Der Pizzadienst duzt ihn seit gestern, und er sieht mittlerweile ein, dass dringend eine Dusche angebracht wäre. All das wiederum nötigt ihm ein Maß an Kraft ab, die ihm irgendwo auf halber Strecke abhandengekommen ist und sich seitdem nicht mehr hat blicken lassen. Er trinkt einen großen Schluck Whiskey und nestelt an seinem Handy. Er hat es sich so fest vorgenommen, Susanne nie wieder anzurufen. Irgendwann muss auch mal gut sein. Aber diese Ungewissheit macht einen Zombie aus ihm, frisst ihn buchstäblich auf. Er ist kein Mensch mehr. Er vegetiert nur noch vor sich hin, tut nichts. Gar nichts. Zwischen den Räuschen schläft er, nur um sich dann dem nächsten Rausch hinzugeben, um dann wiederum einzuschlafen. Jetzt, wo er sein Handy betrachtet, wird ihm klar, dass er die ganze Zeit über auf ein Zeichen gewartet hat. Irgendeins. Einen Anruf von Susanne, die ihm vielleicht mitteilt, dass morgen der »Tag X« ist. Oder er erhofft sich einen Anruf von Susannes Mann, der ihm mitteilt, dass gestern der »Tag X« war. Irgendetwas. Er nimmt noch einen Schluck Whiskey und setzt sich auf. Er spürt, dass er ziemlich betrunken ist. Aber er registriert auch, dass er noch Herr seiner Sinne ist. Und jetzt, plötzlich, wählt er, ohne zu zögern, Susannes Nummer. Irgendwie brennt ihm gerade eine Sicherung durch. Martin hält die Luft an. Er hört ein Freizeichen. Er wartet. Es ertönt ein weiterer Piepton. Obwohl er betrunken ist, spürt er, dass seine Nerven noch sehr gut funktionieren. Sie liegen blank, mehr als das, sie scheinen zu vibrieren. Er nimmt noch einen Schluck, diesmal direkt aus der Flasche. Er spürt, wie seine Hand dabei zittert. Nach dem vierten Klingeln ertönt eine Männerstimme.

»Ja?« Mehr nicht.

Martin ist starr vor Angst. Ist es ein gutes oder ein schlechtes Zeichen, dass Jacob ans Telefon geht? *Bitte lass es gar kein Zeichen sein*, fleht Martin stumm. Er will nur noch einmal Susannes Stimme hören. Bitte, nur ein letztes Mal. Jetzt, wo er sich schon durchgerungen hat, will er auch die Früchte seines Mutes ernten und ihre süße Stimme hören. *Bitte, lieber Gott!*

»Kannsu mir mal kurz Sanne geben?«, fragt er und merkt selbst, wie stark er lallt.

Am anderen Ende entsteht eine kurze Pause.

»Bist du betrunken?«

»Ja. Sehr«, gibt Martin zu.

»Ist wohl besser so.«

Martin atmet hörbar aus.

»Sollas heißen, dass …« Martin bricht mitten im Satz ab und spürt, wie sein Magen rebelliert. Gleichzeitig schießen ihm Tränen aus den Augen, die ihm über die Wangen bis zu seinen Mundwinkeln laufen. Nicht dass er nicht fest damit gerechnet hätte, aber die Endgültigkeit des Wissens um Susannes Tod, raubt ihm den Verstand.

»Wann?«, will Martin wissen.

»Vorgestern Nacht«, erwidert Jacob einsilbig. Seine Stimme klingt rau. Es kostet ihn sicher einiges an Beherrschung, gleichermaßen Überwindung mit ihm, Martin, zu sprechen.

»Soll das heißen, sie hat vorgestern noch gelebt und mich nicht angerufen?« Martins Stimme bricht, wird weinerlich und anklagend.

Und jetzt mutiert Jacob doch zum großen Bruder.

»Du musst das verstehen. Sie hat die letzten beiden Wochen nur noch von Beruhigungsmitteln gelebt, abgesehen von einem einzigen Abend, an dem sie sich von ihrem Vater verabschiedet hat.« Während des letzten Satzes hört Martin ganz deutlich heraus, dass auch Jacob weint. Und auch wenn er stark alkoholisiert ist, registriert er, dass Jacob ihn einfach duzt.

»Gut«, sagt Martin, »das hätte ich ihr gar nicht zugetraut. Ich dachte, sie stiehlt sich einfach so davon.« Obwohl seine Mundwinkel nach unten gezogen sind, lächelt er still in sich hinein.

Jacob schnaubt. »Ja, das wollte sie auch, ich hab sie so lange bearbeitet, bis sie endlich nachgegeben hat. Und sie meinte, es war ein schöner Abend. Theodor und sie haben sich alte Fotos angeschaut, besonders wohl die alten Schwarz-Weiß-Bilder, auf denen sie zusammen mit Magda, also ihrer Mutter, abgelichtet war.«

»Das ist schön«, kommt es krächzend aus Martins Kehle. Er sieht Susanne genau vor sich, wie sie die Bilder von sich und ihrer Mutter in den Händen hält und in ihrer eigenen

Vorstellung bald bei ihr ist. Der Gedanke hat etwas Tröstliches.

»Dann ist sie jetzt endlich bei ihr«, nuschelt Martin und lässt seinen Tränen freien Lauf.

»Ja, sie hat es endlich hinter sich.« Jacobs Stimme ist leise, so als müsse er auf jemanden Rücksicht nehmen.

»Ging alles reibungslos vonstatten?« Martin räuspert sich, hat Angst vor der Antwort. »Ich meine, gab es Probleme? Ich meine …« Ihm versagt die Stimme. Er hält das Telefon ein wenig vom Ohr weg und blinzelt so, als würde er jeden Moment mit einer Explosion rechnen.

»Ich weiß nicht genau, worauf du hinauswillst, aber ich kann dir sagen, sie hat nicht gelitten. Es ging so weit alles glatt.«

Martin, der die Luft angehalten hat, atmet nun hörbar erleichtert aus. »Gut«, sagt er ins Telefon. »Das ist gut. Und … hast du hinterher das Fenster geöffnet? Sie hatte so Angst um ihre Seele. Sie hat sich doch solche Sorgen gemacht.«

»Ja, ich habe alles so gemacht, wie sie es wollte. Sie hat gesagt, ich solle das Fenster hinterher öffnen, damit sie zu ihrer Mutter findet.«

Sosehr Jacobs Innerstes eine Verbrüderung mit Martin ablehnte, so sehr ist er froh, dass er jetzt jemanden hat, mit dem er sein Leid teilen kann, jemanden, der ihn versteht.

Immerhin steht ihm noch eine Klage wegen unterlassener Hilfeleistung ins Haus. Er hat keinen Schimmer, was juristisch außerdem auf ihn zukommt, wobei das jetzt auch keine Rolle mehr spielt. Das, was er am meisten auf der Welt geliebt hat, ist fort. Was soll also noch Grausameres passieren als das? Außerdem wusste Susanne sich abzusichern. Ihr Vater ist nicht umsonst Anwalt, sodass sie in der Kanzlei gut recherchieren konnte, worauf es letztendlich ankam.

»Darf ich zur Beerdigung kommen?«, fragt Martin, nachdem beide eine ganze Weile geschwiegen haben. Er versucht, die Tränen wegzublinzeln. Er rechnet mit einer klaren Absage.

»Ich sag dir Bescheid, wenn es so weit ist, okay?«, hört er die Worte aus dem Munde des Rivalen, der kein Rivale mehr ist.

»Danke, Jacob«, hört Martin sich selbst sagen. Dann legt er auf.

Martin schaut tränenblind auf seine Uhr. Es ist halb vier. Schlafen kann er jetzt auch nicht mehr. Er besitzt kaum noch ein Gefühl für Zeit und Raum. Dadurch, dass er seit drei Wochen ständig stockbesoffen ist, ist ihm jegliches Gefühl für Tages- oder Nachtzeiten abhandengekommen. Er lehnt seinen Kopf gegen das Bettgestell. *Susanne ist tot*, vergegenwärtigt er sich. Obwohl er tiefe Trauer verspürt, ist da noch etwas. Es fühlt sich an wie Erleichterung. Erleichterung darüber, dass Susanne es endlich hinter sich hat. Und ein kleines bisschen kommt ihm auch die Einsicht, dass Susanne ihm eine Entscheidung abgenommen hat, auch wenn das jetzt keine Rolle mehr spielt. Beate ist weg. Er hat sie seit drei Wochen täglich mindestens dreimal angerufen. Das heißt, er hat es versucht. Sie hat all seine Anrufe ignoriert. Er hat bis heute den Abschiedsbrief nicht gelesen, den sie dagelassen hat, weil er bis jetzt keine Bedeutung für ihn hatte. Er war bis eben damit beschäftigt, nicht Amok zu laufen. Martin gibt sich einen Ruck und steht auf. Er wankt zum Fenster und tastet sich vor zu den Jalousien. Er zieht sie nach oben und öffnet das Fenster. Die frische Luft, die ihm entgegenschlägt, haut ihn beinahe um. Er schätzt, dass die Luft nur circa zehn Grad hat, was für Anfang Oktober durchaus im Bereich des Normalen liegt. Er holt sich eine dicke Jacke, zieht sie über und geht zurück zum Fenster. Er späht nach draußen und wartet irgendwie auf ein Zeichen. Ein Zeichen dafür, dass Susanne irgendwo da draußen ist. Er will die Welt nur noch ein einziges Mal durch ihre Augen sehen. Er will sehen, dass alles gut wird. Er will irgendetwas spüren, was ihm Hoffnung gibt. Langsam, aber sicher lässt der Rausch nach, den er sich so mühsam angetrunken hat. Martin ist keiner, der gern trinkt, und jetzt möchte er endlich nicht mehr nachtanken. Er will wieder nüchtern werden, mal gucken, ob sich das Leben, das er hat, noch lohnt oder ob jetzt alles vorbei ist. Eins weiß er. Susanne würde wollen, dass er weiterlebt, dass er jeden Moment, den er lebt, genießt. Doch bevor das geschieht, hat er noch einiges in Ordnung zu bringen.

Er schaut zur Uhr. Es ist halb sechs. Zeit, den Abschiedsbrief zu lesen. Er will endlich alles hinter sich lassen. Er geht in die Küche und setzt sich an den abgewetzten alten Küchentisch, an dem Beate und er schon so oft gesessen und gelacht haben.

Er nimmt den weißen Umschlag und öffnet ihn.

Manchmal muss man von einem Menschen Abschied nehmen, damit der überhaupt weiß, dass man da war. Es ist so weit. Ich schaffe es nicht mehr, ein Nichts zu sein. Ich hoffe nur, sie war es auch wert.

PS: Die Wohnung und das Interieur gehören Dir. Mir liegt nichts mehr daran. Leb wohl. Beate

Martin lässt den Brief in seinen Schoß sinken. Er liest so viel Schmerz zwischen den Zeilen, der ihm direkt ins Herz schießt, dass es ihm den Atem raubt. Alles ist kaputt. Er weiß, dass seine Ehe vorbei ist, und auch, dass jeder Versuch, die Beziehung aufrechtzuerhalten, eine Lüge wäre. Und doch hat er das übermächtige Bedürfnis, Beates Stimme zu hören. Er will sich bei ihr entschuldigen für all das Leid, das er ihr angetan hat. Er greift spontan nach dem Handy und wählt ein letztes Mal ihre Nummer. Er wird genau vier Freizeichen hören, dann wird der Ansagetext ihrer Mailbox ertönen, und dann wird er abermals schweigen. Wie immer.

Und doch kommt es anders. In dem Moment, als er schweigen möchte, in dem er Beate eigentlich nur sagen möchte, dass er an sie denkt und wie leid ihm alles tut, entweicht seiner Kehle ein tiefes Schluchzen. Es fühlt sich beinahe so an, als hätte Susannes Seele zu ihm gefunden und sich mit ihm verbündet. Es fühlt sich so an, als würde sich sein Leid verdoppeln. Schnell legt er auf, schmeißt das Handy auf den Tisch und zieht sich zurück in sein Bett.

Kapitel 19
Beates Verwandlung

»Du siehst aber blass um die Nase aus«, stellt Uschi fest, meine langjährige Kollegin, die in mein Büro kommt, um mir brühwarm den neusten Klatsch aus der Kantine aufzutischen. Für gewöhnlich treffen wir uns immer mittags, um zusammen dort essen zu gehen. Mir ist seit ein paar Tagen überhaupt nicht nach Essen zumute, weshalb ich ihr heute abgesagt habe und seit einer halben Stunde an meinem Kamillentee nippe.

Uschi hält ihre Nase in die Luft, kräuselt sie und verzieht angewidert das Gesicht. »Ist das etwa Kamille?«

Ich nicke und spüre, wie mir meine Miene ebenso entgleist.

»Du weißt, dass man in Kamille Füße badet oder blutende Hämorrhoiden damit abtupft, oder? Aber keinesfalls trinkt man das Zeug.«

»Doch«, erwidere ich kraftlos. »Mir ist seit Tagen übel. Mir schmeckt nicht mal mehr die Zigarette.«

»Na, dann muss es wirklich schlimm sein«, frotzelt sie und setzt sich auf meinen Besucherstuhl, der eigentlich für meine Patienten vorgesehen ist, damit sie die unzähligen Fragebögen nicht im Stehen ausfüllen müssen.

»Hast du vielleicht irgendetwas gegessen, was dir nicht bekommen ist?«, fragt sie, während sie sich eins der

Klatschblätter aus dem Zeitungsständer an der Wand zieht.

»Ich glaube nicht. Und mir ist auch unabhängig vom Essen übel«, überlege ich laut.

»Sag mal«, lenkt sie von meinem Unwohlsein ab, »hast du dich nun eigentlich mit Dr. Knöchel verabredet?«

Dr. Knöchel ist eigentlich Dr. Schröder. Ich bin vor zwei Wochen vor der Klinik umgeknickt, als ich in meinen neuen High Heels zwei Stufen auf einmal nehmen wollte. Was mir in Turnschuhen mühelos gelingt, funktioniert in High Heels leider nur bedingt und sieht außerdem auch wenig elegant aus, wenn man noch dazu einen Minirock trägt. Das Lehrgeld musste ich bedauerlicherweise in Anwesenheit von Dr. Schröder zahlen, der an dem Tag genau hinter mir lief und mich mehr oder weniger auffing, als ich nach meinem Fehltritt ins Straucheln geriet. Obwohl ich lauthals protestierte, setzte er mich kurzerhand in einen Rollstuhl, nahm mich mit in die Erste Hilfe und begutachtete mein gar nicht so sehr schmerzendes Fußgelenk. Wie er so vor mir hockte, überlegte ich die ganze Zeit über, ob er freien Blick auf mein Höschen hatte. Nach kurzer Untersuchung, bei der er meinen nackten Fuß ein paarmal hin und her bewegte, rieb er meinen Fuß mit einer Salbe ein und legte einen leichten Stützverband an. Ich war gar nicht so sehr umgeknickt, als dass die Prozedur notwendig gewesen wäre, aber wie er so die Salbe in meinen Knöchel einmassierte, das fand ich doch sehr erotisch. Außerdem sieht Dr. Schröder ziemlich heiß aus, aber ich nehme stark an, dass er das selbst am allerbesten weiß. Dummerweise habe ich Uschi von dieser kleinen Begebenheit erzählt, und die interpretiert jetzt mehr in die Sache, als die fade Realität hergibt.

Ich verneine ihre Frage. »Wieso sollte ich mit Dr. Schröder verabredet sein? Bei aller Liebe, aber dazu müsste er mich erst einmal fragen.«

»Der hat in der Kantine gerade mit der Rutsche gegessen. Kein gutes Zeichen.« Sie guckt skeptisch über die *Gala*. Die »Rutsche« ist Frau Dr. Kant, gynäkologische Assistenzärztin und bekannt dafür, dass sie nicht sehr wählerisch ist, was ihre Intimpartner betrifft. Sofort schlag ich mir Dr. Schröder aus dem Kopf, weil ich aus gesicherter Quelle weiß, dass an dem Rutschengerücht was dran ist.

»Frau Schulze«, mein Chef schaut ins Zimmer, »könnten Sie mir mal die Krankenakte von Frau Drösel bringen?« Und schon ist er wieder verschwunden.

»Jawoll«, rufe ich ihm hinterher und springe dienstbeflissen auf. Im nächsten Moment rebelliert mein Magen, und der Kamillentee landet mit einem Schwall im Papierkorb.

»Oh, Gott!« Uschi hält sich jetzt die Nase zu. »Da hast du dir ja ganz schön was eingefangen.« Sie tätschelt mir den Rücken, während ich den aufkommenden Schwindel wegatme. Wieso nur ist mir ständig so übel? Während der nächste Schwall im Papierkorb landet, spüre ich ein leichtes Ziepen im Unterleib. Kriege ich vielleicht meine Tage? Ich lasse mich auf den Bürostuhl zurückfallen und ziehe meinen Tischkalender zu mir heran. Ich blättere vier Wochen rückwärts, dann eine weitere und dann noch eine. Mir wird heiß und kalt. Ich hatte seit geschlagenen acht Wochen keine Periode mehr. Und vor sechs Wochen war da die Sache mit Jacob.

»O verdammt«, fluche ich, »o verdammt, o verdammt«, wimmere ich leise vor mich hin und halte mir vor Schreck den Mund zu. Mir wird erst jetzt, in diesem Augenblick, bewusst, dass sich niemand von uns um Verhütung geschert hat. *Ja bin ich denn wahnsinnig?* Ich war so darauf geeicht, dass mein eigener Mann sterilisiert ist, dass ich nicht einen

Gedanken daran verschwendet hatte, mich um Verhütung zu kümmern. Und Jacob offensichtlich auch nicht, wie ich mich jetzt zu erinnern versuche.

»Schätzchen, was ist denn? Nun sag doch was!« Uschi klopft mir weiterhin auf den Rücken und sieht besorgt auf mich herunter.

»Das darf doch wohl nicht wahr sein. Nein, nein, nein«, bete ich jammernd vor mich hin.

Meine Vermutung kann ich nicht laut aussprechen, da ich Uschi noch nichts von meinem One-Night-Stand erzählt habe. Sie weiß, dass ich mich von Martin getrennt habe und ausgezogen bin. Von Jacob allerdings habe ich ihr nichts gesagt. Und je länger es her war, desto unwirklicher wurde es in der Retrospektive für mich selbst, weshalb ich die Begebenheit auch nicht mehr preisgeben wollte. Abgesehen davon … welche Frau gibt schon gern zu, dass sich der Lover nach der ersten gemeinsamen Nacht nicht mehr meldet?

Ich straffe mich und sortiere meine Gedanken.

»Uschi, sei nicht böse. Ich muss weitermachen und die Drösel-Akte suchen. Wir sehen uns morgen ja?«, komplimentiere ich sie mehr oder weniger ungalant aus meinem Büro.

Uschis besorgte Miene weicht einer hochgradigen Enttäuschung. Sie zieht eine Schnute. Ich weiß, dass sie gern erfahren hätte, wieso ich solche Flüche ausgestoßen habe.

»Ich geh ja schon.« Sie winkt ab. »Aber wenn du jemanden zum Reden brauchst … morgen um zwölf in der Kantine, ja?« Ich nicke und tue so, als ob ich im Karteikasten nach der Akte suche. Uschi ist noch nicht ganz aus dem Zimmer, da setze ich mich wieder auf den Stuhl. Was, wenn ich wirklich schwanger bin? Ich bin nervös, ängstlich, aber nur im ersten Moment. Ich taste meinen Bauch ab, will gucken, ob sich irgendetwas verändert hat. Vorausgesetzt, dass ich wirklich schwanger bin, rechne ich mir aus, dass ich dann ungefähr in der sechsten oder achten Woche bin. Ich habe keine Erfahrung mit dem Ausrechnen von Schwangerschaftswochen oder -monaten. Mein Bauch ist so flach wie eh und je. Ich kann keine Wölbung erkennen. Ich überlege. Sofort kommt mir die Rutsche in den Sinn. Ich weiß, dass sie auch ambulante Sprechstunden anbietet, zweimal die Woche. Und das hier ist ein absoluter Notfall. Mein Gynäkologe, den ich gewohnheitsmäßig aufsuche, wird mir so schnell keinen Termin einräumen. Ich könnte auf einen Schnelltest pinkeln, schießt mir die rettende Idee durch den Kopf. Ich stehe auf, krame nach der Drösel-Akte, schnappe meinen Mantel und die Handtasche und suche das Zimmer meines Chefs auf.

»Hier haben Sie die Akte, Dr. Hellmich. Ich mache für heute Feierabend. Ich habe einen dringenden Anruf bekommen. Ich muss etwas erledigen.«

Dr. Hellmich schaut mürrisch, nickt meine Bitte trotzdem ab, da er sieht, dass ich bereits meinen Mantel anhabe. Ich fehle so gut wie nie, weshalb ich auch kein schlechtes Gewissen habe. Aufgeregt und, das muss ich mir selbst eingestehen, mit ein wenig Vorfreude verlasse ich die Klinik und mache mich auf den Weg in die nahe gelegene Apotheke.

Umständlich versuche ich dem älteren Herrn hinter der Ladentheke zu erklären, dass ich zwei Schwangerschaftstests brauche. Einen zum Testen und den zweiten zur Sicherheit. Am liebsten würde ich noch einen dritten kaufen, auch zur Sicherheit, aber das erscheint mir nach kurzer Überlegung dann doch zu viel des Guten.

Der Apotheker schmunzelt und fragt: »Sie brauchen zwei? Werden wohl Zwillinge, was?«

»Das kann gut möglich sein.« Ich lache und bezahle. Außerdem bin ich ein bisschen froh, dass ich nicht drei Stück geordert habe. Ich beeile mich, kann es kaum erwarten. Ich will unbedingt wissen, ob ich tatsächlich schwanger bin. Martin wollte keine Kinder, weswegen ich innerlich mit diesem Thema abgeschlossen hatte. Aber Martin gibt es nicht mehr. Ich stehe jetzt auf eigenen Füßen, habe mein eigenes Leben. Wieso also kein Kind? Noch vor ein paar Jahren war genau das mein sehnlichster Wunsch gewesen.

Endlich bin ich zu Hause. Ich schleudere den Mantel über den Küchenstuhl und hole nervös einen der beiden Schwangerschaftstests aus meiner Handtasche. Ich öffne die Schachtel und überfliege den Beipackzettel. Früher war es so, dass diese Tests nur mit dem Morgenurin durchgeführt werden konnten. Aber das war vor fünfzehn Jahren.

Ich lese »kann zu jeder Tageszeit durchgeführt werden« und lächle zufrieden.

Ich setze mich auf die Toilette, atme tief durch und pinkle auf den Stab, der sehr futuristisch aussieht. Ich streife eine Hygienekappe über das Stäbchen und lege es auf den Waschtisch. Wieder schnappe ich mir den Beipackzettel und suche nach der Zeichnung.

Okay! Ein Streifen heißt *nicht schwanger*, zwei Streifen bedeutet *schwanger*.

Während ich also aufs Ergebnis warte, schließe ich die Augen. *Vielleicht wirst du Mutter*, sagt mir eine innere Stimme. Ich lächle. *Freu dich nicht zu früh. Wart es lieber ab*, mahnt mich dieselbe Stimme. Ich halte mir die Ohren zu, will meinen eigenen Gedanken ausweichen und blinzle Richtung Test, ob schon was passiert ist. Und jetzt sehe ich es ganz deutlich. Auf dem Schwangerschaftstest leuchten mir zwei hellblaue Balken entgegen. Zur Sicherheit nehme ich noch mal den Beipackzettel und vergleiche die Zeichnung mit dem Ergebnis auf dem Teststab. Unbändige Freude überkommt mich. Ich werde ein Kind bekommen. In mir wächst ein Kind. Ich werde Mutter. Ich kann mein Glück kaum aushalten. Ängstlich frage ich mich, wie verlässlich diese Dinger eigentlich sind. Und da fällt mir ein, dass ich zur Sicherheit ja einen zweiten Test gekauft habe. Drei Liter Selters und eine halbe Stunde später wiederhole ich die Prozedur mit demselben Ergebnis. Ich erwarte ein Kind. Ich tigere durch die Wohnung. Zuerst schmeiße ich alle Zigarettenschachteln in den Müll, die wild verstreut in meiner Wohnung herumliegen. Ich überlege eifrig, was sonst noch zu tun ist. Ich vereinbare einen Termin bei meinem Frauenarzt, der für solche besonderen Glücksfälle natürlich eine Ausnahme macht, wie mir die Sprechstundenhilfe freundlich mitteilt. Ich darf schon morgen kommen. Es prasseln so viele Fragen auf mich ein, dass ich gar nicht weiß, worüber ich mir zuerst den Kopf zerbrechen soll.

Was ist zum Beispiel mit Jacob? Er ist der Kindsvater. Sollte ich ihm nicht als Erstes von der Schwangerschaft erzählen? Will ich überhaupt, dass er erfährt, dass er Vater wird? Ich weiß es nicht. Und was ist mit Martin? Sollte er nicht erfahren, dass seine Frau schwanger ist? Quatsch, denke ich, es ist ja nicht sein Kind. Und während ich noch überlege, ob ich es überhaupt einem von beiden erzähle, frage ich mich, was wäre, wenn ich behaupten würde, ich wüsste nicht, wer der Vater sei. Was wäre dann? Dann würde das Kind nur mir allein gehören. Es wäre meins. Endlich hätte ich etwas nur für mich allein. Etwas, das ich mir schon immer gewünscht habe. Ich sitze mit angezogenen Beinen auf der Couch und werde fast wahnsinnig vor lauter Grübelei, als mein Telefon klingelt. Mit wachsamem Blick schaue ich aufs Display und sehe, dass Claudia mich anruft. Martin hat sich seit fünf Wochen nicht mehr gemeldet, was mir sehr guttut. Aber irgendwie rechne ich doch immer wieder mit einer Nachricht von ihm.

»Hallo?!«, flöte ich in den Hörer.

»Wieso bist du nicht auf Arbeit? Was ist los? Dein Chef sagt, du hast schon Feierabend gemacht? Stimmt das? Sag nicht, du hast dich mit Martin getroffen, dann mach ich Ragout aus dir«, droht sie mir.

Ich beschließe, Claudia einzuweihen. Lange werde ich mein kleines Geheimnis sowieso nicht mehr für mich behalten können. Und abgesehen davon finde ich, dass ich ihr für ihre Hilfe und Anteilnahme in den letzten Wochen etwas schuldig bin. Sie hat mir in dieser schlimmen Zeit immer zur Seite gestanden, egal, zu welcher Nachtzeit ich in Tränen aufgelöst vor ihrer Tür stand, auch wenn das genau genommen nur einmal der Fall war, sie war immer für mich da. Zu hundert Prozent.

»Wenn du wissen willst, was los ist, musst du vorbeikommen. Bring uns bitte ein Stückchen Kuchen mit. Wir haben was zu feiern«, mache ich meine Freundin neugierig.

»Was zu feiern?«, echot es aus dem Hörer. »Okay, gib mir 'ne halbe Stunde, ich bin schon unterwegs«, beendet meine Freundin das Telefonat ohne einen weiteren Gruß.

Ich gehe in die Küche und koche Kaffee. Beim Befüllen der Filtertüte komme ich ins Stocken. Darf ich überhaupt noch Kaffee trinken? In Maßen sicherlich, beruhige ich mich selbst und hole vorsichtshalber einen vollen Kaffeelöffel wieder aus der Filtertüte und befördere ihn zurück in die Dose, damit der Kaffee nicht ganz so stark wird. Ich decke den Kaffeetisch und streune noch ein wenig durch die Wohnung. Ich stelle mich vor den Spiegel und hebe mein T-Shirt. Es ist wahrhaftig noch nichts zu sehen. Ich betrachte nun auch den Rest meines Körpers im Spiegel. Hat sich mein Gesicht verändert? Nein, nicht wirklich, befinde ich. Und wie ich mich so ansehe, fällt mein Blick auf meinen Hals. Und jetzt kommt mir in den Sinn, dass ich seit einiger Zeit kein Kloßgefühl mehr habe. Dieser ätzende

Klops, der mich das gesamte letzte Jahr ständig malträtiert und mir die Luft zum Atmen genommen hat, ist verschwunden, hat sich mir nichts, dir nichts in Luft aufgelöst. Oder vielleicht doch nicht? Es ist grotesk, aber in meiner Fantasie hat sich dieser ätzende Klops in etwas verwandelt, in etwas Gutes, wie ich finde. Er hat sich aus meinem Hals gelöst und ist in meinen Uterus gewandert. Ich frage mich, ob das am Ende alles so seinen Sinn hatte. Vielleicht hat das Schicksal es ja gut mit mir gemeint. Womöglich ist es ja eine Art Geschenk des Himmels, eine göttliche Fügung, dass Martin fremdgegangen ist. Es gab nur diese eine Nacht mit Jacob, und daraus ist dieses Kind in mir entstanden. Das wäre doch nie passiert, wenn Martin mich nicht betrogen hätte. Dann wäre jetzt alles beim Alten. Vielleicht wären wir noch glücklich miteinander? Aber ich würde nie wissen, wie es ist, diesen kleinen Kloß in meiner Gebärmutter zu haben.

Es klingelt. Ich renne zur Tür und öffne. Claudia steht mit einem Kuchenpaket davor und grinst sensationslüstern.

»Erst die gute Nachricht, dann kannst du dich entscheiden zwischen Pflaume und Apfel.« Sie hält das Kuchenpaket so hoch, dass ich nicht mal heranreichen würde, wenn ich hochhüpfte.

Wir gehen ins Wohnzimmer, und ich bin mächtig nervös. Claudia ist schließlich die Erste, der ich die Beichte ablege. Meine Freundin schmeißt sich auf die Couch, während ich uns Kaffee eingieße.

»Nun sag schon.« Sie verdreht entnervt die Augen.

Ich setze mich neben sie und komme ohne Umschweife zur Sache. »Ich bin schwanger.«

»Bitte? Du bist was?« Ihre Augen werden riesengroß.

»Du hast schon richtig gehört.« Ich nicke. »Ich erwarte ein Kind.«

Claudia schüttelt vehement den Kopf. »Du weißt schon, was man tun muss, um schwanger zu werden, oder?«, zieht sie mich auf und mustert mich, als hätte ich nicht alle Latten am Zaun.

»Hör auf!« Ich haue sie in gespielter Empörung mit einem Sofakissen. »Natürlich weiß ich, wie so ein Baby zustande kommt. Spaß beiseite.« Ich werde ernst. »Ich hatte vor sechs Wochen einen One-Night-Stand.«

»Ist nicht wahr«, staunt Claudia, »und mit wem?« Ich war auf die Frage gefasst und hatte mir fest vorgenommen, den Namen des Vaters und die Umstände, wie das Kind entstanden ist, für mich zu behalten. Aber jetzt bricht es aus mir heraus.

»Ich habe mit Jacob geschlafen, dem Mann der Frau, die die Affäre mit Martin hat.«

Claudia schnappt nach Luft.

»Oh, du Racheengel. Das glaub ich jetzt nicht. Warum hast du mir davon nichts erzählt? Du kleines Luder!«

Ich zucke mit den Schultern. »Weil es, wie gesagt, nur ein One-Night-Stand war. Ich habe ihm meine Telefonnummer dagelassen, und er hat sich nicht bei mir gemeldet. Was soll ich denn da schon groß erzählen?«

»Verstehe«, erwidert Claudia, »und jetzt bist du schwanger von einem One-Night-Stand, der vermutlich gar kein Interesse an dir hat.«

»Es ist kompliziert«, entgegne ich. »Jacob ist doch mit Susanne verheiratet. Und er hat angedeutet, dass seine Frau todkrank ist. Ich schätze, dass er sich momentan auf Susanne konzentrieren möchte. Oder aber sie ist schon tot, und er trauert immer noch. Würdest du da jetzt mit der Tür ins Haus fallen?«

»O Gott, du machst ja Sachen!« Sie schüttelt ratlos den Kopf. »Ich weiß auch nicht, was ich an deiner Stelle täte, das muss ich zugeben. Aber du darfst nicht vergessen, dass das Kind einen Vater braucht«, gibt sie zu bedenken.

»Wieso eigentlich? Was wäre, wenn ich den Vater des Kindes nicht kennen würde? Ich verdiene genug und kann allein für das Kind sorgen. Ich habe noch ein paar Rücklagen. Ich schaffe das auch allein.« Ich streichle demonstrativ meinen noch nicht vorhandenen Babybauch.

»Letztendlich musst du das allein entscheiden, mein Schatz, aber wenn du mich fragst … ich finde es falsch, dem Kind den Vater vorzuenthalten.«

»Davon spreche ich ja gar nicht. Ich will nur nicht sofort zu Jacob gehen und ihm davon erzählen. Ich denke, dass er jetzt mit sich selbst zu tun hat. Außerdem weiß ich gar nicht, wie er überhaupt darauf reagieren wird, wenn er erfährt, dass er Vater wird. Vielleicht will er das ja gar nicht.«

»Ja, das kann natürlich auch gut möglich sein«, räumt Claudia ein. »Aber wie willst du das herausfinden, wenn du ihm nicht wenigstens sagst, dass er Vater wird?«

»Irgendetwas wird sich schon ergeben. Lass es mich erst mal amtlich machen. Morgen habe ich einen Termin beim Gynäkologen. Bis jetzt weiß ich nur, dass mir ständig übel ist und zwei Schwangerschaftstests positiv ausgefallen sind. Es ist alles noch so neu für mich. Lass mir einfach Zeit, mich selbst erst einmal an den Gedanken zu gewöhnen.«

Claudia umarmt mich still, und ich lehne mich an ihre Schulter.

»Danke, dass du immer für mich da bist. Ich bin so froh, dass ich dich habe, weißt du das?«

Claudia nickt und gibt mir einen Kuss auf den Scheitel. »Dito.«

Einer hormonellen Eingebung folgend, falle ich jetzt über den Kuchen her und koste sowohl Pflaume als auch Apfel.

Und das Schöne daran ist, es bleibt endlich mal alles drin, und ich esse mit Appetit. Ich verspüre zum ersten Mal seit ganz langer Zeit keinen Spontanbrechreiz.

Kapitel 20
Man trifft sich immer zweimal im Leben

Ich sitze auf einer Parkbank im Stadtpark, streichle versonnen meinen astronomischen Babybauch und schaue den Müttern und ihren Kindern beim Klettern und Sandburgenbauen zu. Bis zur Geburt meiner Tochter sind es noch dreißig Tage, und ich freue mich wie eine Irre auf das kleine Wesen, das seit zwei Wochen ständig meine Blase malträtiert. Während ich dem bunten Treiben fröne, warte ich auf Claudia. Sie wollte heute früher Feierabend machen und mit mir eine Runde spazieren gehen, das schöne Juniwetter ausnutzen. Die Sonne gibt alles, und es hat den Anschein, dass ganz Berlin versessen ist auf Sommersprossen und riesige Portionen von Erdbeereis. Ich schaue mich um und checke, ob das kleine Café vorn an der Ecke geöffnet ist. Vielleicht könnte ich dort noch mal kurz zur Toilette gehen, bevor Claudia endlich auftaucht. Ich schaue auf die Uhr. Ich bin zu früh. Mich hat nichts mehr in der Wohnung gehalten. Ich befinde mich seit zwei Wochen im Mutterschutz und bin so sehr auf die Geburt vorbereitet wie sonst wahrscheinlich nur Zwangsgestörte. Beim Zusammenbasteln der Wiege hat Claudia geholfen, genauso wie beim Aufbau der Wickelkommode. Bis zur Größe achtundneunzig ist im Kleiderschrank meines Nachwuchses alles vertreten, sodass ich, selbst wenn der Notstand ausbräche, gewappnet wäre für jedes infrage kommende Problem. Selbst wenn ich Drillinge bekäme, würde ich mich angesichts dieser Tatsache müde lächelnd zurücklehnen. In meiner Wohnung stapeln sich mindestens zwanzig Packungen Einmalwindeln, und mein Baby kennt von Mozart bis Händel über Haydn jede Melodie auswendig, da ich der Meinung bin, dass man gar nicht früh genug mit der frühkindlichen musischen Erziehung beginnen kann. Soll heißen: Ich bin vorbereiteter als die Vorbereitung selbst.

Ich habe noch zehn Minuten Zeit bis zum verabredeten Zeitpunkt. Einen Toilettengang schaffe ich noch locker. Schwerfällig stehe ich auf und schiebe meine Murmel vor mir her Richtung Straßencafé. Ich lasse meinen Blick durch den Stadtpark schweifen und denke an nichts Besonderes, als zufällig zwei Jogger meinen Weg kreuzen. Ich lächle ihnen entgegen, warum, weiß ich selbst nicht so genau, vielleicht weil mein Blick auf die Welt gerade so heil ist. Beide Jogger nicken mir freundlich zu und laufen an mir vorbei. Und plötzlich hört sich meine Welt auf zu drehen. Hab ich da gerade richtig gesehen? Ich wage es kaum, mich umzudrehen, und tue es dennoch. Genauso wie die beiden Jogger, die abrupt innehalten. Einer der beiden, Jacob, joggt auf der Stelle weiter. Martin hingegen ist zur Salzsäule erstarrt und zu keiner Regung mehr fähig.

Da stehen wir drei nun und starren uns wortlos und ziemlich linkisch an. Martin und Jacob fixieren meinen Babybauch, als wäre ich die erste Schwangere, der sie je im Leben begegnet sind. Wie zum Schutz halte ich meine Murmel fest und starre genauso sprachlos zurück.

»Hallo, Bea.« Martin macht einen Schritt auf mich zu, während ich einen Schritt rückwärts mache. Fieberhaft überlege ich, wie ich mich am besten aus dieser unangenehmen Situation herauswinde. Wo bleibt nur Claudia? Die wüsste jetzt ganz genau, was in einer solchen Situation zu tun wäre. Und warum zum Teufel gehen Jacob und Martin gemeinsam joggen? Haben die sich etwa miteinander angefreundet? Martin sieht gut aus, er hat etwas abgenommen, aber ansonsten sieht er aus wie immer. Und Jacobs blaue Augen strahlen mich an, als würde er mich das erste Mal in seinem Leben sehen. Er gibt es endlich auf, auf der Stelle zu joggen, und macht ebenso einen Schritt auf mich zu. Ich schweige. Ich kann nicht mal grüßen. Ich weiß weder, was ich sagen soll, noch, was ich von der Situation zu halten habe. Ich frage mich insgeheim, ob Martin weiß, dass ich mit Jacob geschlafen habe. Rechnet Jacob vielleicht gerade nach, wann wir unseren One-Night-Stand hatten? Sieht er es mir an der Nasenspitze an, dass ich sein Kind unter dem Herzen trage? Wird er jetzt vielleicht Ansprüche an das Kind stellen? Montags, mittwochs, samstags und die Hälfte der Ferien? Mein Atem geht schnell, ich bin vollkommen überfordert, und bevor mir selbst bewusst wird, dass ich hyperventiliere, nehmen mich Martin und Jacob auch schon in die Mitte und führen mich zur nächsten Parkbank. Ich setze mich matt hin und versuche, meinen Atem zu kontrollieren.

»Ich muss dringend pinkeln«, ist das Erste, was ich laut äußere, als ich mich einigermaßen gefangen habe. Die Männer grinsen sich gegenseitig an, und Jacob dreht sich suchend um.

»Guck mal, wenn du noch zwanzig Meter schaffst, dort in dem Café ist eine Toilette.«

»Was du nicht sagst«, sage ich leise vor mich hin. Am liebsten würde ich die beiden anschreien. Ich weiß nicht, wieso, aber ich bin so richtig sauer auf sie. Die gehen hier in aller Seelenruhe gemeinsam joggen, während sich keiner der beiden jemals einen Dreck darum geschert hat, wie es mir die ganze Zeit über ergangen ist.

Ich stehe umständlich auf und latsche Richtung Café. Gern würde ich elegant laufen, aber alles, was mir zu meinem Gang einfällt, ist *latschen* oder *watscheln*. Von mir aus können die beiden zum Teufel gehen. Ich weiß gar nicht, weshalb ich mich eigentlich so aufrege.

»Darf ich mal Ihre Toilette benutzen?«, frage ich die viel beschäftigte Bedienung, die konzentriert über ihrer Kasse brütet. Sie nickt nur und deutet mit dem Zeigefinger einen schmalen Gang hinunter. Während ich zur Toilette laufe, frage ich mich, ob Martin und Jacob noch da sein werden, wenn ich wieder vor die Tür trete. Ich bin nervös, sehr nervös. Ich setze mich auf die Toilette und muss feststellen, dass mir meine Blase mal wieder ein »voll« vorgegaukelt hat. Ich verdrehe genervt die Augen zur Kabinendecke und überlege, was ich als Nächstes tue. Ich spüre, dass mein Handy vibriert. Ich luge aufs Display und bin fast überrascht, dass es Claudia ist.

»Schätzchen«, flötet sie in den Hörer, »ich stehe noch im Stau. Es kann noch 'ne Viertelstunde dauern. Da mach ich einmal früher Feierabend, und dann das!«

»Weißt du, wen ich grad getroffen habe?«, platze ich sofort mit meinen News heraus.

»Wen denn?«

»Martin und Jacob. Die beiden gehen doch tatsächlich gemeinsam joggen. Kannst du dir das vorstellen?«

»Nein«, kommt es ungläubig von der anderen Seite der Leitung.

»Doch!«, ereifere ich mich.

»Und wie bist du die beiden wieder losgeworden?«

»Noch gar nicht! Das ist es ja. Ich habe mich in ein Café geflüchtet, weil ich sowieso grad pinkeln musste. Was soll ich denn jetzt tun? Sag was! Du weißt doch immer, was zu tun ist«, beschwöre ich meine Freundin.

»Vielleicht ist das ein Wink des Schicksals. Jetzt hast du endlich die Chance, die Karten auf den Tisch zu legen.«

»Nein, niemals! Die beiden da draußen spielen Friede, Freude, Eierkuchen, während sich in all der Zeit niemand auch nur im Ansatz gefragt hat, wie es mir eigentlich geht. Das kannst du vergessen. Ich habe eine Scheißwut auf die beiden«, grolle ich aus tiefster Seele.

»Schätzchen, du weißt, dass ich auf deiner Seite bin, immer. Aber ich habe dir doch prophezeit, dass dir die ganze Sache auch mal ganz schnell auf die Füße fallen kann. Oder? Hörst du es jetzt gerade, in diesem Augenblick, rumsen?«, fragt sie sehr plastisch.

»Ja, ich weiß«, lenke ich entmutigt ein. »Ich habe keine Ahnung, was ich jetzt machen soll. Aber ich kann erst recht nicht da rausgehen, einfach drauflos plaudern und so tun, als ob überhaupt nichts gewesen wäre.«

»Wie gesagt, gib mir noch zehn Minuten, dann bin ich bei dir. Ich drücke auf die Tube.«

Claudia legt auf, und ich wasche mir die Hände.

Ich will mich innerlich wappnen für alle Fälle. Ich klatsche mir kaltes Wasser ins Gesicht und versuche, einen kühlen Kopf zu bewahren. Hätte ich nur Martin allein oder nur Jacob allein getroffen, dann wäre das schon einer Katastrophe gleichgekommen. Aber sie beide auf einmal zu treffen und auch noch mit anzusehen, dass sie einträchtig gemeinsam Sport treiben, macht mir schwer zu schaffen. Ich weiß überhaupt nicht, was ich davon halten soll.

Ich sammle mich und denke nach. Was soll mir eigentlich passieren? Genau genommen bin ich mir keiner Schuld bewusst, und was die Vaterschaft meines ungeborenen Kindes angeht, kann ich meinen Bluff auch noch eine Zeit lang aufrechterhalten. Mir ist es sogar egal, ob Jacob einen Vaterschaftstest in Erwägung zieht. Diesen kann er ja erst dann einfordern, wenn das Kind auf der Welt ist. Was mache ich mir hier überhaupt einen Kopf? Am Ende fragt nicht mal einer nach dem Vater des Kindes, mache ich mir selbst Mut. Was glauben die eigentlich, wer die sind? Und jetzt plötzlich gewinnt mein Kampfgeist die Oberhand. Ich trockne mir die Hände ab, ziehe meinen Rock gerade und verlasse hoch erhobenen Hauptes das Café. Martin und Jacob sitzen immer noch auf der Bank, die Tür des Cafés und damit auch mich fest im Blick. Langsam stehen sie auf und kommen zu mir herüber. Ich verschränke demonstrativ die Arme vor der Brust.

»Hast du Zeit für einen Kaffee?«, fragt mich Martin, während Jacob schweigend hinter ihm steht und mich mit den Blicken aus seinen stahlblauen Augen durchbohrt. Am liebsten würde ich sofort wieder auf die Toilette flüchten, als ich mich selbst sagen höre: »Warum nicht?« Ich wende mich um und setze mich an einen der Tische.

»Ich lass euch dann mal allein«, sagt Jacob, lächelt mir noch mal zu und hebt die Hand zum Gruß.

»Tschüs dann.« Martin winkt ihm hinterher und setzt sich neben mich.

Wir schauen uns stillschweigend an. Es fühlt sich ein bisschen nach Blind Date an. Wir haben uns so lange nicht gesehen, dass ich mich Martin in keiner Weise mehr verbunden fühle. Jeglicher Zauber, der einmal von ihm ausging, ist verflogen. Jetzt im Moment reicht meine Vorstellungskraft nicht mal mehr so weit, mir auszumalen, dass wir tatsächlich einst ein Paar gewesen sind. Ich wage zu behaupten, dass ich mir Martin seit meiner Schwangerschaft sogar mehr als erfolgreich aus dem Kopf geschlagen habe. Er war auf einmal nicht mehr wichtig. In diesem Moment wird mir klar, dass ich tatsächlich aufgehört habe, ihn zu lieben. Da war auf einmal nur noch Liebe da für dieses kleine Wesen in mir. Ich horche in mich und warte darauf, dass alte Gefühle hochkommen. Ich will nur mal probieren, ob es noch wehtut, ob das Herz noch mal aufreißen und neu bluten kann. Aber da ist nichts. Wenn da was ist, dann lediglich Erleichterung darüber, dass wenigstens Jacob den geordneten Rückzug angetreten hat.

Die Bedienung kommt an unseren Tisch, und ich bestelle mir ein Glas Wasser, Martin ordert ein Kännchen Kaffee.

»Wie geht es dir?«, fragt er, während er mich mustert.

»Gut«, gebe ich einsilbig zurück.

»Schön.« Martin nickt. »Das ist gut.«

Ich fühle mich unwohl. Ich will das hier alles nicht. Ich will jetzt mit Claudia einen Spaziergang machen und dann so tun, als hätte ich Martin und Jacob nie getroffen.

»Willst du über etwas Bestimmtes mit mir reden?«, frage ich ohne Umschweife.

Martin schüttelt den Kopf. »Aber vielleicht willst du mir ja was erzählen«, deutet er auf meinen Bauch. »Willst du die Scheidung?«, erkundigt er sich ganz direkt.

Ich schaue ihm in die Augen und frage mich, was er denkt oder ob er weiß, dass ich Jacob kenne und sogar eine Nacht mit ihm verbracht habe. Gleichzeitig zucke ich mit den Schultern.

»Mir egal. Wenn du sie willst.« Ich schiebe ihm den Schwarzen Peter zurück.

Martin schnaubt auf einmal und lacht. »Ist das nicht blöd, dass wir all die Zeit über nicht mal mehr miteinander geredet haben?«

Ich zucke wieder mit den Schultern. »Ich glaube nicht. Ich fand es eigentlich ganz heilsam, wenn ich ehrlich bin.« Die Bedienung bringt unsere Bestellung, und ich trinke gierig einen Schluck Wasser. Meine Kehle ist vor lauter Aufregung staubtrocken. Es ist eher eine fassungslose Aufgeregtheit, die mich durchströmt. Ich bin sehr wütend darüber, dass es ihm offensichtlich ganz gut geht und er dennoch nicht versucht hat, mit mir in Kontakt zu treten. Ich habe große Lust, ihm wehzutun. Ich atme tief durch und schaue Martin direkt in die Augen.

»Ist sie tot?«, frage ich unvermittelt und fasse mir kurz an den Mund, als hätte ich mir die Lippen verbrannt. »Entschuldige«, schiebe ich hinterher, »es geht mich natürlich nichts an. Tut mir leid. Das war sehr unsensibel von mir.« Für einen Moment will ich im Erdboden versinken. Ich frage mich selbst, was in mich gefahren ist. Das können nur die Hormone sein, die da aus mir sprechen, oder mein Verstand ist schlicht und ergreifend meiner Wut unterlegen.

Ungeachtet meiner Taktlosigkeit, nickt Martin und schaut voller Beklemmung in eine andere Richtung. »Ja, ist sie. Schon seit acht Monaten.«

Ich nicke und spüre, wie ich rot werde. »Schon gut, es geht mich ja auch nichts an«, wiederhole ich, obwohl ich ein bisschen der Meinung bin, dass mich alles etwas angeht. Immerhin sind wir noch verheiratet, wenn auch nur auf dem Papier.

»Sie war sehr krank«, sagt Martin, und ich hebe eine Augenbraue.

Für einen Moment halte ich inne und überlege, ob Martin die nächste Frage, die mir schon seit langer Zeit unter den Nägeln brennt, verkraftet.

»Darf ich fragen, was sie für eine Krankheit hatte?« Ich schirme meine Augen ab, einerseits, weil mir die Sonne unmittelbar ins Gesicht scheint, andererseits, damit ich Martin nicht direkt in die Augen schauen muss.

»Chorea Huntington«, antwortet er, »ich weiß nicht, ob du die Krankheit kennst.«

»Doch ja, kenne ich.« Ich nicke und bin sprachlos. Ich

weiß, dass diese Krankheit sehr selten und eine Erbkrankheit ist, die früher oder später tödlich endet.

»Wow«, entweicht es mir, und ich trinke vor Verlegenheit noch einen Schluck Wasser.

Martin lächelt müde in seinen Kaffee.

Das Kind, das in mir ist, macht sich bemerkbar und tritt, wahrscheinlich getrieben von meiner eigenen Aufregung, gegen meine Bauchwand, sodass sich ein kleiner Huckel bildet. Ich streichle ihn, und ganz plötzlich rutscht Martin ein Stück heran.

»Darf ich?«, fragt er, während seine Hand plötzlich über der Stelle schwebt, die ich gerade streichle.

Ich bin so perplex, dass ich meine Hand fortziehe und einfach nur nicke. Martin legt seine Hand auf meinen Bauch und wartet ab, bis sich das Kind wieder bewegt. Es dauert bestimmt eine halbe Minute, und dann fühlt er es. Ihm läuft eine Träne aus dem Augenwinkel, vermutlich aus Rührung. Beschämt schaut er in eine andere Richtung, und ich weiß gar nicht mehr, wie ich mich verhalten soll oder was von mir erwartet wird, das heißt, falls etwas erwartet wird.

»Alles in Ordnung?«, frage ich. Ich fühle mich unwohl. So kenne ich Martin überhaupt nicht. Vor allem finde ich sein Verhalten befremdlich, da ich mich gut daran erinnere, wie sehr er sich gegen Kinder gesträubt hat. Wir haben damals heftige Diskussionen geführt, aus denen er letztendlich als Sieger hervorging. Er ging sogar so weit, sich in einer Nacht-und-Nebel-Aktion sterilisieren zu lassen. Danach war das Thema für mich gestorben. Ich habe, aufs Äußerste frustriert, über sein egoistisches Handeln hinweggesehen und meinen Wunsch so tief wie möglich in meinem Herzen begraben.

Martin räuspert sich und schaut mir fest in die Augen. »Ich muss dir was erzählen.« Er wischt sich die Träne von der Wange.

Ich nicke nur und bin gespannt.

»Ich habe dir nie davon erzählt, weil ich damals dachte, dass du mich dann nicht mehr willst.«

»Ach so?« Meine Augenbrauen heben sich. »DU hattest also Angst, dass ICH dich nicht mehr will?«, frage ich sarkastisch.

»Ich meine doch, bevor das alles losging mit Susanne«, lenkt Martin unwirsch ein. »Ich habe dir damals nicht die Wahrheit gesagt. Ich finde, inzwischen bin ich sie dir schuldig. Ich habe dir etwas verschwiegen. Aber jetzt, wo ich sehe, dass du ein Kind erwartest, glaube ich, kannst du die Wahrheit verkraften, und ich werde mich hinterher hoffentlich nicht mehr ganz so schuldig fühlen. Und vielleicht wirst du mir irgendwann sogar verzeihen können, wer weiß?«

»Wann damals?«, hake ich nach und weiß nicht, ob ich gerüstet bin für noch mehr Gespenster aus der Vergangenheit, Kränkungen oder alte Geständnisse, die jetzt sowieso keine Rolle mehr spielen.

»Ich hatte als Kind einen schlimmen Fahrradunfall. Ich war zwölf, die Pubertät fing gerade an«, beginnt Martin zu erzählen.

Neugierig lausche ich seinen Worten. Ich kenne kaum Geschichten aus seiner Kindheit, weil die laut seinen eigenen Aussagen nicht immer rosig war.

»Es war Sommer, und ich wollte mit meinen Freunden zum Wannsee baden fahren, als unvermittelt dieser Lkw um die Ecke bog und mich zwang, so kräftig zu bremsen, dass ich vom Fahrrad geschleudert wurde. Unglücklicherweise knallte ich mit meiner Körpermitte so hart auf den Lenker meines Fahrrads, dass ich vor Schmerz ohnmächtig wurde. Ich bin dann erst wieder aufgewacht, als man mich aus dem OP schob.«

Ich bin einigermaßen fassungslos und halte mir entsetzt eine Hand vor den Mund.

»Aber wieso hast du mir das nie erzählt? Das ist doch nichts, weswegen man sich schämen muss!«, sage ich aus tiefer Überzeugung.

»Wegen des Unfalls schäme ich mich auch nicht. Weißt du …«, stammelt er und rührt verlegen in seinem Kaffee. »Damals war man noch nicht so weit. Sie haben plastisch und funktionell alles richten können, aber ich habe durch die Operation meine Zeugungsfähigkeit eingebüßt.«

»Du hast was?«, frage ich und kann es nicht glauben, dass Martin mir das vorenthalten hat. Wie ein Häufchen Elend sitzt er da und starrt in seinen Kaffee.

»Es tut mir leid, Bea, wirklich. Ich weiß, dass das unentschuldbar ist. Jedoch bitte ich dich, mir zu verzeihen. Kannst du dich noch daran erinnern, als du mir damals deine Telefonnummer zugesteckt hast?«

Ich nicke nur. Mein Blick bleibt argwöhnisch. Martin kotzt mich nur noch an.

»An dem Tag war ich der glücklichste Mensch der Welt«, behauptet er.

»Ach, war das so?«, frage ich spöttisch. »Deshalb hast du mich auch vierzehn Tage lang hingehalten und nicht zurückgerufen. Weißt du, langsam wird mir das hier alles zu blöd.« Ich winke der Kellnerin. »Zahlen bitte.«

»Bitte hör mir nur noch kurz zu. Du sollst die ganze Wahrheit erfahren, vielleicht kannst du mich dann wenigstens im Ansatz verstehen.«

Ich schaue zur Seite, tue desinteressiert.

»Damals hatte ich gerade eine langjährige Beziehung hinter mir. Tina hatte sich frisch von mir getrennt, weil ich zeugungsunfähig war. Das wollte ich auf keinen Fall noch einmal riskieren. Verstehst du?«

Ich möchte vor Wut platzen. »Und da baust du deine nächste Beziehung auf einer richtig großen beschissenen Lüge auf? Bist du bekloppt?«, schreie ich ihn an und vergesse meine gute Erziehung.

Martin zieht den Kopf ein und schaut beschämt in alle Richtungen. Zwei Tische weiter sitzt ein Pärchen, das uns unverhohlen mustert.

»Ich weiß doch, dass das ein großer Fehler war«, versucht er es ein letztes Mal.

»Ja«, falle ich ihm ins Wort, »und du hast nicht nur diesen einen Fehler begangen. Unsere ganze Ehe war ein einziger großer Fehler.«

Ich stehe auf und sehe, dass mir Claudia entgegenkommt. Dankbar taumele ich auf sie zu und bin sehr erleichtert, als sie mich in die Arme schließt und einfach nur festhält.

»Lass uns einfach nur nach Hause gehen.« Ich weine in ihre Schulter. »Mir ist der Tag restlos vergangen.«

Kapitel 21
»Wer Liebe sucht, findet sie nicht, sie überfällt uns, wenn wir sie am wenigsten erwarten.«

George Sand

Mein Handy klingelt. Ich will die Rufnummer überprüfen und sehe, dass sie unterdrückt ist.

»Schulze«, melde ich mich vorsichtig und bin neugierig, wer da wohl am anderen Ende ist. Ich kenne niemanden, der mich mit einer Rufnummernunterdrückung anrufen würde, abgesehen von Menschen, die einem eine Versicherung oder einen neuen Mobilfunkvertrag andrehen wollen.

»Ich bin's, Jacob.«

Ach nee, denke ich und unterdrücke jeglichen sarkastischen Kommentar, und mir fallen auf Anhieb ein Dutzend davon ein. Allerdings sage ich auch nichts anderes. Ich schweige beharrlich. Es ist jetzt eine Woche her, seitdem mir Martin und Jacob über den Weg gejoggt sind. Nach der eher unerfreulichen Begegnung mit Martin hatte ich gar nicht mehr über Jacob nachgedacht. Ich war anderweitig beschäftigt, nämlich damit, mir einen Anwalt zu suchen und nach all der Zeit endlich mein altes Leben hinter mir zu lassen, gewissermaßen zu entrümpeln und die Scheidung einzureichen. Angesichts dessen, dass sich der Tag meines Auszugs aus der ehelichen Wohnung demnächst jährt, sehe ich keinen Grund mehr, noch länger mit Martin verheiratet zu bleiben.

»Beate?«, holt mich Jacob aus meinen Gedanken.

»Was willst du?«, frage ich und lege eine ordentliche Portion Unlust in meine Stimme.

»Ähm«, stottert er, »ich wollte dich fragen, ob wir uns treffen können?«

Ich atme tief durch.

»Ich weiß nicht. Wieso willst du mich denn sehen?«

»Nur so. Ich würde dich eben gern sehen«, erwidert Jacob. Er klingt kein bisschen nervös, aber irgendwie nehme ich ihm seine aufgesetzte Gelassenheit nicht ganz ab.

»Hast du meine Telefonnummer hinterm Kühlschrank gefunden?«, frotzele ich und halte ihn hin, um mir darüber klar zu werden, ob ich Jacob überhaupt treffen will.

Jacob lacht. »Natürlich nicht, die habe ich ordentlich und sauber im Freunde-Ordner unter der Rubrik *Anrufen, wenn du wieder klar im Kopf bist* abgelegt.«

Jetzt lache ich. Ich weiß nicht, ob ich zu voreilig nachgebe, aber diesen Spruch finde ich angesichts unserer *einmaligen* Vergangenheit sehr originell. Ich kann mir gut vorstellen, dass Jacob Zeit brauchte, um über den Verlust seiner Frau hinwegzukommen.

»Und bist du denn wieder klar im Kopf?«

»Jeden Tag ein bisschen mehr«, erwidert er.

»Schön.« Ich bleibe einsilbig. Es entsteht eine kurze Pause. Ich verdrehe nervös die Augen und schneide alberne Grimassen, die er gottlob nicht sehen kann.

»Hör zu«, sagt er bestimmt, »letztendlich kannst du ja tun und lassen, was du willst, aber ich weiß nicht, ob ich dir schon mal erzählt habe, dass ich der Besitzer eines richtig hippen In-Ladens in der Stadt bin. Das heißt, ich könnte dir 'ne doppelte Portion Garnelen in die Pfanne hauen lassen. Na? Wie findest du die Idee?«

Bei dem Gedanken an unser Essen huscht mir tatsächlich ein Lächeln übers Gesicht, und doch spüre ich auch, dass die Umstände unseres Kennenlernens einen ranzigen Nachgeschmack hinterlassen haben.

»Heißt das etwa, du würdest nicht selbst kochen?«, frage ich, um Zeit zu schinden. Ich finde die Vorstellung, mit Jacob essen zu gehen, irgendwie schön. Als ich ihm vor einer Woche gegenüberstand und er sich so schüchtern im Hintergrund hielt, hat mir das sehr gefallen. Ich vermute, er ist keiner, der sich in den Vordergrund schiebt. Er ist so ganz anders als Martin. Jacob scheint mehr wie ich zu sein.

»Wenn du drauf bestehst, kann ich auch selbst kochen«, bietet Jacob spontan an.

Nachdem ich weiterhin schweige, weil ich nicht weiß, ob ich das auch wirklich will, ändert er seine Taktik.

»Du könntest auch zu mir nach Hause kommen, und ich koche dort für uns. Wir gucken dann gemeinsam, was uns der Abend so bringt. Was hältst du davon?«

»Nein, ich will nicht in *die* Wohnung«, lehne ich prompt ab und beiße mir auf die Unterlippe.

»Da hast du aber großes Glück, dass ich umgezogen bin«, erwidert Jacob.

Ich muss lachen und kneife die Augen fest zusammen. Mir fällt keine fadenscheinige Ausrede mehr ein, mich nicht mit ihm zu treffen. Obendrein freunde ich mich allmählich mit dem Gedanken an, mit dem Vater meines Kindes lockeren Kontakt zu halten. Darüber hinaus interessiert es mich, wie Jacob zum Thema »Kinder« steht.

»Bist du wirklich umgezogen?«, frage ich.

»Ja, ich musste raus aus der Susanne-Wohnung. Dort ist so viel Furchtbares passiert, dass ich es nicht ausgehalten habe, jeden Tag an all das erinnert zu werden. Aber es ist gut so, wie es jetzt ist. Ich wohne jetzt in einer Jacob-Wohnung, und ich gewöhne mich langsam an mich.« Ein klein wenig Stolz schwingt in seiner Stimme mit.

»Ich weiß, was du meinst«, sage ich mehr zu mir selbst. »Schick mir mal deine Adresse per SMS, okay? Wie sieht's denn in einer Woche aus, also Montag um achtzehn Uhr?« Ich habe nachgegeben.

»Perfekt«, meint Jacob. »Ich freue mich«, fügt er hinzu. Dann lege ich auf. Zwei Minuten später erhalte ich eine SMS mit Jacobs neuer Adresse. Am Ende der SMS erscheint außerdem einer dieser albernen Smileys, die Herzen in den Augen haben.

Ich gluckse und frage mich, ob es meine Tochter ist, die sich in meinem Bauch bewegt, oder ob da gerade doch vielleicht ein Schwarm Schmetterlinge ihr Unwesen treiben.

Selig grinsend, sitze ich da und starre Löcher in die Luft. Wenn ich ehrlich zu mir selbst bin, hätte ich mich am liebsten sofort mit Jacob getroffen. Ich weiß selbst nicht, warum ich unser Treffen um eine ganze Woche verzögert habe. Als ich Claudia anrufe und ihr von meinem Telefonat mit Jacob erzähle, lacht sie nur und zieht mich damit auf, dass ich nächste Woche auch keine schmalere Taille hätte, auch dann nicht, wenn ich versuchte, den Bauch einzuziehen. Claudia ist ansonsten kurz angebunden, da sie wie immer verabredet ist. Ich kann ihrer übersprudelnden Dynamik momentan nicht mehr standhalten, da mich die Schwangerschaft körperlich sehr beeinträchtigt. Ich bin kurzatmig, und jede Arbeit, die ich verrichte, scheint mir nur noch in Zeitlupe von der Hand zu gehen. Deshalb schone ich mich und gönne mir und dem Kind Ruhe. Ruhe, die ich so dringend benötige für die nächsten Wochen, die sicher sehr anstrengend werden.

Es ist Montag. Endlich. Ich schlage die Augen auf in dem Bewusstsein, dass ich heute Abend zu Jacob fahren werde, dem Vater meines ungeborenen Kindes. Ich schlafe kaum noch, weil die Schwangerschaft in ihren letzten Zügen liegt.

Meine Beine lagern Wasser ein, der Rücken rächt sich insbesondere abends für die Doppelbelastung. Und auch sonst fühle ich mich selbst nicht sehr anziehend, speziell bezogen aufs andere Geschlecht. Ich rolle mich schwerfällig aus dem Bett und tapse durch die Wohnung. Wie jeden Morgen mache ich auf dem Weg zur Küche einen kleinen Schlenker vorbei an der Holzwiege, an der seit gestern ein Mobile hängt. Ich habe es online bestellt, da ich kaum noch aus dem Haus komme, jetzt, wo es jeden Tag losgehen könnte. Ich lächle bei der Vorstellung, dass dort in der Wiege bald meine Tochter liegen wird. Ich habe mich immer noch nicht für einen Namen entschieden. Ich schwanke zwischen Vivien und Josephine, und so recht wollte auch Claudia mir diese Entscheidung nicht abnehmen. Sie ist der Meinung, dass, wenn ich meine Tochter erst einmal in den Armen hielte, ich schon ganz genau wisse, wie ihr Name sei. Ich vertraue auf Claudias Hypothese, auch wenn es mich irgendwie nervt. Es ist wie eine Sache, die noch nicht erledigt ist. Seitdem ich weiß, dass ich Mutter werde, habe ich es gern, wenn Sachen erledigt sind. Etwas locker auf mich zukommen zu lassen will mir zurzeit einfach nicht gelingen. Deshalb bin ich auch froh, dass ich heute endlich Jacob treffe. Es ist Ende Juni, und die Wetter-App auf meinem Handy verkündet fünfundzwanzig Grad und den ganzen Tag über eitel Sonnenschein. Das Wetter passt zu meiner Stimmung, dennoch versuche ich, den heutigen Abend betreffend, nichts zu erwarten. Innerlich wappne ich mich schon jetzt vor einer Enttäuschung, versuche von vornherein nichts zu erhoffen. Und doch durchströmt mich eine gewisse Vorfreude, die ich auch zulasse.

Erwarte ich etwas?, horche ich in mich hinein. Ganz tief unten in meinem Bewusstsein trage ich mich schon mit dem Wunsch, einmal eine richtige Familie zu haben. Vater. Mutter. Kind. Aber erhoffe ich mir, dass Jacob, statt nur den Vater, auch den Mann im Haus mimt? Erwarte ich das? Wünsche ich es mir? Ich weiß es nicht. Ich kenne Jacob noch zu wenig, um mir ein gemeinsames Leben mit ihm vorzustellen.

Nun lass doch den Abend erst mal auf dich zukommen!, ermahne ich mich streng und verplane den heutigen Tag so, dass mir das Warten auf unser gemeinsames Treffen nicht allzu schwerfallen dürfte. Ich werde einkaufen fahren. Mein Kühlschrank und die Vorratsschränke sind beinahe leer, und aus Erfahrung weiß ich, dass mich der Einkauf den halben Tag kosten wird. Ich mache alles sehr langsam, mit Bedacht. Ich fahre noch Auto, obwohl Claudia mir das untersagt hat. Der Supermarkt befindet sich in zwei Kilometern Entfernung. Da wird mir schon nichts passieren, argumentiere ich dann immer und setze mich stur über ihr albernes Fahrverbot hinweg. Um Jacob heute Abend zu besuchen, muss ich auch nur kurz über die Stadtautobahn. Er wohnt in Wilmersdorf, gut erreichbar von hier aus.

Nachdem ich den Vormittag mit Einkaufen und Auffüllen meines Kühlschranks und sämtlicher Vorratsschränke vertrödelt habe, mache ich noch Mittagsschlaf, der sich glücklicherweise verselbstständigt und sich bis zum späten Nachmittag hinzieht. Es ist inzwischen sechzehn Uhr, und ich fange an, mich auf den Abend vorzubereiten. Ich lackiere meine Fingernägel, steige unter die Dusche und ziehe mein schönstes Umstandskleid an, das ich habe, und ich habe zugegebenermaßen nur zwei Stück davon. Meine Haare sind durch die Schwangerschaft voller geworden und fallen mir in weichen Wellen auf die Schultern. Claudia hat neulich erst neidisch gesagt, dass, wenn sie eine solche Haarpracht bekäme, sie auch über eine Schwangerschaft nachdenken würde. Ich schminke mich dezent und lege ein wenig Parfüm an. Proportional zur steigenden Vorfreude wachsen auch meine Bedenken. Wird Jacob mich direkt fragen, ob das Kind von ihm ist? Und werde ich ihm die Wahrheit sagen? Doch, ich werde sie ihm sagen, nehme ich mir fest vor. Ich werde ihm nicht vorenthalten, dass er Vater wird. Das kann und will ich nicht. Rückblickend basierte mein Leben auf zu vielen Lügen und Fehlern, auch wenn ich selbst direkt keine Schuld daran trug. Diese Lügen haben jedoch letztendlich mein Leben bestimmt, und ich habe für mich entschieden, dass so ein Verhalten nicht meinem Wesen entspricht. Ich habe Martin und meine Ehe mit ihm hinter mir gelassen. Mir ist es inzwischen egal, wie er sein weiteres Leben gestaltet, und ich halte innerlich an einem Spruch fest, den mir meine Großmutter immer mal wieder beim Kartoffelschälen eingebläut hat: »Jeder Mensch bekommt im Leben das, was er verdient.« Ich vertraue einfach auf den Spruch meiner Großmutter und versuche, nicht mit meiner Vergangenheit zu hadern. Fakt ist, dass mich meine Erfahrungen zu dem Menschen gemacht haben, der ich bin. Und ich glaube, so schlecht steht es gar nicht um mich. Und vielleicht werde ich ja irgendwann einen Mann davon überzeugen können, dass ich gar keine so üble Partie bin. Und wenn Jacob das nicht herausfindet, so wird es früher oder später ein anderer Mann sein. Ganz vorn, an erster Stelle, steht jetzt erst einmal die Geburt meiner Tochter. Um die Zukunft meines Liebeslebens kann ich mir später noch Gedanken machen.

Kapitel 22
Ende gut, alles gut?

Ich stehe vor der Stadtvilla, in die Jacob offenbar gezogen ist, und bin angenehm überrascht. Es handelt sich um einen Altberliner Bau, der aufwendig restauriert wurde. Bevor ich meiner inneren Aufregung Gelegenheit gebe, über sich hinauszuwachsen, drücke ich den Klingelknopf. Der Türsummer ertönt, und ich betrete das Haus. Im Augenwinkel nehme ich weiße Briefkästen wahr, was mich stark an unser erstes Treffen erinnert.

»Zweite Etage, schaffst du das?« Jacob kommt halb die Treppe herunter, und ich ziehe eine Schnute.

»Ich bin nur schwanger, die Beine funktionieren noch«, maule ich, um bereits nach sechs Stufen kurzatmig zu werden. Langsam nehme ich Stufe für Stufe und bin froh, als ich endlich in der zweiten Etage ankomme.

Wir stehen uns gegenüber. Ich schnaufe noch eine Weile, während Jacob lässig im Türrahmen lehnt.

»Hallo.« Er strahlt übers ganze Gesicht, wobei seine Mimik nicht nur Freude, sondern auch Verlegenheit ausdrückt.

»Hi«, schnaufe ich immer noch kurzatmig und reiche ihm die Hand. Er ergreift sie und hält sie fest, nicht so stark, als dass ich sie nicht wegziehen könnte. Eher locker, sodass ich selbst entscheiden muss, ob ich ihn loslasse. Ich lasse meine

Hand einfach in seiner. Zu meiner Kurzatmigkeit gesellt sich prompt Schamesröte, was Jacob keinesfalls entgeht. Er zieht mich in die Wohnung. Und nun lässt er mich doch los.

»Geh einfach durch, ich komme sofort nach«, sagt er und zeigt in Richtung Wohnzimmer, während er selbst in einem der anderen Räume verschwindet. Ich schaue mich um und bin angenehm überrascht. Nichts, aber auch gar nichts ähnelt in irgendeiner Art und Weise der Wohnung, die mir in Erinnerung geblieben ist. Jacobs Wohnung hat weiße Wände und dunkelbraune Ledermöbel. Ich befinde mich zweifelsfrei in einer Männerwohnung. Das Einzige, was nicht so sehr ins typische Bild passt, sind die vielen verschiedenen Grünpflanzen, die offensichtlich wunderbar gedeihen. Er scheint einen grünen Daumen zu besitzen, was ich als Besonderheit anerkenne, da Grünpflanzen bei mir zu Hause über kurz oder lang aussterben, immer. Die Balkontür steht offen, und weil es ein so milder Abend ist, trete ich ins Freie. Der Balkon entpuppt sich als gemütliche Terrasse, auf der der Tisch schon gedeckt ist. Zwischen den Tellern steht ein Windlicht, dessen züngelnde Flamme durch blaues Glas geschützt ist. An den beiden äußeren Begrenzungen der Terrasse sind Rankengitter befestigt, an denen Efeu die Sicht auf die Nachbarterrassen versperrt. Ich setze mich auf einen der einladenden Stühle und atme tief durch.

»Na, gefällt's dir bei mir?« Jacob kommt auf die Terrasse. In der Hand hält er einen Krug Eistee.

Ich nicke. »Ja, sehr. Du hast es sehr schön hier. Die perfekte Sommerwohnung …« Ich schaue über die Brüstung in die Ferne, um nicht in Jacobs stechend blaue Augen schauen zu müssen. Durch die Bäume scheint die Sonne nicht mehr so intensiv wie noch am Nachmittag, was ich persönlich sehr angenehm finde. Jacob gießt uns beiden Eistee ein und setzt sich zu mir. Er sieht fantastisch aus. Er trägt ein legeres weißes Hemd und Bluejeans, die an den richtigen Stellen perfekt sitzen. Von ihm geht ein eigentümlicher Duft aus. Es ist eine Mischung aus frisch geduscht und Küchenkräutern, sexy irgendwie.

»Hast du gut hergefunden?«, fragt er höflich, und ich spüre, dass er nervös ist. Beim Eingießen des Eistees hat seine Hand leicht gezittert.

»War ein Kinderspiel.« Ich lächle und streichle meinen Bauch, nur um nicht ruhig dasitzen zu müssen. Irgendetwas liegt in der Luft, und ich bin mir sicher, dass das nicht nur das köstlich duftende Grillfleisch des Nachbarn ist.

»Was gibt's denn Feines zu essen?«, frage ich aus Verlegenheit. Mir will partout kein Thema einfallen, das nicht in direktem Zusammenhang mit Martin, Jacob, Susanne oder meinem Baby steht. Es ist zum Haareraufen.

»Ich dachte, ich halte an unserer kleinen Tradition fest. Es gibt Spaghetti mit Garnelen in Öl und Tomatensoße. Ich habe sogar frische Kräuter aus meinem kleinen Kräutergarten verwendet.« Jacob dreht sich um und zeigt stolz auf ein künstlich angelegtes kleines Beet, auf dem sich eine Vielzahl verschiedenster Kräuter tummelt.

»Du weißt aber schon, dass eine Tradition erst eine Tradition sein kann, wenn man öfter als zweimal an ihr festgehalten hat, oder?« Ich lächle Jacob vorwitzig an und nehme einen Schluck Eistee.

Jacob lehnt sich zurück und versucht entspannt zu wirken. »Da magst du recht haben. Wir könnten ja gemeinsam versuchen, daraus eine Tradition zu machen?!«

Ich nicke. »Wir werden sehen.«

»Wann ist es denn so weit?« Jacob deutet mit einem Kopfnicken auf meinen Bauch.

Ich fühle mich ein bisschen überrumpelt, obwohl ich natürlich wusste, dass er mir heute irgendwann diese Frage stellen würde. Nun muss ich Farbe bekennen. Wenn ich ihm jetzt den voraussichtlichen Zeitpunkt der Entbindung sage, wird er eins und eins zusammenzählen können.

»In zwei Wochen circa«, antworte ich mit gedämpfter Stimme und nehme noch einen Verlegenheitsschluck Eistee. Ich traue mich kaum, ihn anzusehen.

»Hm, zwei Wochen also.« Jacob kratzt sich am Kopf, während er mit dem Zeigefinger der anderen Hand den Rand seines Glases nachzeichnet. Ich weiß nicht, ob das Echo eine Frage, eine Feststellung oder sonst etwas ist, weshalb ich nur nicke und zur Abwechslung mal wieder über die Brüstung schaue.

»Hast du schon Hunger?«

»Ein bisschen«, lüge ich – in der Hoffnung, für einen Moment seinen Fragen oder Blicken oder aber auch fragenden Blicken zu entkommen. Ich bin mir sicher, dass ich vor lauter Aufregung keinen Bissen runterkriegen werde, was wirklich schade wäre, insbesondere da ich weiß, wie gut Jacob kochen kann, zumindest das vermeintliche »Traditionsmahl«. Er steht auf.

»Bleib sitzen und genieß die schöne Aussicht. Ich bin gleich wieder da.«

Und das tue ich dann. Ich versuche, einfach dazusitzen, mich zu entspannen und die Aussicht zu genießen. Es dauert nur wenige Minuten, bis Jacob auch schon wieder auf die Terrasse tritt mit zwei vollen Tellern in der Hand. Die Portion auf meinem Teller ist bald doppelt so groß wie seine.

»Willst du mich mästen?«, frage ich und halte mir lachend eine Hand vor den Mund.

»Nein, nein! Aber du musst doch jetzt für zwei essen, stimmt's?«

»Stimmt, aber so viel kann ich nicht essen, Jacob, die

Kleine drückt mir von unten so auf den Magen, dass ich nur noch ganz kleine Portionen zu mir nehmen kann.«

Jacob horcht auf.

»Du weißt also schon, dass es ein Mädchen wird?« Seine blauen Augen leuchten blauer denn je, wenn das überhaupt möglich ist. Er schaut mich mit einer solchen Offenheit an, dass mir fast der Atem stockt.

»Ja, es wird ein Mädchen«, sage ich feierlich, und im Stillen füge ich hinzu: *Ja, lieber Jacob, du wirst bald der Vater einer wundervollen Tochter sein.*

»Schön«, erwidert er nur und strahlt dabei übers ganze Gesicht, sodass ich nicht anders kann, als mit ihm zu grinsen.

Nachdem ich meinen Teller mit Jacobs getauscht habe, essen wir. Und grinsen. Und schweigen dazu. Einvernehmliches Schweigen. Wir schweigen das Schweigen, das man gut erträgt. Und dafür, dass ich ursprünglich kaum Hunger oder Appetit hatte, schlage ich ganz schön über die Stränge. Es schmeckt köstlich, genauso wie beim ersten Mal. Als ich wirklich nichts mehr runterkriege, schiebe ich den Teller etwas fort und lehne mich zurück.

»Eins muss ich dir lassen, kochen kannst du ausgezeichnet… jedenfalls dieses Gericht«, schiebe ich schnell hinterher. Jacob lacht auf.

»Ich kann auch noch andere Sachen zaubern. Das kann ich dir beweisen, du musst mich nur lassen.« Er kratzt wieder an »unserer« empfindlichen Oberfläche.

Ich nicke nur und schweige noch ein wenig weiter vor mich hin. Es ist merkwürdig. Der Abend verläuft bis jetzt so harmonisch, dass es mir schwerfällt, die »Reizthemen« anzusprechen, die wie eine unüberwindbare hohe Mauer zwischen uns stehen. Ich will jedes weitere Wort so weit wie möglich verzögern, nur um diesen Frieden, den ich gerade empfinde, nicht zu gefährden.

Nun schiebt auch Jacob seinen Teller zur Seite. Er stützt sich mit den Ellbogen auf dem Tisch auf und legt sein Gesicht auf seine verschränkten Hände. Während er mich mit schiefem Kopf mustert, schweigt er. Das tut er so lange, bis ich einknicke, bis ich es nicht mehr aushalte.

»Was ist?«, frage ich unsicher. »Erzähl mal, worüber willst du reden, Jacob? Vielleicht ist es besser, wir wärmen die ganze Suppe noch einmal auf, bevor wir sie in den Vorgarten kippen. Was meinst du?«

Jacob nickt. »Das sollten wir tun, Beate. Ich weiß nur nicht, wie viel Vergangenheitssuppe uns beiden guttut, verstehst du?«

»Ja, ich verstehe schon. Nur wenn wir die Suppe nicht aufwärmen, wird sie immer zwischen uns stehen. Willst du das?«

»Nein, natürlich nicht. Dann leg mal los, frag mich! Was willst du wissen? Ich lasse dir den Vortritt. Du darfst anfangen«, bietet Jacob großzügig an.

Ich atme tief durch und krame nach einer eher unverfänglichen Frage, wie ich finde, gewissermaßen zum Warmwerden.

»Sind Martin und du jetzt so was wie beste Kumpels, oder wie kommt es, dass ihr zusammen joggen wart?«

Jacob zieht sofort eine Grimasse. »Ja, das muss von außen betrachtet wirklich merkwürdig ausgesehen haben für dich. Ich weiß nicht, wie ich das erklären soll. Es ist kompliziert.«

»Was heißt das? Heißt das nun, dass ihr Freunde seid? Ja oder nein? Und was heißt: Es ist kompliziert? Kompliziert heißt für mich, dass man sich nicht festlegen will.«

»Es heißt eben, dass es kompliziert ist. Und ja, vielleicht will ich mich auch nicht festlegen.«

»Vielleicht willst du es mir ja erklären, beziehungsweise ich muss zugeben, dass es mich interessiert.« Ich streife meine Sandaletten ab.

Jacob kann meinem Blick kaum standhalten. Er schaut ins Leere und sucht wahrscheinlich selbst nach einer Erklärung oder zumindest nach erklärenden Worten.

»Es ist schon so lange her inzwischen. Wie war das damals?«, fragt er mehr sich selbst, bevor er anfängt zu erzählen. »Martin bat mich, ihm Bescheid zu geben, wann Susannes Beerdigung ist.«

»Und das hast du getan?«, frage ich ungläubig.

»Ja, das hab ich. Zuerst wollte ich das natürlich nicht, aber dann hab ich's irgendwie nicht übers Herz gebracht. Na ja, und dann sind wir da eben zusammen aufgekreuzt. Susannes Vater hat zwar geargwöhnt, aber ich habe Martin als gemeinsamen Freund präsentiert, was ja nicht ganz der Unwahrheit entsprach. Er tat mir einfach leid.«

»Und dann?«

»Und dann wollte sich Martin irgendwann mal dafür revanchieren und hat mich auf ein Bier eingeladen.«

»Aha«, sage ich, wie eine Frau, die nicht so ganz folgen kann.

»Ich hab doch gesagt, es ist kompliziert«, rechtfertigt sich Jacob. »Wir haben das dann wiederholt. Irgendwann haben wir aufgehört, über Susanne zu sprechen, und angefangen, uns anzufreunden.«

»Aha«, sage ich wieder mit einer gehörigen Portion Unverständnis in der Stimme.

»Und dann wollten wir irgendwann kein Bier mehr trinken und sind eben einmal die Woche joggen gegangen. So einfach.«

»Okay, er ist also dein Joggerkumpel. Eine Frage noch, okay?«

»Nur zu.« Jacob lächelt.

»War ich jemals Thema? Oder unsere gemeinsame Nacht?«

»Nun ja«, stammelt er, »doch, doch, du warst schon hin und wieder Thema. Aber das, was zwischen uns beiden war, habe ich für mich behalten. Ich wusste ja auch nicht, ob ihr irgendwann mal wieder zusammenkommt. Es ist ja auch nicht so, dass Martin nichts an dir liegt. Ich glaube, er ist ziemlich fertig wegen deiner Schwangerschaft.«

Mich durchströmt ein kleines Triumphgefühl, für das ich mich prompt ein wenig schäme.

»Okay! Lassen wir Martin außen vor. Willst du mir erzählen, was mit Susanne passiert ist?«, frage ich und merke, wie leicht es mir fällt, Martin einfach aus meinen Gedanken zu verbannen. Jacob holt tief Luft und bläst die Backen auf. Er antwortet nicht sofort, was mich dazu animiert, schnell weiterzusprechen. Ich bin sehr nervös. »Martin hat mir schon gesagt, unter welcher Krankheit Susanne gelitten hat. Und du musst auch nicht darüber sprechen, wenn du nicht kannst oder willst.«

Jacob lacht verächtlich. »Weißt du, es ist nicht einfach für mich, darüber zu sprechen, zumal ich selbst mit Susanne nie über deren Zustand gesprochen habe. Das war ein Tabuthema. Für sie war die Krankheit einfach nicht existent, solange wir nicht drüber gesprochen haben. Sie hat sie komplett ausgeblendet. Und ich habe es mir zugegebenermaßen sehr leicht gemacht und das all die Jahre so hingenommen und, mehr noch, es akzeptiert. Es war viel einfacher, nicht darüber zu sprechen, als sich dem zu stellen. Wir haben Magda, ich meine Susannes Mutter, damals mit gleicher Krankheit gepflegt und letztendlich zu Grabe getragen. Das war für uns alle ein großer Verlust, aber für Susanne war es mehr als das. Es war schockierend, in der Gewissheit zu leben, dass sie irgendwann das gleiche Schicksal ereilen wird. Im Prinzip hat ihr die eigene Mutter den Spiegel vors Antlitz gehalten, unfreiwillig natürlich. Aber Susanne musste im Grunde ihr eigenes qualvolles Ende zweimal durchleben und durchleiden. Das war brutal. Und dann kam es noch schlimmer als erwartet, weil wir, noch bevor Susannes Mutter starb, wussten, dass bei Susanne die ersten Symptome bereits zehn Jahre früher aufgetreten sind als bei Magda.«

Ich nicke. »Das ist furchtbar. Es tut mir leid«, sage ich und meine es so. Ich spüre, dass ich meinen Frieden mit Susanne gemacht habe. Sie wird auf seltsame Weise immer ein Teil oder eine Episode in meinem Leben sein, jedoch habe ich diesen Teil schon eine Zeit lang hinter mir gelassen, spätestens seitdem ich weiß, dass ich schwanger bin. Dieser Umstand hat alles verändert.

»Es heißt ja«, erzählt Jacob weiter, »dass der Teufel im Detail liegt, aber wenn ich anfange, darüber zu sprechen, höre ich nicht mehr auf. Und ich wollte heute eigentlich noch viel mehr mit dir besprechen.«

»Ach so?«, sage ich.

»Ja«, murmelt Jacob, »ich will dir nur noch kurz erzählen, wie … also ich meine, wie …«

Er schafft es nicht, den Satz zu beenden. Seine Hände sind wie zum Gebet gefaltet.

»Willst du mir erzählen, wie sie gestorben ist?«, frage ich behutsam und suche seinen Blick. Ich setze mich gerade hin und lege wie selbstverständlich eine Hand auf Jacobs Hände. Sie sind ganz kalt. Ich spüre deutlich das leichte Beben, das von seinem Körper ausgeht. Er wirkt sehr angespannt. Ich streichle ihm vorsichtig über den Unterarm, und Jacob hebt seinen Blick.

»Natrium-Pentobarbital«, antwortet er nur. Sofort läuft ihm eine Träne aus dem Auge, die direkt auf seinem weißen Hemdsärmel landet. Die vernichtende Endgültigkeit dieses Medikaments ist mir sehr wohl bekannt. Mir läuft ein eisiger Schauer über den Rücken, und ich kann nicht anders als hart schlucken, um meinem Entsetzen ein Ventil zu geben.

»Verstehe«, flüstere ich und senke betroffen den Blick. Ich hatte schon lange die Vermutung, dass Susanne den Freitod gewählt hat, und jetzt im Moment bewundere ich ihren Mut, den Schritt gegangen zu sein. Ich selbst möchte mir nicht im kühnsten Albtraum vorstellen, welch gehörige Portion Mut und Entschlossenheit zu einer solchen Tat gegen sich selbst vonnöten ist, um diesen Akt tatsächlich zu vollenden.

»Aber sie hat nicht gelitten. So viel steht fest. Sie hat nicht mehr gelitten, endlich nicht mehr gelitten«, bricht es zum dritten Mal aus Jacob heraus. Seine Stimme bricht, aus seinen Augen schießen die Tränen und laufen ihm über die Wangen. Er dreht beschämt den Kopf zur Seite. Ich stehe auf, rücke meinen Stuhl näher an seinen und ziehe ihn leicht zu mir heran. Jacob flüchtet sofort in meine Umarmung und weint sich an meiner Schulter aus. Es dauert eine Weile …, er weint nicht laut, nur leise, wie ein Kind, das sich auf den Arm der Mutter flüchtet, weil nur die Nähe der Umarmung es beruhigen kann. Ich streichle eine Weile seinen Rücken, bis er sich wieder im Griff hat und sich vorsichtig aus der Umarmung löst. Eine leichte Abendbrise zieht auf und kühlt unsere erhitzten Gemüter.

»Geht schon wieder.« Jacob lächelt beschämt.

»Alles gut«, versichere ich ihm. Ich reiche ihm eine Serviette, mit der er sich die Tränen trocknet.

»Susanne war immer so stark«, sagt Jacob jetzt mit fester Stimme. »Sie ist nicht gegangen, weil sie schwach war. Es war viel eher eine Stärke von ihr. Sie hat dieser heimtückischen Krankheit so lange die Stirn geboten, wie sie nur konnte. Und dann wollte sie eben stärker sein als die Krankheit. Susannes Schwäche war eigentlich eine Stärke, verstehst du?!«

Ich nicke wieder. Ich verstehe ihn tatsächlich.

»Und weil sie die ganze Zeit über so tapfer war, konnte ich ihr eben auch ihre Männergeschichten nicht übel nehmen. Sie hatte doch nicht so viel Zeit in ihrem Leben wie wir, verstehst du? Sie musste noch so viel erleben, noch so vieles ausprobieren, bevor sie …«

»Ist schon gut, Jacob. Ich verstehe. Ich verstehe endlich. Wirklich«, beschwöre ich ihn, weil ich es plötzlich tatsächlich verstehe und kaum noch ertrage, darüber zu reden, geschweige denn, darüber nachzudenken. Ich gebe Susanne schon lange keine Schuld mehr an dem, was war. Aber es tut trotzdem gut, auch Jacobs offensichtliches »Wegschauen« endlich begreifen zu können. Das bekräftigt mich in dem Glauben daran, dass er ein guter Kerl ist.

»Gut«, sagt er und bleibt ganz still. Ich spüre, dass nun sein inneres Beben nachlässt. Seine Augen sind noch gerötet und feucht, und ich bin gerührt, dass ein offensichtlich gestandener Mann so tiefe Gefühle empfinden und obendrein herauslassen kann. Ich will Martin derartig tiefe Gefühle nicht absprechen, aber ich glaube, dass Jacob zu so viel mehr Tiefe fähig ist, als mein Ehemann es je war. Vielleicht tue ich ihm damit unrecht, aber so empfinde ich hier und heute.

Wir schweigen eine Weile. Unsere Blicke suchen sich, und wir schauen uns lange in die Augen, bis wir lächeln müssen.

»Meinst du, wir könnten die verdammte Suppe jetzt in den Vorgarten gießen?«, fragt Jacob.

»Ich denke schon. Also ich bin bereit. Allerdings quält mich da noch eine einzige Frage, bevor wir zur Tat schreiten«, erwidere ich.

»Gut, das halte ich aus. Eine Frage noch.«

»Warum wolltest du eigentlich *unsere* Suppe nach all der Zeit noch einmal aufwärmen?«

Jacob lächelt beschämt, schaut betreten zu Boden und kratzt sich unwirsch am Kopf.

»Ist das nicht offensichtlich?«, stellt er eine Gegenfrage.

»Nö.« Ich grinse frech. »Ich will es jetzt hören. Irgendetwas. Etwas, was greifbar für mich ist.«

Jacob schaut mir tief in die Augen.

»Erinnerst du dich an unseren ersten Abend?«

»Natürlich.«

»Damals warst du auf der Suche nach dem Grund für diese ganze Scheiße, die du schon so lange durchgemacht hast. Sorry, aber genau das waren deine Worte. Und kannst du dich auch daran erinnern, dass ich dich darum bat, mir Bescheid zu geben, falls du den Grund für das alles erfahren würdest?«

Ich nicke und ahne, worauf Jacob hinauswill.

»Ich denke, dass du den wahren Grund schon seit einiger Zeit mit dir herumträgst ...«

Ich fühle mich ertappt und weiche seinem Blick aus.

»Und weißt du, was ich noch denke?«

»Nö.« Ich verkneife mir ein Grinsen.

»Ich denke, du hast einfach vergessen, mir Bescheid zu geben. Aber ich verzeihe dir. Schließlich vergessen wir alle mal etwas. Das kann schon mal vorkommen. Oder?«

»Stimmt.« Mein Grinsen wird breiter.

Wir sitzen immer noch ganz nah nebeneinander, und Jacob nimmt plötzlich meine Hände in seine.

»Und jetzt erfährst du von mir den einzig wahren Grund dafür, dass ich unsere Suppe unbedingt aufwärmen möchte, okay? Bist du bereit?«

Ich nicke und bin unheimlich nervös. Jacobs Hände sind inzwischen warm. Sie fühlen sich gut an. Ein bisschen rechne ich mit einer kleinen Liebeserklärung, obwohl ich sie für absolut verfrüht halten würde.

»Ich möchte«, er schaut mir tief und lange in die Augen, die noch nie so blau waren wie jetzt in diesem Moment, »dass wir unsere Tochter gemeinsam aufwachsen sehen.«

Als hätte jemand einen Wasserhahn geöffnet, laufen mir Tränen über die Wangen. Das ist einer der Momente, in denen man gleichzeitig weinen und tanzen möchte. Ich bin überwältigt. Ich finde, das ist das Schönste, was mir Jacob in dieser Situation hätte sagen können. Mehr zählt nicht. Es zählt weder, ob wir ein Paar werden, noch, was war und wird. Es zählt nur noch das *Hier* und *Jetzt* und das, was noch kommt. Dass wir Eltern werden, das ist es, was zählt. Ich will nicht mehr zurückschauen. Das, was vor uns liegt, unsere Zukunft, ist jetzt das Allerwichtigste, nämlich unsere Tochter.

»Ja«, sage ich und lehne den Kopf an Jacobs Schulter, »das ist auch mein sehnlichster Wunsch.«

26431507R00136

Printed in Poland
by Amazon Fulfillment
Poland Sp. z o.o., Wrocław